L'Homme à la bauta

Jacquot Grunewald

L'Homme à la bauta

Une enquête du rabbin Fix

ROMAN

Albin Michel

22, rue Huyghens, 75014 Paris

www.albin-michel.fr

ISBN 2-226-13456-5

À Eyran.
Il aurait souri.

1

Il avançait comme ces vieilles poupées mécaniques, une jambe faisant pivot pour libérer l'autre. Mais on le distinguait mal, au loin, sous la brume ; on voyait seulement, fanal après fanal, une forme humaine boiter dans les ténèbres. L'homme progressait à contre-foule et soudain, disparut. Derrière lui, repu de ses défilés, de ses bateleurs, des chiens savants et des saltimbanques, le Carnaval s'ouvrait à sa huitième nuit. C'était l'heure où, dans les *trattorie* de la Merciera, de Saint-Marc au Rialto, les masques cédaient aux *bigoli in salsa*, au *fegato alla veneziana*, aux moules de *soave* arrosées et aux spaghettis engouffrés ; où, le long du Grand Canal, braillant ou minaudant, riant malgré le froid qui traversait la soie et les velours, comtes et duchesses d'un jour, d'une nuit, ou d'un week-end marchaient avec Casanova et Matamore, vers les palaces de marbre et d'or et les palais — chauffés.

Il apparut de nouveau, ou plutôt, grandie par la cape noire, on vit à l'entrée du Ghetto une ombre s'allonger sur le trottoir avant que, s'élevant du sol comme si elle en émanait, surgît la silhouette coiffée du tricorne vénitien. L'ombre avait-elle un homme ou l'homme une ombre ? À Venise, on ne sait pas. Tout y fut et reste substitution. La terre se substitue à la mer, la mer à la terre, et dans ses canaux noirs, les maisons qui frissonnent ouvrent aux gondoliers les rues de l'Atlantide.

Même le temps ! À Venise, il sait faire la nique à l'espace. Le Ghetto n'est qu'à une demi-heure du Rialto, mais à mille lieues du Carnaval quand revient le chabat. Et à la sainte table du vendredi soir, ce 23 février 2001, il ne serait venu à l'idée de personne de parler de masques ou de frasques. Entre la poire et le strudel, au restaurant du Ghetto, on parlait de la Tora. Et, bien sûr, du Rabbi de Loubavitch. Tenue par ses disciples, la gargote est leur lieu de ralliement et sert de caravansérail aux voyageurs soucieux de manger selon les lois de Moïse et d'Israël.

Ils étaient une vingtaine, disciples ou touristes, à imiter le Créateur qui, au Sixième Jour, s'était arrêté pour apprendre au monde le repos. Le dîner touchait à sa fin, on avait fini de chanter les hymnes ; tous faisaient silence pour réciter les grâces, quand retentirent trois coups sur la vitrine. Dehors, un personnage en noir s'était arrêté, immobile et solennel. Qui pouvait avoir l'idée de venir déguisé dans le Ghetto un vendredi soir, quand ses boutiques sont fermées ?

— Ouvrez-lui la porte, cria quelqu'un. Il fera chabat avec nous.

— C'est mon ami Pierrot qui veut nous dire un mot, pouffa Hanna depuis le fond de la salle.

Hanna était jolie. Hanna était coquette. Elle portait avec assurance une veste mauve sur un pantalon de cuir et, bouclés par deux cerises, ses cheveux en queue de cheval, secoués avec entrain, ajoutaient à ses allures d'enfant gâtée une touche conquérante.

Mais personne ne regardait Hanna. Tous avaient le regard tourné vers la rue. Maintenant qu'ils la voyaient vraiment, l'apparition faisait peur. Ce n'est pas qu'une *larva* sous un tricorne puisse effrayer quiconque à Venise. Mais ce masque, d'un jaune cadavérique, qui les fixait sans bouger, n'avait pas d'yeux ! Il ne présentait que deux trous noirs, sans vie, taillés en amande dans la *maschera*, d'où tombait le taffetas noir, cachant la bouche et le menton. La bouche ? La soie masquait-elle une bouche de chair, une vraie bouche, avec des lèvres de sang, des lèvres qui sourient, des lèvres qui baisent ? Ou seulement la mâchoire grimaçante de la vingt-cinquième heure ?

Plusieurs s'étaient levés, incrédules, anxieux, et fixaient l'apparition. Lentement, elle leva une main gantée de noir avant qu'en se refermant son poing dressé n'annonce la menace. Puis l'ombre recula et la nuit l'engloutit.

C'est à cet instant que Francesco, le garçon, jouant du coude, répétant *« scusa, scusa »*, sortit dans le noir.

— Francesco était inconscient, raconterait Douvid. Ou il n'avait pas vu le regard mort du fantôme.

Il dit cela le lendemain, après que les fidèles rassemblés près du Mémorial eurent commenté l'inscription taguée sur le mur. Le propos mérite d'être rapporté par anticipation, parce que c'est alors, pour la première fois, qu'il fut nommément question d'un « fantôme ». Et si Douvid, le plus jeune des convives, s'exprimait de la sorte une douzaine d'heures plus tard, c'est bien que l'idée d'un spectre lui était venue quand le personnage au masque jaune gesticulait devant le restaurant. Et que les plaisanteries saluant sa disparition n'étaient que feintes, l'expression, somme toute naturelle, du soulagement qui gagna les clients au retour de Francesco. Ils avaient observé sa veste blanche courir à droite, courir à gauche, pareille à un gentil génie chassant les peurs que fomentent les ténèbres. Il jura qu'il n'y avait personne, absolument personne.

— Sauf deux *amanti* sous le porche à côté. Mais ils s'embrassaient tellement que même moi, ils ne m'ont pas vu !

Ils rirent d'avoir eu peur et la parlotte reprit ses droits.

— *Gans meschigue*, dit quelqu'un en yiddish, accusant le visiteur au tricorne d'être « complètement ravagé ».

— C'est un atrabilaire... parfaitement, un atrabilaire, pontifia un jeune binoclard. Il savait qu'au Ghetto, les rues seraient vides.

— Pensez-vous, fit un troisième qui ignorait tout des « attrape-binaire ». Vous avez vu le bâton accroché à sa main ? C'est sa monture ! Il cherche une sorcière pour son sabbat. Et comme Hanna n'a pas voulu, il est allé voir ailleurs !

On rit de plus belle. Rassérénés enfin, ils dirent les grâces, puis se souhaitèrent : *« Chabat Chalom »*, prirent leur manteau pour partir. Sauf quatre loubas. Ceux-là n'avaient pas ri. Sur une table du restaurant, ils ouvraient maintenant de grands livres en hébreu.

— Ils vont rester longtemps ? demanda Hanna, qui les regardait de la rue. Brr... c'est un temps à se déguiser en esquimau. Tu bouges ?

— Ils font le *daf yomi*, répondit le galant qui, durant tout le dîner, l'avait entourée d'une ostentatoire prévenance. Une page de Talmud, chaque jour. Recto-verso... Il paraît que ça rend intelligent.

Sur quoi, il rajusta la cravate sous son cache-nez, et serra contre lui le bras de la jeune femme. Elle laissa faire. Il se dit que l'hiver avait du bon.

Au matin, le froid n'avait pas faibli. Noyée sous la brume, la place du Ghetto évoquait un espace marin où d'infinies gouttelettes d'eau en suspension voilaient les fidèles pressant le pas vers la Scuola Grande Spagnola, la plus belle des synagogues. Et la seule qui restait en activité, hormis l'oratoire loubavitch. Ils arrivaient en désordre, clignaient des yeux à la clarté du lourd lustre de bronze, puis se couvraient du châle de prière. Les uns saluaient, d'autres pas ; tous ouvraient les rituels. L'office était avancé, et déjà des femmes avaient pris place dans la galerie, quand on entendit, trop vite, trop fort, la porte tourner sur ses gonds. Trop vite et trop fort pour un retardataire qui tiendrait à passer inaperçu. Il est vrai que le vieux Saportas était rarement discret, et qu'il arrivait toujours en retard. Mais au lieu de franchir rangée après rangée, pincer la joue de l'un, casser son buste à la von Stroheim devant un autre, ou murmurer le compliment que le bedeau, à tous les coups, viendrait interdire en faisant *chuuut* si fort que tous se retourneraient, il avança tout droit jusqu'aux premières places. Il semblait sous le coup d'une vive émotion dont il fit part au président de la synagogue qui, interrompant sa prière, parla au vice-président, qui... La nouvelle, comme une traînée de poudre, fit le tour de l'assemblée : on avait profané le Mémorial !

Ce n'était pas tout à fait exact. Lorsque, sur le coup des onze heures, le bâtiment se vida, les fidèles qui s'étaient rendus devant le Mémorial pouvaient constater qu'il était intact. C'est à gauche du mur de briquettes bistre sur lequel Arbit Blatas, un sculpteur coté à Venise, avait dans le bronze fixé des scènes de rafle et de déportation, qu'on avait tracé à la peinture, en grandes lettres noires, un bizarre message :

> *Sono di ritorno !*
> *La vendetta trionferà.*
> *Beniamino figlio di Reuveni Da Costa.*

— C'est peut-être Beniamino Ancona, hasarda un vieux monsieur. Son père a été déporté et il s'est installé en Galilée, dans un kibboutz.

La bruine avait cédé. Un pâle rayon de soleil éclairait le Mémorial, soulignant les ciselures des revêtements de bronze.

— Tu dis n'importe quoi, l'interrompit une dame à voilette qui, son ton péremptoire en faisant foi, devait être son épouse. Il se serait souvenu de son nom, tu ne crois pas ! Et puis son père, il ne s'appelait pas Reuveni.

— Je le connais bien, Ancona, s'indigna un mastodonte dont l'occiput mal peigné était piqué d'une kippa blanche. C'est pas lui qui serait venu gribouiller sur un mur !

— Et pour se venger de qui ? C'est pas les *carabinieri*, mais les Allemands qui ont déporté son père. Tiens, ça me revient : il s'appelait Raphaeli ! Pas Reuveni. Avant-guerre, il tenait un magasin de chemises juste à côté des Morosini...

— Les Da Costa, c'étaient des marranes. Mais à ma connaissance, il n'y en a aucun qui soit resté à Venise. Ils n'ont fait que passer. Il a même comparu en jugement devant l'Inquisition qui l'a finalement relâché. Ils étaient originaires du Portugal. Une partie est allée s'installer en Angleterre, d'autres ont émigré aux Pays-Bas. Dont le fameux Uriel Da Costa.

L'homme qui venait de parler, coupant court à la saga des Morosini et des bonnetiers, portait une barbichette poivre et sel. On l'avait écouté avec un respect manifeste. Les plus hardis avaient opiné du chapeau. D'autres avaient l'air d'assumer leur ignorance.

Douvid, lui, ne savait quoi dire, ou plutôt, il ne le savait que trop, mais son italien se résumait à cinq ou six mots et il ne parlait qu'un hébreu approximatif. Il s'approcha de l'homme à la barbichette. Les autres regardaient, surpris qu'un étranger veuille se mêler de leurs affaires. À grand renfort de *o* et de *i* accrochés en queue des mots, il raconta au rabbin — ce devait être le rabbin, à moins que ce ne fût un enseignant, c'est ça, c'est un prof, arrêta Douvid — la scène de la veille au soir. Il éprouvait quelque peine à la décrire, et sans doute fut-il un brin trop véhément. L'homme le laissa parler, mais le jeune Belge se fit de plus en plus hésitant au fur et à mesure que le regard de son interlocuteur, d'abord curieux, puis sceptique, se chargeait de lueurs changeantes d'où l'amusement n'était pas absent.

— Ne vous inquiétez pas ! Nous sommes en plein Carnaval, répondit le professeur dans un français châtié, rendu à ses terminaisons gauloises. Ce n'est pas la première fois que ce personnage se manifeste. On m'a déjà alerté vendredi matin. Il serait passé dans le Ghetto en criant et en chantant. C'est un monsieur qui s'amuse à sa façon. S'il continue, on portera plainte. En attendant il faudra demander à la ville d'effacer la peinture. Mais surtout — l'homme, qui mesurait une bonne tête de plus que le jeune Anversois, porta la main sur son épaule, sourit derrière ses verres cerclés d'or —, surtout n'inquiétez pas ces gens. Et vous non plus, je le répète, ne vous faites pas de mouron. Je parlerai à Jacobi, le gérant du restaurant. Croyez-moi : il n'y a pas de quoi fouetter un chat.

Les gens, peu à peu, quittaient le Mémorial ; quelques-uns, précautionneusement, tentaient de s'asseoir sur les bancs en face. Ils en essuyaient le guano d'un coup de mouchoir. Leur mine enchabatisée, cette allure solennelle, un peu guindée, qui les unissait au sortir de l'office, c'était, en ce second chabat du Carnaval, la contribution du Ghetto aux fêtes de Venise. Quelqu'un remarqua que « février s'était déguisé » ; l'air, il est vrai, sentait le printemps et, sous le ciel bleu, les arbres morts de la place avaient quelque chose d'irréel.

Mal à l'aise dans son pardessus trop chaud des hivers anversois, Douvid n'était qu'à demi rassuré. Il ne le fut plus du tout en entrant dans le restaurant. Étrange osmose ! Tout se passait comme si, dans la salle surchauffée, l'inquiétude du jeune homme était vivifiée par l'odeur forte du *tchoulent*. Posé depuis la veille sur un feu couvert, pour ne pas enfreindre les règles du chabat, ce plat composé de blé vert, de haricots secs, de pommes de terre et de viande bon marché reste caractéristique des anciennes terres yiddish du temps de leur extrême vulnérabilité.

— Tu vois une fois, j'ai rien mangé ce matin. Il ne me donne pas envie ! Dès que j'ai ouvert la porte j'ai revu le bonhomme d'hier. Je ne vois que lui... Je ne sais rien manger.

C'est à un être joufflu et bâfrant, au fort gabarit, que Douvid, usant de la terminologie des Flandres, exposait ses états d'âme-et-ventre.

— Moi je ne l'ai pas vraiment vu, répondit le mangeur. Je m'étais un peu endormi. J'avais voyagé la nuit d'avant... Le type m'a réveillé quand il a frappé sur la vitre avec son bâton. Mais je suis resté dans les vapes un bon moment. — Il s'essuya la bouche avec la serviette. — Les types, ici, ils essaient de mettre de l'ambiance, mais le cœur n'y est pas. Je les ai entendus tout à l'heure. Ils croient que je ne comprends pas l'italien. Je le parle mal, mais je le comprends ! Ils disent que c'est le type d'hier soir, avec son tricorne et son masque, qui a écrit sur le Mémorial. À la fin, ils se sont méfiés ; ils ont continué à parler à mi-voix. Là je n'ai plus suivi. — Il reprit du *tchoulent.* — Il n'est pas mal, tu devrais essayer...

— Tu as compris un peu quand même ? insistait Douvid. Ils disaient quoi ?

— Ils disaient un mot que je ne pige pas. Ça n'a pas l'air d'être de l'italien. Tu vois le grand Louba, au bout de la table, celui qui garde son chapeau sur la tête ? Il s'appelle Moshé. Fait trop chaud ! — Il tira sur le nœud de sa cravate, ouvrit le col en soufflant bruyamment. — J'ai cru comprendre que le type est un envoyé mystérieux. Dans la nuit de jeudi, quelqu'un criait dans la rue. Les gens dormaient ; les autres pensaient que c'était un ivrogne. Il beuglait : « *Baniera rossa trionferà.* » Tu sais, l'hymne des cocos, « *Avanti popoulo* »... Lui, le Louba, il étudiait. Il étudie toujours très tard dans la nuit du jeudi, la dernière nuit avant chabat. Il est allé à la fenêtre. Il dit qu'il a bien fait attention. Il a vu une forme qui était exactement comme celle d'hier. Elle levait le poing et criait : « *La vendetta trionferà, la vendetta trionferà.* » Hier soir, quand le type a levé le poing, il l'a reconnu. Il l'a dit aux autres. Alors, ce matin, quand ils sont allés dans leur local pour la prière, et qu'ils ont vu l'inscription sur le Mémorial, ils se sont mis à paniquer. Moshé jure qu'un malheur va arriver parce qu'au Carnaval, c'est débauches et coucheries. Remarque — il finit son assiette —, si c'était moi, j'enverrais le fantôme à Rio. Ici, c'est rien... Du pipi de chat.

Sur ces mots, il vida un grand verre sucré de basses calories.

Une horloge sonnait la demie. Le restaurant était à moitié vide. Douvid était déçu que Hanna n'y soit pas. Il espérait que la jeune fille, dont il avait admiré l'entrain, le tranquilliserait. Mais Hanna ne pouvait pas le rassurer.

Hanna avait quitté son hôtel sur le coup de dix heures pour aller, comme tout le monde, vers la Piazzetta. À vingt-deux ans, ayant conjuré quatre ou cinq menaces de mariage, elle était heureuse de se sentir libre, de voir, ce matin, le soleil qui gagnait la partie, de voir qu'on la regardait, qu'on l'admirait, figure svelte froufroutant sous un léger mohair et bien contente, aussi, d'avoir repoussé à plus tard l'insistante pression de son compagnon de voyage. « On se retrouve vers quatre heures, non... pas avant... c'est chabat, je veux me reposer », lui avait-elle dit, la veille, effleurant sa main d'une caresse quand la chambre 202 qu'elle occupait au deuxième étage et la 309 allouée à l'autre les avaient séparés. Il était gentil, un peu lourdaud. Sa présence l'arrangeait bien, encore qu'elle ne savait trop comment lui faire comprendre, sans qu'il ne se fâche — et ne la lâche —, que jamais il ne la rejoindrait dans son lit. Et moins encore sous le dais nuptial.

Un Pierrot tout blanc qui, d'un quart de tour gracieux de son avant-bras l'invitait au menuet, lui rappela, soudain, sa synagogue, blanchie par les traînes de dentelle, les bouquets de lis et d'œillets. Là-bas, c'était Carnaval tous les dimanches, quand le gentil rabbin, un peu timide à son goût, rappelait invariablement aux princesses blanches et à leurs fiers époux qu'en ce-plus-beau-jour-de-votre-vie... et bla bla bla. De sa queue de cheval, elle fit non au rabbin, non à Pierrot. Pouvait-il lire, Pierrot, sous les paillettes du loup qui illuminaient ses yeux, le sourire qu'elle lui adressait ? Elle ne s'était pas déguisée, satisfaite de regarder les travestis des autres. Jérôme, le petit Jérôme, qui faisait dans le psy, qui l'avait courtisée jusqu'aux vacances d'été, aurait dit que cette façon de chercher à zieuter sans être vue traduisait chez elle « le culte du moi, parfaitement, ma chère, j'ai bien dit le culte du moi, la préoccupation personnelle érigée en but unique de ta conduite ». Il lui avait débité un truc de ce genre, au moment de lui signifier la rupture, avec l'air pompeux qui déchaîna son fou rire.

La place Saint-Marc était sacrément remplie. Quelle merveille et quel gâchis ! Hanna en était à son troisième jour de Carnaval et comme hier, comme avant-hier, elle se dit que la tourbe bigarrée profanait la plus belle place du monde. En été, la foule des touristes n'enlève rien à la somptuosité du lieu. Sages ou débiles, ils viennent admirer le palais des Doges, la basilique, les arcades... Tous paient, paient cher ! pour s'approcher des chevaux de Saint-Marc, de ses dorures et ses mosaïques. Les gens du Carnaval c'est autre chose. Ils viennent pour être admirés ! Leurs jeux et leurs bêlements sont l'essentiel, Saint-Marc, les deux colonnes, les pignons et les pigeons, même la mer ! en face, ne forment plus qu'une scène offerte à Colombine et à Polichinelle pour s'amuser. Un dresseur la bouscula. Il portait un fouet aux lanières sales et usées. Elle se détourna. Elle n'aimait pas les chiens prétendument savants, et leurs maîtres moins encore. Ni les singes tenus en laisse. Les ours ? Ça ne la dérangeait pas, sauf qu'ils sentaient mauvais. Elle ne plaignait pas cet animal méchant d'être muselé ; elle se boucha le nez en regardant bien en face le plantigrade velu dans sa cage ambulante, sûre qu'il était sensible à sa bravade. Et puis les cacophonies sur la place l'insupportaient. Zut majeur ! Elle avait tant voulu participer à ce Carnaval, mais elle ne retournerait pas dans Venise travestie. À moins que le défilé des chars, annoncé pour tout à l'heure, ne la fasse changer d'avis.

Avec sa longue queue bleue et jaune, et malgré sa gueule veule, le dragon avait un air gracieux. Elle observait, progressant sur la droite, un personnage vêtu de pourpre sous un baldaquin tenu par deux laquais à perruque. L'homme portait la toque rouge des cardinaux et faisait mine de bénir la foule à grands coups de goupillon. Le visage, tourné vers elle — il avait dû la remarquer —, était couvert d'une *maschera*, rouge elle aussi. Mais elle voyait sourire ses lèvres laissées nues. Elle haussa les épaules au passage d'une libellule. Grotesque ! Une libellule, c'est léger, transparent, et la grosse femme qui portait les ailes diaphanes comme un écolier son sac à dos, était opaque, hommasse. Et son rouge à lèvres répugnant ! De la confiture de fraises sur une bouche goulue. Hanna reporta son regard en direction du baldaquin, recula pour faire place aux porteurs et c'est alors qu'elle *le* vit, droit devant elle. C'était bien lui, le type d'hier soir, avec son masque jaune, sans yeux ! Il venait vers elle, enveloppé dans sa longue cape noire, le tricorne sur la tête. Elle s'aperçut qu'il boitait, s'aidant de sa « monture » pour progresser. Ici, dans la cohue, parmi les diables rouges ou noirs, les astronautes ou les Capitaine Fracasse, il n'avait rien d'effrayant. On ne le distinguait ni plus ni moins que Louis XIV avec son soleil, ou la grande bringue à ses côtés qui balayait sa mantille violette avec un éventail nacré. N'empêche qu'elle ne pouvait détacher ses yeux de l'homme aux yeux morts. Comme il avançait vers elle, elle fit un geste instinctif — elle s'en voulut aussitôt — pour reculer. Mais avant de la croiser, l'homme s'était arrêté devant le baldaquin, incliné devant la pourpre cardinalice...

C'est à cet instant que la grosse libellule passa. Et s'arrêta, gesticulant comme si elle allait prendre son envol. Hanna ne voyait plus que le névroptère énorme et dérangeant qui criait sans qu'on l'entende dans le tintamarre général. De fort mauvais poil, un pingouin la tira par ses élytres, l'écartant de force. Hanna, qui cherchait l'homme au tricorne, fut à la fois déçue et rassurée de le voir qui s'éloignait, marchant vite, malgré son handicap. Avant d'être happé par la foule pour disparaître derrière les arcades.

Alors seulement, elle se rendit compte que l'immobilité du baldaquin, bloquant le flot des travestis sur la place, n'était pas normale. Certes, à côté d'elle, Harry Potter, un Harry Potter bien en chair, n'avait pas bougé. Mais autour du baldaquin, les laquais, d'autres encore, s'excitaient et quand le bailli qui masquait le cardinal se retourna, visage hagard, son chaperon marron à la main, fonçant dans la foule en criant à tue-tête : *« Presto, presto ! Un medico, un medico ! »* (« avec l'accent du Major Thomson, mais en plus prononcé », se rappellerait-elle), la jeune femme aperçut, gisant sous le catafalque, le prélat rubicon, démasqué, les yeux fixes, qui ne bougeait plus. Sa toque avait glissé à terre et sur la tunique rouge sang, là où battait son cœur — « pourquoi fallait-il que la chanson me revienne en mémoire ? » — elle ne vit pas, comme un p'tit coquelicot mesdames, comme un pt'it coquelicot. Elle devina, en le voyant planté jusqu'à la garde, le manche rouillé d'un poignard. Les visages blancs des laquais enfarinés l'accompagnèrent quand elle perdit connaissance.

2

— Non... je n'irai plus à Venise.

Ce furent ses premiers mots en se réveillant. Mais comme elle les dit en français, personne ne la comprit. Elle eut de la peine à retrouver ses esprits, et l'anglais qu'en temps ordinaire elle maîtrisait plutôt bien. Aux deux *carabinieri* penchés sur elle, elle confia : « *I know the murderer. He's a black man. His eyes are also black.* » Ils l'aidèrent à se relever et, sur un geste d'un gradé moustachu qu'elle n'avait pas remarqué d'abord, ils l'encadrèrent l'un sur sa gauche, l'autre sur sa droite. On lui demanda comment était le Noir, si c'était un vrai nègre tout noir, ou un Noir peint en blanc. Ou peut-être un Blanc déguisé en Noir ? Elle tenta d'expliquer, mais chaque explication ajoutait à la défiance des *carabinieri*. À l'hôtel où, sans faire preuve d'une délicatesse ostentatoire, ils l'amenèrent pour vérifier les papiers d'identité qu'elle y avait laissés, l'entrée du trio fit le plus mauvais effet. Et tout au long du chemin, en route pour le poste de police sous l'œil soupçonneux qui perçait sous les masques, elle frissonna, croyant sentir le contact glacé des menottes sur ses poignets. On la laissa, comme ça, désemparée, seule dans un réduit, sous la surveillance d'un pandore dont l'uniforme lui rappelait le dragon bleu sur la Piazzetta auquel on aurait coupé la queue.

L'ambiance changea quand on l'introduisit chez le *commissario.* Il lui dit d'abord qu'il aimait Paris. Il lui sourit. Il était très gentil. Il lui rappelait son grand-père, le père de sa mère, légèrement bedonnant, légèrement chevelu, qui lui donnait l'impression d'être toujours raisonnablement raisonnable. Il avait le français hésitant, parfois culbutant, alors, quand il lui fit répéter ce qu'elle avait déjà répété, elle passa d'elle-même à l'anglais. Elle lui raconta la scène de la veille.

— Le type en noir (pas un nègre, il portait une cape noire, un chapeau noir à trois cornes, seulement le masque était jaune et il n'avait pas d'yeux) avait frappé sur la vitre du restaurant.

— Quel restaurant ?

— Le restaurant du Ghetto ! C'est lui, j'en suis sûr, qui a assassiné le cardinal.

— Vraiment, au Ghetto ? Le tout petit restaurant à l'entrée du Ghetto ? Comme c'est intéressant...

Papy Julien réagissait exactement de cette manière quand un détail lui paraissait insignifiant.

Elle dit encore que non, elle ne s'était pas aperçue que le *signore* en noir avec le chapeau à cornes et le masque (« c'est une *bauta,* expliqua le commissaire, le masque de Pantalone dans la commedia dell'arte »), donc, reprit-elle, que l'homme à la *bauta* portait un poignard. Ni qu'il avait donné un coup de ce poignard. Elle n'avait vu que la garde d'une arme, apparemment tranchante, fichée dans le pectoral du prélat.

— La seule chose dont je peux témoigner, c'est que l'homme s'est prosterné devant le cardinal. Puis qu'il avait l'air de s'enfuir. Ça ne devait pas être facile, ajouta-t-elle, parce qu'il boitait.

Mais les laquais, eux, avaient bien vu l'homme « frapper d'un coup de poignard le *signore* déguisé en *monsignore* ». Ils le juraient. En plus, ils le juraient en italien, avec des grands gestes qui, partant du cœur et revenant au cœur, emplissaient l'espace qui les séparait du *commissario.*

— Chère madame, je vous suis très obligé de revoir votre position.

— Pardon ?

La jeune femme paraissait stupéfaite. Alors Giuseppe Cairoli s'empara d'un dictionnaire posé sur son bureau.

— Ah, voilà. Je vous suis très obligé de relire votre déposition, pas votre position ! Ne m'en voulez pas. — Il retira ses lunettes et se mit à rire. — J'ai perdu l'habitude du vocabulaire policier en français. Je ne parle plus français que pour les choses agréables de la vie. À Paris. Et à Dijon où je me rends quand le temps le permet. Je veux dire quand j'ai le temps. — Il avait les lèvres gourmandes, rêva l'espace d'un silence. — Et à Beaune. Ah, Beaune... Vous connaissez l'Hôtel-Dieu de Beaune, chère madame ? Ou faut-il dire mademoiselle ? Mademoiselle Anne Benveniste, si j'en crois vos papiers, compléta-t-il en lui rendant sa carte d'identité.

— Et je pourrai partir ?

— Mais bien sûr.

— Je pourrai quitter Venise, ou je devrai encore témoigner ?

— Ce serait un grand dommage que vous quittiez Venise avant la fin du Carnaval. Mais concernant l'incident auquel vous avez assisté, c'est fini pour vous. J'espère que vous ne garderez pas un mauvais souvenir. Cela fait toujours un certain effet. Mais... ce sont des choses qui arrivent.

Il le dit comme si, l'orage étant passé, on pouvait être assuré que le beau temps reviendrait. Il avait plongé le pouce dans les poches du gilet, laissant l'index et le majeur doigter l'allegro vivace d'un finale.

— Vous ne croyez pas à un attentat ? interrogea la jeune femme. Hier, il menaçait les juifs, aujourd'hui, il tue un cardinal...

— Ce n'était pas un cardinal, mademoiselle, seulement un déguisement. Vous lisez trop les journaux ! Le

Carnaval, c'est fait pour les oublier ! Non, non..., ronronna le commissaire, ça doit être la vengeance d'un mari. Ou bien une dette de jeu... Encore, vous serez d'accord avec moi, que ce n'est pas le moyen le plus intelligent de récupérer son argent, n'est-ce pas ? Vous oublierez vite. Et encore *grazie, signora.*

À la place des menottes, Hanna sentit le baisemain.

Il commissario Giuseppe Cairoli n'avait pas toujours été un gentil papy. Né à Naples, dans une famille bourgeoise, l'aîné des Cairoli avait rêvé de gloire et de sacrifice. Certains revendeurs de drogue qu'il avait interrogés à Ravenne où il « servit » — c'est un terme dont il usait alors avec conviction — avaient quelque raison d'avoir sur « ce salaud de Giuseppe » une opinion que Hanna n'aurait guère soupçonnée. Donc, au... service de l'État et de la Justice, il avait appris, passé ses toutes jeunes années, que l'exercice relevait de l'acrobatie. Alors, tout en douceur, il avait opté pour une troisième voie, celle qui devait conduire au bonheur de Giuseppe Cairoli, heureux époux d'Agatina, et de leurs trois enfants, Marco, Vittorio et Lora. — Lora belle comme Isabelle Adjani, que la Sainte Vierge les protège tous, qu'elle nous protège tous, amen. À quelques mois de sa retraite, il était d'avis que la règle d'or d'un commissaire de police à Venise est de ne pas faire de vagues dans et autour de la lagune. Cela signifiait que si un homicide avait pour cause la jalousie de l'époux, donc sans risque prévisible d'immédiate récidive ; sur la personne d'un amant non répertorié dans le *Who's Who,* et conséquemment inexistant ; et dès lors que l'ordre public, c'est-à-dire les réjouissances du Carnaval, ne risquait plus d'être troublé, l'enquête devait, à son tour, s'abstenir de troubler l'ordre public.

Ainsi que l'ordre privé de Giuseppe Cairoli.

Dans le cas présent, la victime semblant inconnue ou

peu connue, travestie de surcroît, et en plus de nationalité étrangère, le fait que le meurtrier ait pu, la veille de son forfait, frapper à la vitre d'un restaurant, qu'il soit au Ghetto, au campo Sant' Angelo, ou ailleurs, dans et hors de Venise, devenait insignifiant. À en croire le bon de commande du baldaquin, que Crisostomos, « Maison fondée à Venise en 1780, toutes locations de déguisements et accessoires », avait confié aux laquais, l'aspirant cardinal qu'ils avaient pris en charge depuis le Gritti Palace était un Français du nom d'Alexandre de Feltes. « Comte Alexandre de Feltes », précisait le billet. Ils n'en savaient pas plus. Pour la forme — et pour le rapport —, Cairoli demanda à un premier inspecteur de vérifier si les porteurs n'avaient pas de casier judiciaire ; puis il chargea 007, alias Marcello, de passer au Gritti pour s'assurer de l'identité de la victime ; voir si elle était accompagnée. De la famille ? Un ami ? Une amie ? Le cas échéant, il leur faudrait reconnaître le corps qu'on avait transporté à l'Institut médico-légal. Le *commissario* soupira. C'était toujours pénible, ces mauvaises nouvelles à annoncer à la famille. Le pire était les accidents de la circulation. Pour un homicide, c'était autre chose. La victime, la famille étaient rarement innocentes. Tout à fait innocentes. Ils avaient toujours l'une ou l'autre chose à se reprocher. Sauf exception, l'assassinat n'était pas une vraie surprise. Alors que les accidents de la route... Que la Sainte Vierge nous en protège.

Alexandre de Feltes... Le nom, croyait-il, lui disait vaguement quelque chose. Il consulta la liste des VIP dont la présence avait été signalée. Pas de De Feltes. Alors, soulagé, il s'étira, prit une datte farcie d'une belle pâte d'amande parfumée à l'eau de rose, referma le tiroir du dos de la main. Quand le téléphone se mit à sonner, il grogna parce qu'il ne trouvait pas de serviette en papier pour essuyer le sucre sur ses doigts.

— *Pronto ?*

C'était l'Institut médico-légal.

— Ici, Parenzo, *signore commissario*... Comment vous dites ? Non, je n'ai pas encore commencé. On vient tout juste de le déshabiller. Si vous voulez... je peux déjà confirmer que la blessure est la cause de la mort. La perforation du muscle cardiaque ne pardonne pas. Cependant, je souhaiterais que vous m'envoyiez quelqu'un.

— Le petit Olivi, ça vous va ? Vous le connaissez... Mais j'aurais préféré lire d'abord votre rapport.

— Il y a deux choses bizarres sur lesquelles, d'ores et déjà, je souhaiterais attirer l'attention des enquêteurs. Vous m'écoutez, *commissario* ? Je vous entends manger ! Si vous continuez comme ça, le cœur vous lâchera vous aussi. Tout seul. Vous n'aurez besoin de personne... Me permettez-vous de vous le rappeler ?

Il ne le permettait pas, mais allez convaincre Parenzo de vous ficher la paix ! Il n'avait jamais demandé à Parenzo de se préoccuper de sa santé. La simple idée de se faire ausculter par ce découpeur de viscères le révulsait. Et puis, pour soigner les gens, il faut un minimum de psychologie. Imbattable sur la table des calories, ayant pour les fumées du tabac l'aversion que saint Thomas portait à celles de l'enfer, le *dottore* Benito Parenzo, squelette mobile et parlant, couvert d'une peau fine, non adipeuse, était d'un abord parfait avec les cadavres. Avec les cadavres bien froids. Mais il était incapable de comprendre, ce n'est qu'un exemple, que Cairoli sente le besoin, de temps en temps, de croquer une douceur. Alors il dit :

— C'est juste un petit fruit. Avant le déjeuner. Et pourquoi vous avez besoin d'Olivi ? interrogea-t-il, se méfiant soudain des initiatives du sectionneur.

— À cause de la dague.

— Le poignard ?

— Non, c'est une dague comme on en utilisait autrefois. Une dague rouillée, en plus. C'est la première fois que je vois ça. Vous savez pourtant...

— Je sais, ça fait vingt ans que vous faites ce métier. Il y a autre chose ?

— Certainement. Le défunt n'a pas de papiers d'identité. Mais la dague a percé un parchemin qu'il portait à la hauteur du cœur.

Il ne pouvait jamais parler comme les autres ! Le défunt... le défunt ! Ce toubib de malheur l'énervait chaque jour un peu plus.

— Bon, le macchabée porte un parchemin, au lieu de son passeport. Vous pouvez me lire ce qui est écrit dessus ?

— Justement, c'est impossible. Il est scellé.

Il ne pouvait pas être simple. Dire : il est collé !

— Il est collé avec quoi ?

— Je vous ai dit qu'il était scellé. Avec de la cire rouge comme vous le faites pour un appartement dont vous voulez interdire l'entrée ! Je veux bien l'ouvrir, mais je risque de déchirer le parchemin ou de briser le sceau. Cela dit, si vous m'en donnez l'ordre...

— Non, je vais venir. Je viendrai moi-même. Tout à l'heure, quand vous aurez avancé dans vos... découpages — il imaginait, non sans plaisir, la grimace du toubib qui n'appréciait guère sa terminologie. Pour le reste, ne touchez à rien. Je verrai ce qu'on peut faire sans trop de dégâts.

Sur quoi *il commissario* Giuseppe Cairoli partit déjeuner. Pas de dégâts. Surtout pas de dégâts ! C'est pour ça qu'il lui fallait prendre les choses en main. Qui sait ce qu'Olivi serait allé chercher. Mafia, CIA, Mossad... et pourquoi pas Al-Qaida ? « Un cardinal assassiné par les talibans » ! Quelle aubaine pour les journalistes ! Non... Avant tout, rester dans les limites du raisonnable, éviter les grands titres en période de Carnaval. C'était ça aussi, le rôle de la police. Calmer les esprits, voir les choses simplement, permettre aux festivités de se dérouler normalement.

Comme dessert, il prit un *schiappetto.* Avec beaucoup de crème.

3

Le va-et-vient de la lourde monture sur l'arête de son long nez évoquait le travail des athlètes sur un cheval-d'arçons. Vingt fois remettant son ouvrage, la tête de Benito Parenzo plongeait sur les viscères, puis levait en direction du *commissario* des yeux gris, que les verres épais des lunettes rendaient inexpressifs. Cairoli détestait pénétrer dans l'antre froid du Dr Parenzo. Il avait en horreur le Dr Parenzo qui, pour ressembler plus encore aux macchabées qu'il tripotait, amputait, congelait ou formolait, avait le crâne rasé.

— Venez voir, j'ai sorti le cœur. Je l'ai déposé là-bas, dans ce que vous ne manquerez pas d'appeler une assiette de camping. L'assassin a frappé au moins deux fois. Un sauvage ! Regardez, j'ai eu de la peine à reconstituer les morceaux...

— Je vous laisse à votre puzzle. Vous m'avez parlé d'un parchemin, c'est pour ça que je suis venu.

L'autre avait replongé. On entendait claquer les ciseaux qui sectionnaient un tendon, découpaient les chairs.

— Derrière vous sur la table, répondit-il. Il était dans un gousset, à la hauteur du cœur, avec de l'argent. On l'a sorti avec des pincettes, sans rien toucher. Vous pourrez jouer aux devinettes. Les empreintes digitales... À chacun son joujou.

Sur le parchemin brunâtre, plié, percé par la lame, le sang avait séché. Une traînée sombre courait jusqu'au sceau, se confondant avec la cire rouge. Le cachet était brisé (par les coups donnés ?). Il ne collait que faiblement sur la tranche du document. En jouant du scalpel, Cairoli n'eut aucune peine à libérer l'empreinte sans effriter davantage la cire durcie. L'encre se détachait avec netteté, brillait sur le cuir bis d'un autre âge. La lumière forte et blanche du laboratoire ajoutait au contraste. Il déchiffra vite les lettre imitées du gothique, s'assit sur le tabouret des disséqueurs — ce qu'il aurait évité, absolument évité, si son attention n'avait été obnubilée par sa lecture. Avec précaution, les mains dûment gantées, il étala le parchemin sur le marbre blanc, posa sur les bords du document une pince et des ciseaux pour empêcher qu'il se replie et, doucement, se mit à lire l'étrange message :

Aujourd'hui, veille de la nouvelle lune d'Adar, toi, Alexandre de Feltes, alias de Feltre, tu vas payer les crimes de Bernardino, ton antenato, l'Inquisitore maudit qui a incendié notre chère synagogue et assassiné les Hebrei de Venezia. Après je retournerai chez notre Messia à Rome qui, piano piano, défait ses pansements. Oui, nos saints livres l'ont prédit : je suis venu à Venise et à Venise j'ai gagné.

Ainsi seront vengées toutes les victimes de ton antenato et de l'Inquisizione.

Beniamino fils de Reuveni Da Costa, porté en terre à Venezia en l'anno mundi 5260.

Oh qu'il n'aimait pas ça ! Moins encore la veille d'un dimanche. Week-end raté ! Giuseppe Cairoli haussa les épaules, résigné. Dans sa poche, mais en vain, il chercha le sachet de bonbons. Quand il était contrarié, il suçait un bonbon. Parenzo n'aurait même pas un cachou contre la toux. Javel, formol et savon, rien de plus.

C'était quoi, cette *« anno mundi 5260 »* ? Ce n'est pas qu'il comprenait mieux le reste du parchemin et son surprenant sabir. Les mots français n'étaient pas difficiles, il en connaissait le sens, mais ils signifiaient quoi ? C'était quoi, cette vengeance contre l'Inquisition ? Exercée comme ça, gratuitement, sur le premier gus déguisé en cardinal ? Certainement pas, puisque l'assassin donnait le nom de sa victime. Qui devait payer pour les crimes de son ancêtre ? Et qui était au juste ce Bernardino de Feltre dont il lui semblait bien avoir entendu parler ? Le Messie à Rome ? Pourquoi pas ! Mais où ça, à Rome ? Chez saint Pierre ? Peut-être au Colisée, avec ses pansements à défaire...

Il renonça à demander à Découpe-la-mort pourquoi il qualifiait de « dague » le couteau effilé, partiellement rouillé, que terminait un pommeau en fer. Sans doute parce que « dague » faisait ancien... Cairoli n'était pas spécialisé en armes de guerre, mais il n'aurait pas donné un autre nom que « poignard » à la lame courte, maculée de sang séché. Fallait-il établir une correspondance entre l'âge du poignard et cette *« anno mundi 5260 »* ? La seule chose sûre, c'est que le crime était prémédité, le message s'adressant à « Alexandre de Feltes », donc à la victime qui, le cachet faisait foi, ne l'avait pas lu ! Il faudrait réinterroger les laquais. L'assassin avait-il eu le temps de glisser le parchemin dans la pochette du cardinal avant de le transpercer ? En temps ordinaire, il n'aurait pas prêté attention au message. Une histoire de fous, ou une farce... Seulement, cette farce se terminait par une mort d'homme. Et maintenant qu'il était question de synagogues incendiées, il ne pouvait plus ne pas tenir compte de la Française, de l'assassin qui aurait menacé les gens du Ghetto ! Il n'avait jamais mis les pieds dans cette gargote sans histoire, appartenant à des juifs un peu frappés. Il faudrait voir sur place. Mais d'abord, il voulait en savoir plus sur cet Alexandre de Feltes condamné à mourir en plein carnaval de Venise afin de venger — il consulta le parchemin toujours grand ouvert — un certain Beniamino fils de Reuveni Da Costa ! Ce n'était pas lui, Giuseppe Cairoli, qui allait gober cette histoire-là. Il était confronté à un crime ordinaire, sordide comme ils le sont tous. L'Histoire ne servait que de couverture !

Il appela le commissariat.

— 007 est de retour ? Bon, qu'il ne bouge pas. Je veux le voir ce soir.

Marcello Mattei, qu'il avait envoyé au Gritti, n'avait rien d'un James Bond. Petit, cheveux en brosse, tout en nerfs et d'une perspicacité moyenne, il devait son surnom à l'attaché-case qui l'accompagnait invariablement tous les matins et dont il se... détachait seulement pour les enquêtes physiquement mouvementées.

— *Dottore*, j'emporte avec moi le parchemin. Vous me donnerez une pochette ? Je vais vous signer une décharge. Si, si. Je veux que tout soit réglo. Pour le reste, les habits, les billets de banque et bien sûr votre « dague », vous les faites envoyer au labo pour les analyses habituelles. Dites... vous en avez pour longtemps encore, à farfouiller là-dedans ?

— Je vais avoir fini. Le défunt pourra reposer en paix.

Cairoli haussa les épaules. Il remercia machinalement l'assistant qui s'empressait de lui tendre une pochette de plastique, jeta les gants de latex dans la poubelle et se dépêcha de sortir. Il se fâcha de voir le soleil reparti. Le vent qui soufflait de la mer était froid, humide. La semaine dernière, à la même heure, il faisait tellement beau. Ils avaient pris la voiture pour descendre sur Marina di Ravenna. Le soleil chaud sur la plage ! La mer magnifique sans un pli ! Dans un estaminet du vieux port, ils avaient déjeuné d'une poularde Marengo, accompagnée d'un rosé que le patron faisait venir d'Asti, en petits fûts entreposés dans la salle. Il avait le reflet des vitraux à midi, le parfum de la framboise et pour effet de rendre Agatina joyeusement entreprenante. Une sieste fabuleuse !

Quand il pleuvait le dimanche, ils restaient à Venise. Au retour de la messe, Agatina s'installait devant la télé qu'elle ne quittait qu'à l'appel de la faim. Dix pas jusqu'au four à micro-ondes... Congelés et saloperies. Et re-télé.

Réflexion faite (l'ondée sur le *vaporetto* n'y fut pas étrangère), le cardinal était mort. Mort et disséqué. Il n'y avait plus rien à traficoter. L'assassin devait être loin. Et s'il ne l'était pas, si c'était un Vénitien, il le serait encore lundi. Vénitien un jour, Vénitien toujours ! Et Olivi qui serait de permanence n'était pas payé à ne rien faire. En plus, il demanderait à 007 de rester joignable sur son portable. *Anno mundi* ou pas, il n'allait pas renoncer, six mois avant sa retraite, à la finale de pétanque prévue à Rimini ; surtout pas à la coupe que son équipe devait gagner. Qu'elle gagnerait sûrement. La résolution étant prise, son humeur se fit charmante, jusqu'à lui faire oublier le besoin d'un bonbon. Il frappa affectueusement sur l'épaule de l'inspecteur qui l'attendait avec impatience.

— Entrez, mon petit Marcello. Ce ne sera pas long. Alors, ça s'est passé comment ?

— C'était dur. J'ai dû annoncer la nouvelle à sa femme. C'est une comtesse, vous savez ?

— Elle est à Venise ? Et pourquoi elle ne l'a pas accompagné au Carnaval ?

— Elle dit que, hier, ils s'étaient couchés très tard. Ils étaient allés au bal chez les Forza et ne sont rentrés qu'à l'aube. Alors elle a fait la grasse matinée. Quand je suis arrivé à l'hôtel, elle était en robe de chambre, et prenait son petit déjeuner ! Elle habite une suite. Du coup, elle n'a plus rien mangé.

— La malheureuse ! Et ils ont des enfants ? Elle a une

idée de la raison pour laquelle on a poignardé son mari ?

— Elle dit que non. Elle était sous le choc. Mais elle n'a pas pleuré.

— Est-ce qu'elle savait son mari menacé ?

— Justement, personne ne l'a menacé ! Elle dit que ça doit être une méprise. Avec les déguisements, l'assassin a dû se tromper.

Le *commissario* avait pensé montrer le parchemin à l'inspecteur. Il n'en fit rien. Finalement, il n'était pas plus sûr de 007 que d'Olivi. Pour l'heure, aucun journaliste ne s'était pointé. Le crime échapperait peut-être aux médias, ce qui était tant mieux pour le Carnaval. D'après le récit des laquais et de la jeune Française, peu de personnes avaient dû s'apercevoir de ce qui s'était passé. Le Dr Giollitti, son ami Vincenzo Giollitti qui, à l'heure du crime, se rendait à son cabinet, sous les arcades, avait constaté la mort et veillé à l'évacuation du cadavre. La musique n'avait pas cessé de jouer. Il verrait lundi. Lundi, il serait toujours temps d'aviser.

— Mon petit Marcello, on ne pourra pas faire grand-chose demain. On remet tout à lundi. Je te demande simplement, puisqu'elle te fait confiance, et je la comprends — il flatta l'inspecteur d'un large sourire —, d'accompagner la comtesse aux frigos de Parenzo pour reconnaître le corps. Donne-lui les coordonnées du Consulat de France, si elle a besoin d'un coup de main de ce côté. Ils doivent avoir une permanence, le dimanche. Bref, essaye de lui rendre service. Bien sûr, tu prends ses coordonnées. Adresse, téléphone, etc.

— C'est fait, patron. J'ai tout noté. Ils habitent un village, au nord de Paris, mais son mari travaillait dans la capitale.

— Un village, comme c'est intéressant... Dis-lui bien qu'elle doit rester à la disposition de la police jusqu'à nouvel ordre. Vous n'aurez pas de peine, Olivi ou toi, à lui trouver un prêtre si elle le désire, et vous verrez à l'hôpital s'il faut un médecin ou un psychologue pour la calmer. Voyez quand même si le type n'avait pas quelque ennemi sur place. Interrogez tout le monde à l'hôtel. Est-ce que le couple était OK ? Est-ce qu'ils étaient toujours ensemble ? Un mari jaloux avait-il des raisons de lui en vouloir ? Mais en douceur, hein — le commissaire ne souriait plus —, et dites-lui de se présenter à mon bureau. Lundi vers les onze heures, quand nous aurons fait le tour de la question. Attention, inspecteur — quand il l'appelait par son titre, Marcello savait que la chose devenait sérieuse —, pas de zèle. Surtout pas de zèle ! Vous ne prenez aucune initiative. S'il y a une urgence absolue, je dis bien : absolue, un truc qui ne peut attendre mon retour, tu pourras toujours me joindre sur mon portable.

Il n'y eut pas d'urgence. Pas de coupe non plus. Les boulistes de Ferrare l'emportèrent. Une fois de plus ! Il avait mal pointé dans la première partie. Le retard était pris et plus rien n'y fit. C'était peut-être à cause de cette maudite *anno mundi*. Il y a comme ça des hasards idiots. Fredo, un ami, flic lui aussi, mais à Ferrare, avait pris un cappuccino avant de commencer la partie. Il l'avait imité. « Ça vous fera 5260 lires », avait-il cru entendre claironner la serveuse. 5260 ! Alors, au lieu de regarder le cochonnet, de ne penser qu'au cochonnet, il revoyait, sur le manuscrit, *anno mundi 5260* et pointa de travers ! Le genre de coïncidence qui vous fait perdre. Mais jamais gagner à la loterie !

Il lisait le rapport de Marcello en pensant à la pétanque. Hier, c'était le contraire : il jouait à la pétanque en pensant au rapport... Il prit un bonbon, suça lentement. C'était bien ce qu'il pensait : le couple ne sortait pas toujours ensemble. Et la réputation du comte, un habitué du Gritti Palace, ne plaidait pas en faveur d'un prix de vertu. L'inspecteur Marcello Mattei avait ajouté : « Le concierge a encore déclaré que, le matin du meurtre, un individu masqué qui portait une *bauta* a déposé un pli pour le *signore* de Feltes. Ce dernier l'a mis dans sa poche avant d'aller s'asseoir sous un baldaquin qui l'attendait à l'entrée. Il avait l'air pressé et portait déjà sa *maschera* rouge. »

Il cria :

— Marcello ! C'est quoi ce pli qu'on a remis au cardinal ?

— Sans doute une invitation. Le concierge a remarqué qu'il était fermé par un sceau de cire rouge. Un papier spécial, épais. Cela se fait beaucoup, aujourd'hui, pour les invitations à des bals ou à des soirées. J'ai peut-être eu tort d'en faire mention dans le rapport. Dès qu'un type a du fric, il reçoit des masses d'invitations. Si on ne l'a pas retrouvée, c'est qu'il a dû la jeter.

— Il ne t'a rien dit de plus ?

— Qui ?

— Le concierge, pas le pape ! Il n'est pas à Venise, le pape — il est à Rome !

— Non. Ah si ! Il a dit que l'homme à la *bauta* boitait.

La *bauta*, le masque blanc qui laisse la bouche à découvert, et l'ample cape noire qui, des pieds au chapeau, couvre le Vénitien, forment, à Venise, un déguisement courant, voire symbolique. Qu'une invitation soit livrée par un personnage ainsi déguisé pouvait être, de la part de l'hôte, une forme de raffinement. Ou de snobisme. Que le porteur boite était toujours dans l'ordre des choses possibles. D'autant que le déguisement comprenait un long bâton en guise de canne. Cela établi, pensait Cairoli, des coïncidences, trop n'en faut ! Il verrait comment Madame le cardinal réagirait à la lecture du parchemin. Ensuite il mettrait ses inspecteurs au parfum. Il renverrait 007 interroger le concierge ; au besoin, il irait lui-même.

— Dis-moi, Marcello... Tu as déjà mangé dans cette espèce de taverne du Ghetto ? Juste à l'entrée, sur la gauche ?

— Chez les Loubavitch ?

— Possible. Je crois qu'ils s'appellent comme ça.

— Non, jamais. Paraît que la viande y est dégueulasse. On m'a dit qu'ils enlèvent tout le sang avant de la cuire. Alors, ça devient de la semelle. Vous vous rappelez Charlot, dans *La Ruée vers l'or* ? Lui aussi il bouffait une chaussure. De plus, ils sont habillés comme Charlot ! La barbe en plus.

— On parlera cinéma un autre jour. En attendant, on va tous les deux faire un tour là-bas. Cet après-midi.

— Alors, après déjeuner ! Ah, à propos du Ghetto, Olivi vous a dit pour le Mémorial qui a été profané ?

De mémoire de flic, jamais on n'avait vu le *commissario* se mettre en colère comme ce lundi matin-là. Accouru au coup de gueule, Olivi avait eu beau expliquer que personne n'avait porté plainte, que le Mémorial lui-même n'avait pas été touché, que des taggeurs, il y en avait dans tout Venise, sur les plus belles maisons de la cité, et que jamais on ne lui avait demandé de dresser un état de toutes les saloperies qu'on trouvait écrites sur les murs de la ville, Cairoli semblait vert de rage.

— Et, conclut le jeune inspecteur, ce n'est pas parce qu'un type qui s'appelle Da Costa a gribouillé...

— Quoi ? Da Costa ? Tu es sûr ?

Que Cairoli se fâche, c'était courant. Qu'il se fâche énormément faisait partie de ses prérogatives. Mais que sa fureur tombe au simple énoncé d'un nom qui leur était totalement inconnu et qui sembla plonger le boss dans une perplexité extrême laissa les deux inspecteurs sans voix. Le commissaire se reprit rapidement.

— Je vous expliquerai tout à l'heure. Réunion générale à midi. Olivi, tu envoies un homme en uniforme au Ghetto. *Illico presto !* Personne ne doit toucher à l'inscription sur ou à côté du Mémorial jusqu'à nouvel ordre. Marcello, tu vois avec Luigi s'il est libre, ou n'importe qui du labo : qu'il prélève un échantillon de la peinture et prenne des photos. Je veux l'inscription sous toutes ses coutures. Bon... dans cinq minutes tu me fais entrer la veuve.

Il se leva, ouvrit la fenêtre. Machinalement. C'est à peine s'il voyait déambuler les masques de l'autre côté du pont. L'assassinat du cardinal, qui lui avait semblé la chose la plus naturelle dans le monde des passions amoureuses ou des dettes de jeu, prenait une autre dimension. Ce n'est pas qu'il ramenait chaque homicide à cette catégorie de crimes. Il était capable d'ouverture d'esprit, d'imagination. Ce qu'il refusait, c'était de faire table rase, d'effacer l'expérience acquise en quatre décennies d'enquêtes de toutes sortes. Chaque genre de crime a son cadre. Le Carnaval ne sert pas de champ d'action à la mafia ; pas davantage aux excités politiques. L'espionnage... bien sûr... tout est possible dans ce domaine. Mais il ne pensait pas qu'un espion participerait au Carnaval en se mettant en situation d'y être abattu. Non... le masque, qu'il soit celui du meurtrier ou de la victime, et à Venise plus qu'ailleurs, fait partie de la catégorie cœur. Ou fesses. Ce qui revient au même.

Alors, quelqu'un avait voulu tricher. Déguiser le crime passionnel en n'importe quoi d'autre. Mais pourquoi y mêler l'Inquisition, le Ghetto ? Et il ne savait toujours pas quelle était cette année *mundi* qui datait le manuscrit. Il déplia *Il Gazzettino*, parcourut grands et petits titres. Pas un mot sur l'affaire ! « Le silence est comme un avant-goût du bonheur. » Pour l'avoir souvent répété, toujours espéré, Cairoli savait par cœur ce propos d'Ignazio Silone. Il jeta le journal au panier, mit au carré les papiers disséminés sur son bureau, souffla sur les cristaux de sucre... Il pouvait maintenant recevoir la *signora*. Quand Marcello frappa à la porte, il alla à la rencontre de la comtesse et, lui prenant la main, la conduisit jusqu'au bureau.

— Entrez, chère madame, entrez. Asseyez-vous... ici, si vous le voulez bien. — Il avança un fauteuil ou, plutôt, recula le siège collé contre la table. — Croyez que je compatis à l'épreuve qui vous frappe. Pourtant je vais être obligé de vous tourmenter encore. Vous parlez italien, je crois...

— Je le comprends. Nous venons... nous venions régulièrement au Carnaval.

Elle était plutôt grande, à un âge où la maigreur ne fait plus le mannequin. Pas excessivement féminine. Son regard ne trahissait rien de ses sentiments. Elle croisa ses jambes, plaça son escarpin verni au bout du pantalon gris, face au policier. Comme si, pensa Cairoli, elle avait introduit, entre elle et lui, un élément muet, mécanique, qu'elle commanderait à sa guise. À ses condoléances elle répondit par un hochement de tête et ses yeux, couleur noisette, le regardaient sans ciller. Il lui était arrivé plus d'une fois de devoir interroger des veuves, il voulait dire des femmes qu'il questionnait à cause de leur état, récent ou immédiat, de veuve éplorée. Les journaux disaient toujours que les veuves étaient « éplorées ». Souvent elles portaient des lunettes de soleil. Pour pleurer ou faire écran. Pas elle. Elle n'avait pas l'air, pour autant, de le défier. Encore que l'escarpin, là, droit devant lui... Elle ne semblait pas indifférente non plus. Plutôt nonchalante, indolente. C'est ça, indolente, comme si l'affaire lui était étrangère. Très différente, en tout cas, de l'image qu'elle avait laissée à Marcello. Le jeune policier devait éprouver pour cette femme, ma foi jolie, les sentiments du chevalier protecteur au service de la victime d'un destin cruel...

— Qui savait, chère madame, que votre mari se déguisait en cardinal ?

— Ce n'était pas tout à fait une tenue de cardinal. Disons qu'il aimait passer pour un prince de l'Église. Il n'en faisait pas mystère. Mais il avait d'autres déguisements. Nous allions au bal avec des habits de cour des rois de France. Genre Louis XV. Il avait aussi le chapeau à trois pointes. Avec la houppelande noire et le masque blanc.

— Une *bauta* ?

— Je crois...

— Qui pouvait en vouloir à votre époux ?

— Mais personne ne lui en voulait, commissaire !

— Vous a-t-il paru inquiet ces derniers temps ?

— Non...

— S'il s'était senti menacé, il vous en aurait parlé... Ou peut-être craignait-il de vous effrayer ?

— Monsieur le commissaire, le voile de la mort, comme on dit, n'a aucune raison de masquer la réalité. Je n'ai pas l'intention de faire passer mon mari pour un saint. Nous vivions sous un même toit, mais chacun avait sa vie. Comme on dit. Lui, sans doute, plus que moi. La nature a ses lois... Cela étant, nous avions aussi des activités communes. Peut-être... — elle hésita —... parce que le milieu que nous fréquentons, un certain renom, des intérêts aussi, nous y obligeaient. Bref, j'imagine que si mon mari avait reçu des menaces, il n'aurait pas cherché à le dissimuler. Il ne l'aurait pas fait, en tout cas, pour me ménager ! Non, il a été tué par erreur. Une erreur que je juge profondément regrettable. L'état de nos relations conjugales n'a rien à voir avec l'estime que je lui témoignais sur un autre plan... Ne vous méprenez pas.

Il ne se méprenait pas. Mais Cairoli ne comprenait pas, il n'avait jamais compris les couples qui, après de longues années de mariage, éprouvaient le besoin de changer de partenaire. Certes, une occasion qui se présentait juste au jour, et à l'heure, où le démon de midi, comme disent les Français, vous souriait... ça pouvait se comprendre. Mais un état de permutation permanente, non, ce n'était pas sa tasse de thé.

— Vous étiez mariés depuis longtemps ?

— Quinze ans.

Quinze ans ! La fréquence du phénomène — un de ses amis français appelait cela le « sur-ménage » — étonnait Cairoli. À cause de son éducation catholique ? Non... s'il était contre, c'était par usage et raison. Contrairement à ceux qu'elles lassent, il aurait été gêné de changer ses habitudes, à se retrouver au lit avec une autre qu'Agatina. Il y pensait parfois ; les scènes de rue, les rencontres, les écrans — grands et petits —, le papier glacé des revues offraient de si appétissantes figures. Et quand il disait figures... Mais justement... sur papier ! Sans les odeurs fortes, la transpiration, les âneries débitées, les traquenards tendus. Ou les illusions perdues. En trente et quelques années de police, il en avait tellement vu défiler devant lui, taillables, couchables, malléables...

— Votre mari était d'origine italienne ?

— Non ! Il est né en Normandie. Vous connaissez la Normandie ?

— Je veux dire : ses ancêtres étaient italiens ?

— Non... Encore qu'il parlait d'un ancêtre, qui aurait, au Moyen Âge, habité par ici, en Vénétie.

— Bernardino da Feltre ?

— Qui vous a dit cela ?

Elle affichait une surprise totale. Oui, son mari était un arrière-petit-cousin d'un ancien cardinal de Paris, Mgr Feltin, c'est ce que prétendait une tradition familiale. Mais il en préférait une autre, selon laquelle les de Feltes étaient des descendants de Bernardino da Feltre, franciscain de grande piété et, membre actif de l'Inquisition. Elle n'en savait pas plus. Parce qu'elle ne s'était jamais intéressée aux arbres généalogiques et qu'elle-même, « bien que venant des Croisés, ne savait pas très bien de quelle cuisse elle descendait ».

— Nous avons trouvé ce document sur le corps de votre mari, dit le commissaire. C'est une photocopie, bien sûr. L'original est au laboratoire. Et ce document fait effectivement mention de Bernardino da Feltre.

Elle examina la feuille. Sagement posé par terre, à côté de l'autre, l'escarpin avait fini de se moquer de Cairoli, lequel ne perdait pas un geste, pas la moindre émotion extériorisée. Dans son carnet, il noterait plus tard : « Attention soutenue. Sang-froid. Le visage exprime l'étonnement. Ni révolte, ni abattement. Pas de fausse note. »

— Je ne sais quoi dire. Je ne comprends pas... Là, ce sont les marques du sang ? Son sang ? Mon Dieu ! Il y a des mots que je ne comprends pas bien. Ce qui est sûr, c'est qu'il s'agit d'une lettre de menace. Alors, pourquoi n'a-t-il pas alerté la police ?

— Je crains qu'il ne l'ait pas lue ! Le pli était fermé. Le concierge de l'hôtel affirme qu'il avait été déposé à son intention, qu'il le lui a donné juste avant qu'il ne prenne place sous le baldaquin. Il l'a mis dans sa poche sans le regarder, après avoir jeté l'autocollant sur lequel, à la réception, on avait écrit son nom. Le concierge dit que votre mari avait l'air pressé.

— Je sais qu'il voulait assister à un défilé...

— Reste à savoir, continua le commissaire, si c'est bien ce... document qui lui a été remis ou si, pour détourner les soupçons, il a été glissé dans sa poche par l'assassin.

Il ne dit pas qu'il s'agissait d'un parchemin. Il ne précisa pas non plus que le porteur était déguisé. Cairoli en disait toujours le moins possible. À ses subordonnés, à ses supérieurs et bien sûr à ceux qu'il interrogeait. A priori, il ne soupçonnait pas Isabelle de Feltes née... de Montclair de Brines, comme indiquait le passeport qu'il feuilletait devant elle. Mais il existe tant de manières de commanditer la mort d'un époux, d'un rival...

Il fut davantage explicite, plus tard, après le départ de la veuve, quand il réunit ses inspecteurs. Encore qu'il se gardât d'évoquer l'ancienneté évidente du parchemin. Il y aurait eu trop de questions, les hypothèses les plus aventureuses auraient fusé et Dieu sait à quelles conclusions Olivi, ou un autre, serait arrivé ! Il avait fait monter des sandwichs pour tout le monde. Afin d'empêcher les esprits de vagabonder, il fit remarquer que le message était écrit en français, avec, il est vrai, quelques mots italiens ; que la victime était française, elle aussi, et qu'en conséquence il se pourrait bien que l'affaire ne les concerne pas directement. Dans l'attente des éléments que lui communiquerait la police française, il demandait à ses hommes une enquête discrète (« très discrète. Me suis-je bien fait comprendre ? ») en direction des belles de nuit, et de jour, que le pseudo-cardinal avait pu informer de son ascendance italienne.

— Bernardino da Feltre, je crois bien que c'est un saint, hasarda Olivi. Ma mère m'a raconté qu'elle brûlait des cierges en sa mémoire.

— Mais non, coupa Marcello, le Bernardino auquel on brûle des cierges, c'est San Bernardino de Sienne.

— Je peux téléphoner à ma mère, elle nous dira...

— Personne ne téléphone ! tonna Cairoli. Le message s'adresse à tous : vous regardez, vous écoutez et vous ne dites rien. Comme les trois petits singes... Mais vous vous enlevez vos pattes sur les yeux et les oreilles.

L'image lui était suggérée par les trois inspecteurs qui faisaient face au bureau. Olivi, qui ne voyait jamais rien, Mattei qui ne savait pas se taire et Pecci. Antonio Pecci (pull à col roulé, fesses étroites du torero dans un jean dûment délavé) parlait d'autant moins que, récemment promu, il ne s'intéressait pas vraiment à cette affaire typiquement vénitienne. Il pensait au poste d'inspecteur principal qui l'attendait à Turin et avait pour Cairoli le regard attendri que les visiteurs du zoo portent à un vieux singe dont ils n'attendent plus guère d'exercices de voltige. Lui, il fonctionnerait autrement ! Et pour commencer, il remplacerait tous les vieux classeurs par un système informatisé. Avec des ordinateurs portatifs, grâce auxquels chacun connaîtrait sur-le-champ les données des enquêtes...

— C'est quoi, une « nouvelle lune d'Adar » ? demanda Olivi, revenu sur cette terre pour la circonstance.

Avec un CD à la place de tous les dictionnaires qui partent en morceaux, pensait Pecci, on le saurait depuis longtemps.

— On peut tout demander aux Loubavitch, avança Marcello. Cet été, j'étais en vacances à Davos, en Suisse. J'ai vu des Loubas — je crois que c'en était, ils portaient les mêmes habits noirs et des barbes, aussi, mais on les appelait autrement... Eh bien, une nuit, en pleine rue ! ils faisaient une prière en regardant le ciel. On m'a expliqué que c'était à cause de la nouvelle lune. Ils se prenaient tous pour Armstrong en se dressant sur la pointe des pieds comme s'ils cherchaient à l'atteindre !

— OK, on va leur demander, conclut le commissaire. Mais tu laisses Armstrong où il est. Et tu évites de dire qu'ils mériteraient une étoile ! Je ne veux pas d'histoires au Ghetto. Ces gens sont d'une susceptibilité... Donc Marcello vient avec moi. Vous, Pecci, vous vérifiez ce qui s'est passé chez les Forza. La cardinale affirme qu'elle et son mari y ont dansé jusque très tard dans la nuit de vendredi à samedi. Quant à toi, Olivi... Tu m'écoutes, Olivi ? Tu commences ta tournée en ville. Tu vois qui connaissait le Français, avec qui il couchait, s'il avait des régulières, s'il dérangeait du côté femmes du monde, ou s'il avait mis le grappin sur une demoiselle en particulier... Mais tu ne dis rien ! Tu questionnes, tu ouvres les oreilles et c'est tout. Même chez les putes, c'est tout... Pour les époux de ces dames, on avisera plus tard.

4

Ce qui distingue le Ghetto d'un autre quartier vétuste d'une ville d'Italie ou d'ailleurs, c'est la profusion des fenêtres sur des maisons trop hautes et trop étroites. Ici, on a continué à élever des étages... Entre le plancher et le plafond, on a ouvert de nouveaux appartements — et autant d'ouvertures dans les murs. Expulsés d'Espagne, du Portugal, de partout, errants et marranes venaient s'ajouter, se rajouter aux juifs de Venise, parqués depuis 1516 dans le quartier, trop exigu, d'une ancienne fonderie : *ghetto,* dans la langue de Dante. Sous peine de prison, ils étaient obligés de demeurer, la nuit, dans cet enclos ceinturé d'eau, jusqu'à ce qu'au matin la cloche de San Marco autorise les gardiens (qu'ils devaient payer de leurs deniers) à décadenasser les portes. Il en fut ainsi jusqu'à ce qu'en 1797, Napoléon fît abattre le mur d'enceinte. Ghetto, quand tu nous tiens ! L'ancienne prison de nuit, toujours habitée par quelques centaines de juifs, est aujourd'hui, un haut lieu du tourisme à Venise.

— Est-ce que je peux vous servir un thé ?

Cairoli échangea avec 007 un regard amusé. Dans les bistrots, les restaurants, les boîtes de nuit où ils s'arrêtaient au gré de leurs enquêtes, on leur offrait toujours à boire. Mais c'était bien la première fois qu'on leur proposait un thé ! Moshé Levitas buvait le sien par délicates succions, légèrement audibles. La vapeur qui s'échappait du verre mouillait la barbe sur ses joues maigres, montait jusqu'à ses lunettes qu'il essuyait à la nappe rosâtre de la table. L'après-midi était déjà fortement engagé. Les clients de midi étaient partis depuis longtemps. Dans l'arrière-salle, trois jeunes barbus, autour de livres grands ouverts, faisaient semblant de ne pas remarquer les visiteurs.

— Vous êtes le patron ?

— Non, je le remplace. Il n'aime pas rester à Venise pendant le Carnaval.

— Donc c'est bien vous qui étiez de service vendredi soir. — Cairoli avait son bon sourire. — On nous a rapporté, cher monsieur, qu'un individu vous a importuné... — L'autre continuait à essuyer ses verres, fixait le commissaire de ses yeux myopes. Il ne dit rien, comme si d'avoir retiré ses lunettes l'avait rendu sourd. Ou muet. — On nous a dit, poursuivait le policier, qu'un homme masqué d'une *bauta* a frappé de son bâton à la vitre du restaurant.

— Quelqu'un a frappé... — Levitas parlait lentement, d'une voix fluette. — Oui, quelqu'un a frappé avec son bâton. Mais s'agissait-il d'un homme ?

— Vous voulez dire qu'une femme aurait pu se déguiser...

Le barbu avait remis ses lunettes. Le regard restait le même, un peu triste, la voix était plus faible encore.

— Non... Je ne crois pas que c'était une femme... Il était trop fort, trop vigoureux...

— Mais alors ?

007 avait ouvert son attaché-case. Notait sur un cahier les propos du gargotier.

— Alors rien...

Visiblement, il pensait à quelque chose. Ou savait quelque chose. Cairoli jugea qu'il valait mieux ne pas insister, ne pas effaroucher un personnage qui semblait raisonner autrement que lui. Il reviendrait à la charge plus tard.

— À propos, vous pourrez peut-être nous renseigner... Une « lune d'Adar », plus exactement une « nouvelle lune d'Adar », vous savez ce que cela signifie ? Est-ce lié à votre religion ?

— Bien sûr ! Nous sommes au mois d'Adar. C'est l'un des mois du calendrier hébraïque. Nous sommes, aujourd'hui, le lundi 3 Adar, sans autre précision. Il n'y a qu'un mois d'Adar cette année...

— Parce que d'habitude il y en a plusieurs ?

— L'an passé nous avons eu Adar I et Adar II. L'année était embolismique...

— Ah ! Embolismique...

C'était quoi une année embolismique ? Cairoli pensa que les choses ne seraient pas faciles... Cela dit, et quelle qu'en soit la signification, la qualité embolismique ou non de l'année en cours lui importait peu. Ce qu'il voulait comprendre c'était la date qui figurait sur le document : « *Aujourd'hui, veille de la nouvelle lune d'Adar* »... Quel pouvait être le rapport — et d'abord y avait-il un rapport ? — entre la nouvelle lune d'Adar et l'apparition dans le Ghetto, vendredi soir, du type avec sa *bauta* ?

— Donc, reprit le policier, vendredi, on n'était pas encore en Adar...

— Non, vendredi on a fêté, comment dire en italien... le « début du mois ». On était le 30 Chevat.

— Je vous demande pardon... Vous commencez un mois le 30 ? Le trentième jour du mois ?

— Il faut que je vous explique... Le « début du mois » — en hébreu, on dit la « Tête du mois » — peut tomber sur deux jours, le 30 du mois d'avant et le 1er du mois suivant. En l'occurrence : le 30 Chevat et le 1er Adar... Vendredi, nous avons fêté la « Tête du mois » d'Adar mais nous étions en Chevat.

— Donc vous étiez attablés, le vendredi 30 Chevat, quand...

— Non, c'était le 1er Adar. Chez nous, le jour commence à la nuit. Vendredi soir, dès le début du chabat, on a été en Adar.

Le Louba s'exprimait maintenant avec assurance. Se retrouver sur son terrain d'enseignant lui donnait confiance. Claire et rythmée, sa voix rappelait à Giuseppe Cairoli celle de son instituteur, accompagnant sa leçon de légers coups de règle sur son bureau en bois, dans la petite école Santa Benedicta à Naples. Souvenirs... Le commissaire reprit, articulant lentement :

— Et la nouvelle lune proprement dite, c'est quand ? Le 30 ou le 1er ?

— Justement, *signore commissario*, c'est parce que avant, il y a vingt-cinq siècles, on ne savait pas si la lune allait se lever le soir même ou le lendemain, que nous avons deux jours de « Tête du mois ».

— Aujourd'hui, vous le savez ?

— Ça ne fait rien. On fait comme si on ne savait pas...

Cairoli se dit que, vraiment, ce n'était pas facile... que ce ne serait pas facile du tout. Quant à 007, il écrivait toujours. Il écrivait tout. Avec l'espoir que plus tard, en se relisant, il comprendrait. Depuis qu'il se servait d'une calculette, la plus simple addition le déconcertait.

— Alors, reprenons, fit le commissaire en s'efforçant au calme. La nouvelle lune est apparue quand ? Pourriez-vous, cher monsieur, me donner la date de la nouvelle lune ?

— C'est tout simple... Dans la nuit de vendredi à samedi on a pu voir la nouvelle lune. Vendredi soir on était au début de la journée du 1er Adar 5761.

Cairoli sursauta. Levitas avait dit 5761... Les deux cappuccini, voyons... il les avait payés 5760 lires, non... 5260, le chiffre qui apparaissait sur le parchemin. Il demanda :

— 5761 de quoi ?

— L'an 5761 de la création du monde...

— Mais le monde a des millions, des milliards d'années !

— C'est ce que disent des savants. Et chez les savants, une théorie chasse l'autre. La Tora — le *Pentateuco*, comme vous dites —, elle, ne se trompe pas. Si vous additionnez les jours et les années selon ce qu'en dit la Bible, vous arrivez à 5761. Remarquez, on ne sait pas très bien combien de temps a duré chacun des six jours de la Création, parce qu'au début le soleil n'existait pas...

— Donc, coupa le policier, en l'an 2001, votre calendrier marque 5761 ?

— Et dans ce cas, l'an 5260 correspondait à quoi ? Ça fait 500 + 1 année de moins... donc à l'an 1500 ?

La question venait de Marcello, tout heureux de retrouver le fil de la conversation et plus encore d'avoir réussi une addition/soustraction sans l'aide du moindre instrument.

En guise de réponse, il reçut dans le tibia, sous la table, un fort et douloureux coup de pied. Cairoli était furieux. Que diable cet imbécile de 007 avait-il besoin de faire mention de ce nombre ? À en croire le parchemin, son signataire aurait été enterré en l'an de grâce 1500 ! Il l'avait calculé dès que le barbu avait donné la clé de l'*anno mundi* et il ne tenait pas, surtout pas, à ce que l'autre demande à l'inspecteur pourquoi il faisait mention de cette année-là en particulier.

— Vous avez parfaitement saisi, dit le maître d'école. C'est très bien ! L'an 5260 de la création du monde, ça donne 1500 dans le calendrier chrétien ; cent ans de plus, 5360, correspond à 1600 et ainsi de suite. Vous ajoutez chaque fois la différence entre les deux nombres : 240.

— Comment... vous ajoutez ?

Un sourire confus effleura les lèvres de Levitas.

— Je me suis mal fait comprendre, dit-il. Je pensais à la date d'édition d'un livre. C'est alors, seulement, que l'occasion nous est donnée de faire une conversion. — Il rit. — Je veux parler de la conversion des nombres... Comme l'imprimerie n'est apparue qu'au premier tiers du cinquième millénaire, les éditeurs ont tout bonnement supprimé la mention des millénaires. Un livre imprimé aujourd'hui, en 5761, serait daté de 761, sous-entendu : du sixième millénaire, puisque la chose ne pouvait se produire cette année-là, dans les millénaires précédents. Pour convertir, vous ajoutez 240 + 1 ou 2 millénaires de votre calendrier, selon que vous vous situez avant ou après l'an 2000 du calendrier chrétien. C'est tout simple. Donc, vous disiez quel nombre ?

— Ça n'a pas d'importance, c'est tout à fait clair, s'empressa de dire Marcello en frottant ostensiblement son tibia.

Mais Levitas avait enregistré la question. Il énonça doctement :

— Vous disiez 5260, n'est-ce pas ? + 240 = 5500. Vous retranchez 4000 (les six millénaires du calendrier hébraïque moins les deux premiers millénaires chrétiens) et vous avez l'an 1500 ! Mais vous n'avez pas beaucoup de livres qui ont été imprimés en 5260... Bon, je reprends.

Et c'est au moment où il faillit reprendre que le téléphone, sur le comptoir, sonna. Il fit signe au groupe des trois étudiants de décrocher. Cairoli profita du répit :

— Si vous le permettez, cher monsieur, je voudrais revenir à vendredi soir...

— Excusez-moi, *signore commissario*, mon élève m'appelle. Il semble dire que c'est urgent. J'en ai pour un instant.

Un long instant dont Marcello fit les frais.

— Si une fois encore — le *commissario* desserrait à peine les dents — tu te mets à parler de l'an 5260, si d'une manière ou d'une autre tu fais allusion au parchemin, si tu oses parler de l'*anno mundi*, je me paie mon petit pogrome personnel et je t'assomme, ici, en plein

Ghetto. Non... tu la fermes ! Regarde plutôt notre bonhomme.

Professionnellement, par instinct plutôt que par raison, le policier ne perdait pas Levitas de vue. Il était incapable de lire sur ses lèvres que cachait le combiné. Mais à ses gestes désordonnés, à le voir qui passait l'écouteur d'une oreille à l'autre comme s'il craignait d'avoir mal entendu de la première, il se dit que les nouvelles n'étaient ni simples ni bonnes. Il le regardait qui questionnait, questionnait encore, alors que le désarroi marquait son visage.

Il retourna lentement à sa place, d'abord sans rien dire, comme si les deux policiers n'existaient pas. Il but une, deux gorgées de thé. Enfin, il balbutia, sur le mode mineur recouvré :

— C'est ce que je craignais... Ce que je disais. Les livres ne peuvent mentir...

— De quels livres parlez-vous ? s'inquiéta Cairoli. Que craignez-vous ?

— C'était l'un de mes compagnons d'étude, répondit le Louba. Il était encore sous le choc et m'a téléphoné d'une cabine à côté du cimetière. Après ce qui est arrivé vendredi soir, je l'ai envoyé prier sur la tombe des justes afin que le malheur ne s'abatte pas sur Venise. Il m'a dit qu'une tombe était ouverte... Il est sorti de sa tombe !

— Qui est sorti de sa tombe ?

— Mais le fantôme... Le Vengeur ! Vous avez vu ce qu'il a écrit sur le Mémorial ? Il s'appelle Beniamino Da Costa.

— Nous sommes passés devant tout à l'heure. N'importe qui, tenta le policier, a pu écrire ces lignes...

— N'importe qui ! Moi, depuis la nuit de jeudi, je sais que le Vengeur est là. Cette nuit-là, il est entré dans le Ghetto...

— Vous venez de dire que c'était vendredi soir, quand le Chabat a commencé...

— Je vous parle de la nuit d'avant, s'impatienta Levitas. Il est revenu le jour du chabat, mais il s'était déjà manifesté dans la nuit de jeudi à vendredi. C'était peu après une heure du matin, je ne l'oublierai jamais. Il est passé dans la rue et il a crié : « *La vendetta trionferà...* »

— Vous êtes sûr que c'est le même personnage ? Le même qui a frappé à la vitre vendredi soir ?

— Je l'ai reconnu tout de suite. Je savais que c'était lui ! Bien sûr, de haut, je n'ai pu voir son masque jaune — vous ai-je raconté qu'il avait un masque jaune, effrayant, avec des trous noirs à la place des yeux ? — mais le chapeau, le bâton, c'étaient les mêmes. J'ai bien vu le bâton, parce qu'il boitait et qu'il s'aidait de son bâton...

Les deux policiers se regardèrent, perplexes. Cairoli crut déceler une certaine inquiétude sur le visage de son inspecteur.

— Vous l'avez vu boiter ? Quand ? Vendredi soir ?

— Pas vendredi soir ! Vendredi soir, il s'est comme évanoui dans la nuit. Plus personne ne l'a vu. C'est quand il marchait sous ma fenêtre. Il est passé à côté du réverbère en criant « *la vendetta, la vendetta* » — il a répété le mot comme dans la chanson — « *trionferà* », je me suis aperçu qu'il avançait d'un drôle de pas. Il boitait, aussi vrai que je suis là, devant vous ! C'était effrayant... Je ne savais pas qu'un fantôme pouvait boiter.

— Comme c'est intéressant. Et votre ami, ou votre disciple, vous a appelé du Lido ? Du Cimitero Nuovo ?

— Non, du vieux cimetière, celui de San Nicolo.

— Il est tout petit, on trouvera la tombe tout de suite. On y va de ce pas. Écoutez... — Cairoli, qui s'était levé, tendait la main à Levitas qui la serrait longuement —... écoutez, cher monsieur, nous allons nous renseigner sur ce que fut la vie de ce Beniamino. Et nous ferons en sorte qu'il n'ait plus besoin de se venger. Nous nous chargerons de châtier les coupables.

Marcello n'en croyait pas ses oreilles. Il regardait son chef d'un air ahuri. Celui-ci continuait :

— Je comprends très bien votre émotion. Mais admettez avec moi que rien ne ressemble plus à une *bauta* qu'une autre *bauta*. Vous savez bien qu'il y en a des dizaines pendant le Carnaval. Vous ne pouvez être sûr que le personnage de jeudi soir, que vous avez vu depuis votre fenêtre... Vous habitez à quel étage ?

— Le troisième, mais ce sont des appartements bas de plafond... Je l'ai vu d'assez près.

— Ça ne fait rien. Ce n'était peut-être pas le même... Je vous le demande absolument : ne parlez à personne de ce que vous venez de me dire. Ne racontez rien sur le fantôme ! Vous me le promettez ? J'ai donné l'ordre qu'on efface l'inscription à côté du Mémorial. Mais nous allons nous mettre au travail...

Levitas eut l'air quelque peu rasséréné ; il remercia le policier avec effusion :

— Je vous suis reconnaissant de ne pas prendre l'événement à la légère. Je veux vous dire une chose, *signore commissario*, le fantôme... eh bien, il ne cherche pas à se venger personnellement. S'il est apparu pendant le Carnaval, c'est pour nous avertir que le Ciel va demander des comptes pour ce qui s'y passe.

— Bien sûr, bien sûr... — La voix de Cairoli était calme, apaisante. — On ne peut rejeter cette hypothèse. Je vais en parler avec le maire ; et avec l'administration du Carnaval. Faites-moi confiance... Mais j'ai votre parole ? Pas un mot à qui que ce soit ! Merci... Dites-moi, c'est combien vos pâtes d'amandes, dans le bocal derrière vous ? Non, une seule... La rose, là. Merci, vous êtes tout à fait aimable...

Dehors, la nuit était tombée. Et avec elle, le froid des bords de mer qui vous perce les os. Dans le ciel, sans lune, on devinait les nuages que le vent du littoral traînait sur la ville.

— Franchement, patron, vous croyez à cette histoire de vengeance ? Vous allez vraiment en parler avec le maire ?

Cairoli finit la pâte d'amandes avant de répondre :

— La seule chose importante, mon petit Marcello, dit-il avec douceur, c'est que le bonhomme la boucle, qu'il ne commence pas à affoler les gens avec des histoires de revenants. J'ai essayé de lui faire admettre qu'il avait pu se tromper. Que le type à la *bauta* du vendredi n'avait rien à voir avec l'ivrogne de la veille. C'était peine perdue. Alors je fais semblant de marcher avec lui... Il y a un salaud qui a tué. Il déguise son crime en y mêlant des fantômes et autres trucs abracadabrants à la mode de Venise. Si on découvre l'assassin sans trop de difficultés, tant mieux. Sinon, on laisse tomber. On ne va pas mettre Venise et le Carnaval sens dessus dessous pour un cardinal à la moralité douteuse. D'autant que la veuve s'en fout. À ce stade, l'assassin a atteint son but, je te parie qu'il va s'en tenir là. Alors, on calme le jeu.

— Et la tombe dans le cimetière ?

— Je ne sais pas ce qui est vrai et ce qui ne l'est pas. De toute manière, il faut se rendre sur place. — Il se lécha le pouce... — Vous vouliez peut-être aussi une pâte d'amandes ?

Marcello n'avait pas l'air dans son assiette.

— Vous... vous avez l'intention d'y aller maintenant, au cimetière ? À cette heure, avec le *vaporetto* ? Il fait totalement nuit, on n'y verra rien. Si vous voulez, patron, j'irai demain matin...

L'inspecteur hésitait-il à s'aventurer de nuit dans un cimetière où les fantômes se levaient ? L'idée était amusante... Marcello était originaire du nord de l'Italie, du côté des Laghi d'Inferno, sur la cime du Diable. Plus d'une fois il avait raconté, mi-sérieux mi-moqueur, que les eaux, là-bas, sont si profondes, qu'elles communiquent avec l'enfer. « On dit, chez moi, que si vous y lancez une pierre, au lieu de bulles d'air on fait monter à la surface de vrais démons. » Il était possible aussi que le jeune inspecteur, toujours volontaire pour le tour des boîtes, préférât, en ces dernières heures du Carnaval, côtoyer des êtres bien en chair plutôt que de purs, ou moins purs, esprits dans les cimetières marins sous la lune. Et puis, Marcello raisonnait juste, il n'y avait pas grand sens à se rendre la nuit au cimetière. D'autant qu'Agatina avait parlé d'un nouveau film. Au Rossini. Avec Juliette Binoche. Cairoli aimait bien Juliette Binoche.

— Demain ? Pourquoi pas... À moins que le *signore* Beniamino retourne se coucher cette nuit et se couvre soigneusement, il n'y aura rien de changé. Amène Luigi avec toi. Qu'il nous fasse de belles photos... Tu écriras les poèmes et vous sortirez un album ! Mais souviens-toi : tu ne prononces pas le mot « fantôme ». Tu n'as jamais entendu parler de l'an 5260 ! Tu te renseignes sur tout ce qui, ces derniers jours, ou ces dernières nuits, a pu se produire au cimetière. Et tu la boucles.

Luigi fit de belles photos. Il expliqua à Marcello — qui savait tout, absolument tout sur le passé, le présent et l'avenir du Giro et ses coureurs, mais peu, très peu sur les poèmes et les poètes — que lord Byron et Goethe, Shelley et Musset avaient médité ici, sur l'île du Lido et dans le vieux cimetière juif dont les premières tombes datent de 1389. Ils s'asseyaient là, marchaient parmi les pierres tombales aux motifs mystérieux, pierres d'Istrie, éclatantes de blancheur sous le soleil de l'Adriatique. Marcello, qui du Lido ne gardait que le souvenir des filles sur la plage et celui des grands hôtels au luxe tapageur, regardait, étonné, le fouillis harmonieux des sureaux et des lianes, des troncs dénudés des arbres clairs poussant parmi les pierres tombées, cassées, debout, couchées. Mains ouvertes pour bénir, couronnes, rosaces, nombres cabalistiques, soleils ailés surgissaient de la roche taillée, au-dessus des lettres élégantes en hébreu. Et sur le lierre enlaçant les tombes, lavé par les pluies d'hier, la lagune apaisée déposait cette mince pellicule brillante qui, en ces lieux de la mort enfouie, accorde aux hommes de foi la promesse de l'aube. La mort semblait comme absente, effacée des tombes. On la voyait seulement, on la palpait, hideuse en ce rocher gris, froid, monstrueux, flanqué par-dessus le charnier des pestiférés réunis ici, pendant l'épidémie qui décima Venise en 1630-1631. Chiffres arabes, lettres latines, superposés sur deux lignes. Deux mots terribles, deux mots seulement, contant l'inénarrable :

1631
HEBREI.

Derrière cette pierre, au-delà des épines et des ronces, une tombe était béante. La terre, noire, gluante, avait été jetée de part et d'autre. Elle recouvrait partiellement d'autres sépultures. Le jeune inspecteur s'approcha du trou, lentement, comme s'il craignait d'y découvrir le squelette de Beniamino. Ou son suaire. Un œil qui le regarderait ? Une mâchoire pour crier vengeance ? Pour sa part, Luigi ne semblait pas ému. Silencieux, il photographiait, debout, genou à terre, couché sur un ciré qu'il avait emporté pour la circonstance. Il fixait sur sa pellicule le granit gris de 1631, la tombe ouverte, les traces de pas que la terre humidifiée suggérait. Marcello n'avait qu'une hâte : quitter les lieux.

— Je dois faire mon enquête, le pressa-t-il. Si tu veux, je te laisse. Faut que j'interroge les gens. Dehors. Le bouquin, tu le feras tout seul. Très peu pour moi. Allez, grouille.

Le gardien, auquel il rendit les clés de la grille, dit que non, il n'avait rien remarqué ces derniers temps.

« Et puis, moi, j'habite loin d'ici, je n'y suis pas la nuit. » Pourquoi, se demanda 007, l'autre lui parlait-il de la nuit ? Avait-il seulement, lui, le flic, évoqué la nuit ? Il insista, gronda, menaça et le bonhomme finit par reconnaître, pinçant et caressant de ses doigts aux ongles noirs sa moustache tombante, que « la Maria qui garde la belle villa rose, là-bas, de l'autre côté du cimetière, mais elle radote, vous savez, il ne faut pas faire attention, enfin si vous voulez, elle vous racontera, peut-être, que, la nuit, il se passe des choses dans le cimetière ».

L'œil du professionnel ! Luigi arma son appareil dès que les bottes vert-de-gris qui perçaient sous le tablier bleu de Maria annoncèrent le personnage, osseux, oblong, au visage émacié qui, quelques décennies plus tôt, avait bien dû, une ou deux fois, sourire. Quand Marcello lui montra sa carte, quand elle entendit prononcer le mot « police », elle éructa :

— Je n'ai vu personne.

— Je ne vous ai encore rien demandé, Maria ! C'est le vieux gardien du cimetière des Juifs qui m'a conseillé de venir vous voir... Et pourquoi n'auriez-vous pas vu des gens hier ou avant-hier. Sur la route, ou dans le jardin...

— Je n'ai vu personne, au cimetière. Voilà ce que je dis.

Sur quoi elle se moucha deux fois et se signa. Une fois.

Le policier revint à la charge :

— Il faisait peut-être nuit ? Ou bien ce n'était pas une personne. De votre fenêtre, ou du jardin, vous avez pu apercevoir autre chose, une forme...

Elle darda sur 007 un regard effrayé, d'abord, puis critique. Non ! à elle on ne la faisait pas.

— Qui vous a dit ça ? Oui, il y avait une forme près du feu. Qui vous l'a dit ?

Elle se signa derechef. Marcello pensa l'imiter, mais il n'osa pas devant Luigi qui, faisant mine de photographier sur la droite, avait dirigé sur Maria son objectif à miroir.

C'était, rapporta-t-elle, dans la nuit du jeudi au vendredi...

— Vous êtes sûre de la date ? insista Marcello.

Elle haussa ses maigres épaules avec un dédain manifeste.

— Bien sûr que c'était jeudi, le jour où je lave la remise ! J'avais glissé, je m'étais fait mal au pied. Vous voyez mon pied, là... La cheville était tout enflée et ça m'a réveillée. Alors je me suis levée pour boire un coup de chianti. Ça me fait toujours dormir, le chianti. Mais je ne dois pas en boire parce que j'ai un ulcère. Je peux même vous dire qu'il était minuit, parce qu'à l'église ça a sonné les douze coups de minuit et que l'église, plus loin, la Santa Maria Elisabetta qui est toujours en retard, s'est mise elle aussi à sonner douze coups. Et je me suis mise debout.

Elle parlait maintenant de ses maladies. Tout s'enchaînait autour de ses souffrances. Donc, quelques instants après minuit, alors qu'elle passait devant sa fenêtre pour gagner l'armoire près de la porte, elle avait aperçu une lumière près d'une tombe ouverte. Il y avait du brouillard, on ne voyait pas bien, et les branches de l'arbre devant sa fenêtre cachent en partie le cimetière, « même en hiver parce que, quand il y a des feuilles, on ne voit plus rien du tout », et la forme s'était baissée. Le feu s'était éteint et elle était partie. Et Maria se signa.

— Est-ce que vous l'avez vue boiter ?

— Je vous ai dit que c'est moi qui ai mal au pied. À ce pied-là. La forme, je ne sais pas, mais maintenant que vous le dites, peut-être bien qu'elle boitait... C'est sûr, il boitait.

— Et il était habillé comment ?

— Il portait un grand manteau noir qui le couvrait entièrement.

— Et sur la tête ?

— Sur la tête ? J'ai pas vu la tête ! J'ai vu une forme, c'est tout. À travers les arbres. Une fois, il sauté par-dessus une tombe. À gauche de la grande pierre. La pierre qui parle de la peste.

Maria se signa.

— Et c'est la première fois, reprit Marcello, que vous la voyez, la « forme » ?

— Moi je me lève avec le coq, c'est pas comme tous ces fainéants. À minuit, je dors.

Le policier soupçonna qu'il faisait partie de ces fainéants, mais il sentit surtout, dans sa voix, une hésitation, une réticence.

— Vous ne l'aviez jamais vu avant ?

— Jamais.

— Vous n'avez jamais rien entendu non plus ?

Elle le fixa comme la première fois, avec ce regard dur mais étonné de la femme surprise qu'on perce son secret. Alors elle raconta que, l'an passé, pendant le Carnaval, justement, elle avait entendu des voix. Une voix qui sortait des tombes. Et Maria se signa.

Position relax, dos à la mer et au Lido, le fauteuil du *commissario* était orienté au-delà de la ville et par-dessus la plaine du Pô, vers la ligne blanche des Alpes. Marcello avait parlé de Davos. Il s'était rappelé... avait fantasmé sur de vieux souvenirs. Ce vendredi matin, à l'issue d'une semaine d'investigations et de recherches diverses sur l'assassinat d'Alexandre de Feltes, Giuseppe Cairoli voyait se dessiner avec précision le tableau d'un long week-end qu'il se proposait de prolonger d'une ou deux nuits. Fondue, raclette, *e vafanculo al colesterolo !* Ses inspecteurs le regardaient méditer, ne parlant qu'à mi-voix, n'osant troubler le cours de ses réflexions. Enfin, il imprima à son siège un mouvement de rotation et, les regardant bien en face, annonça que « l'image d'ensemble commençait à prendre... forme ». Le mot fit tiquer Marcello que Cairoli observait du coin de l'œil.

— Je vais faire le point. Un point chronologique. Dans la nuit du jeudi 22 au vendredi 23 février, il y a un peu plus d'une semaine, à minuit exactement et en plein Carnaval, une « forme » semble avoir été vue dans le vieux cimetière juif du Lido. Elle a l'air de boiter, puis disparaît. Si l'on en croit le témoignage recueilli par Marcello, celui d'une dénommée Maria, qui depuis un demi-siècle est au service de mes amis Cordoverro. Ceux-là m'ont assuré que la vieille radote mais que, grosso modo, elle reste crédible. Marcello lui-même, et les photos prises l'attestent, a vu dans le cimetière, dans le périmètre visible depuis la chambre de Maria Rossi, une tombe ouverte.

Sur la feuille de papier posée devant lui, Cairoli avait griffonné des montagnes et une multitude de petits sapins. Il leva la tête, regarda ses inspecteurs et reprit :

— Même pour qui retient l'hypothèse d'une intrusion de l'au-delà, le fait que cette forme sorte de la tombe ne semble pas avoir eu d'incidence sur le destin d'Alexandre de Feltes, dans l'immédiat, en tout cas, puisque, d'après les notes que m'a remises Olivi, le comte et son épouse, Isabelle née de Montclair de Brines, dînaient alors, et fort joyeusement, chez les Castelli comme ont pu le constater une vingtaine d'invités. Ils en étaient au dessert. Avant le bal. Un peu après une heure du matin, cette même nuit, un personnage qui boite, et qui est vêtu d'une *bauta*, parcourt les rues du Ghetto en criant sur l'air de *Baniera rossa* : « La vengeance triomphera. » Tout le monde est d'accord ? Je continue !

» Le lendemain, donc vendredi soir, en plein Chabat,

le personnage masqué d'une *bauta* frappe à la porte du restaurant du Ghetto. Il fait un signe de colère, peut-être de vengeance, en levant le poing. Il est alors vingt-deux heures. L'une des personnes présentes est sûre de reconnaître l'homme qui, la veille, a parcouru les rues du Ghetto. Signe distinctif, il porte un masque jaune et des trous noirs à la place des yeux. Tu suis toujours, Olivi ? Bon ! On passe au samedi.

» Donc samedi matin, on découvre près du Mémorial des déportés l'inscription que vous savez, qui voudrait suggérer qu'un personnage, mort cinq siècles plus tôt, s'est manifesté pour se venger. Cette inscription, signée Beniamino Da Costa, photographiée par notre ami Luigi, figure dans le dossier.

La feuille était maintenant noircie de grands coups de crayon noir : droites horizontales et diagonales qui, s'entrecroisant au-dessus des pics, perçaient ou limitaient l'horizon.

— Ce même samedi, un fêtard, le comte Alexandre de Feltes, déguisé en prince de l'Église, se fait assassiner d'un coup de poignard au cœur par un personnage vêtu d'une *bauta*, masqué de jaune et boitant qui, selon toute apparence, semble l'individu qui s'est manifesté dans le Ghetto. Sur le corps de la victime, on trouve une lettre de menace signée « Beniamino Da Costa ». La comtesse fait alors la grasse matinée, ce qui paraît normal, le couple étant rentré vers trois heures du matin après le bal donné chez les Forza, comme l'indique dans son rapport l'inspecteur Pecci — qui va nous quitter à la fin de la semaine prochaine et que je tiens à féliciter une nouvelle fois pour sa brillante promotion. Depuis, l'homme à la *bauta* ne s'est plus manifesté.

Cairoli, ayant posé son crayon, attaqua la conclusion :

— Tout cela baigne dans un contexte historique où il est question de Ghetto, d'Inquisition, d'Église, de marranes. Bref, de sujets délicats à rebonds et boomerangs tous azimuts, où vous vous faites attaquer par les juifs qui vous traitent d'antisémites, alors que les communistes vous accusent de couvrir l'Église, et la droite de favoriser les laïcs. Autrement dit, nous sommes en présence d'une supercherie évidente dont l'objet est d'égarer l'enquête vers des pistes qui ne mènent à rien et au besoin d'en interdire l'accès.

Le *commissario* s'attendait à voir trois visages réjouis l'approuver à l'unisson. Il ne rencontra que des regards fuyants, ou indifférents.

Marcello fut le premier à réagir.

— Si vous le permettez, patron, je dirais que Maria n'a rien inventé. Le gardien m'a confirmé qu'elle lui avait raconté son histoire dès dimanche matin. Alors il est allé voir, mais il n'a rien dit à personne pour ne pas avoir d'ennuis. Il n'avait pas mis les pieds au cimetière depuis une semaine, sous prétexte qu'en cette saison, et plus encore pendant le Carnaval, où les gens ont la tête ailleurs, personne ne visite le vieux cimetière. Il comptait reboucher le trou, sans trop se poser de questions. Et si un Louba n'avait pas eu l'idée d'y aller prier, personne n'aurait rien su. Si bien qu'on ne peut pas dire que l'affaire a été montée pour masquer un meurtre.

Olivi s'enhardit à son tour. Il avait une voix de basse qui surprenait, émanant d'un être étonnamment filiforme :

— J'ai rien dit à ma mère... Puisque vous me l'avez interdit. Simplement je lui ai demandé si elle avait entendu parler de San Bernardino. Elle s'est signée et m'a dit que c'était un saint, que le curé lui avait parlé des juifs qui le persécutent ! Qu'à Trento, dans une église, ils ont cassé un vitrail à la gloire de San Bernardino. C'est pour ça qu'elle lui brûle des cierges. Alors... il y a du vrai quand même.

— Qu'est-ce qui est vrai ? gronda Cairoli. Qu'un type mort il y a cinq siècles est sorti de sa tombe ? Je veux bien, moi aussi, brûler des cierges pour San Bernardino, ce n'est pas pour ça que je crois à un revenant qui s'amène, un demi-millénaire plus tard, pour se venger sur l'un de ses descendants ! Vous me voyez demander au juge un mandat d'arrêt contre Beniamino Da Costa, né en 1430 ou 1440 ? Ou contre son fantôme ? Signes distinctifs : boite en marchant et porte un gros bâton... Vous êtes tombé sur la tête ?

Tombé ou pas, Olivi ne la baissa pas, sa tête. Quant à Pecci, à qui les perspectives turinoises interdisaient tout écart hors des limites fixées aux meurtres rationnels et bien motivés, il releva, conscient des ressources que l'administration policière réserve à ses servants, que le message sur parchemin était en français, « comme l'avait déjà fait remarquer, *il commissario* ». Or, Alexandre de Feltes, selon le témoignage très précis de son épouse, parlait italien. Il n'avait pas besoin de recevoir un avertissement en français, ou partiellement en français, si bien que ledit message suggérait une piste française.

— En conséquence, conclut Pecci, une commission rogatoire me paraît nécessaire afin de permettre à nos collègues parisiens de se mettre à leur tour au travail. Cela ne devrait pas empêcher mes amis, ici même, de continuer leur enquête. En attendant. Et si, depuis Turin, je peux vous être utile, ajouta-t-il, prodigue, n'hésitez pas à faire appel à moi.

Dans le regard que lui jeta Cairoli, il se plut à lire comme un acquiescement, l'homologation décernée par un ancien.

Ainsi fut fait. On adressa une commission rogatoire en bonne et due forme. Dans le vieux cimetière juif, le gardien combla la tombe, ratissa sa surface. La dépouille du défunt, que le Dr Parenzo mit un point d'honneur à rafistoler, fut confiée aux « Frères Pratteoli et Cie

— Pompes funèbres », pour être portée en terre dans le caveau familial de Monteil. Quant à l'affaire elle-même, celle du meurtrier au masque jaune, familier du Ghetto et de l'île du Lido, elle fut bientôt enterrée, elle aussi. Sans pompe, doucement, au fur et à mesure que le printemps déchirait les voiles de brouillard sur l'Adriatique et rendait la Sérénissime à la sérénité. À l'hôtel de ville, dans la salle des mariages brillant de tous ses feux, un vin d'honneur célébra les talents et le dévouement du *signore commissario* Giuseppe Cairoli qui, déclarait le maire, avait bien mérité de la cité. Ce que consignait pour l'éternité et en lettres d'or un papier marbré que la *signora* Cairoli — « dont la constante assistance morale et l'abnégation, jour et nuit, m'ont permis de mener à bonne fin ma mission », avait dit le récipiendaire — fit aussitôt encadrer. Cela se passait le 25 mai 2001, trois mois avant la date officielle de sa retraite ; les semaines qui suivirent laissèrent à Cairoli le temps de satisfaire la routine, de signer les derniers papiers, de clore les derniers dossiers. De lire, aussi, attentivement, dans le rapport de la Brigade criminelle de Paris, les comptes rendus des enquêtes menées en Normandie. Il n'avait pas l'impression que l'assassinat d'Alexandre de Feltes y avait causé un émoi particulier. Il lui arrivait d'interroger les inspecteurs Olivi et Mattei sur les progrès de leurs enquêtes dans les maisons de jeu et autres, ainsi que dans certains foyers où, disait la rumeur, les maîtresses — de maison — témoignaient une affection particulière aux lettres françaises. Cependant Marcello répugnait à se souvenir de la tombe ouverte et Matteo Olivi considérait qu'à en croire sa réputation, San Bernardino était apte à faire justice lui-même. Pecci avait été remplacé par un jeune flic de Palerme dont on attendait qu'il fasse ses preuves.

On les attendait toujours quand, pour protéger Venise des malfrats, le ministre de l'Intérieur désigna pour remplacer le commissaire Giuseppe Cairoli l'inspecteur général Addo Biasini.

5

— Tout à l'heure, tu as renversé la salière... eh bien, j'ai eu, comment vous dites ? — un mouvement de reculade. Ça fait des semaines qu'on me parle de fantômes. Et qu'est-ce qu'on ne nous a pas débité, avant, pendant et après l'an 2000 ! Dans la Bible, il y a des anges. Ils viennent, ils partent... Des morts qui parlent... D'autres qui ressuscitent. Les Évangiles sont pleins de démons. Alors, pourquoi pas aujourd'hui ?

— Parce qu'on est aujourd'hui ! Tu ne vas pas me dire que tu crois au serpent cueillant des reinettes au Paradis...

— Croire ou ne pas croire, ce n'est pas la question, Piero. Disons que, s'agissant du Ghetto et du cimetière des juifs, je ne peux pas écarter l'hypothèse du fantôme au seul nom de la raison. Tout est compliqué chez ces gens-là... Une simple date et tu ne t'en sors plus. Les mois commencent le trentième jour, des années ont treize mois, d'autres douze... Et la nuit commence le jour ! Il faut que je leur apporte des preuves, pas des convictions. Et puis, je vais t'étonner... Les choses ne me paraissent plus aussi simples et rationnelles que lorsque j'avais vingt ans. Je ne prétends pas, bien sûr, qu'un Vengeur est sorti de sa tombe. Mais quelqu'un, c'est ce qu'on me dit, a pu exploiter des forces occultes ; ou se prendre pour un revenant, imaginer qu'il devait venger ses ancêtres ou purifier l'Église de l'Inquisition qui, si tu ne le sais pas, était aussi dirigée contre les hérétiques chrétiens. *Grazie*, juste un espresso... — Biasini rendit au garçon la carte des desserts. — C'est pourquoi j'ai besoin de toi. Parce que je suis sûr que c'est un coup monté, un coup monté en France. Et qu'il n'y a pas plus de fantôme dans cette affaire que de... lait dans un espresso !

Ils finissaient de déjeuner à l'Irish Club, au troisième niveau de l'aéroport. L'« andouillette de canard à la diable » affichée au menu avait vaincu la résistance de l'Italien. Il avait ri. « Bouffer du diable, là, tu peux compter sur moi. »

Pierre Boulay s'était rendu à Orly pour l'accueillir. Et le questionner, avant qu'il ne sorte ses souvenirs du catéchisme, sur les réalités terre à terre de la mafia. Les attentats antisémites avaient repris en Europe, depuis un an et plus. En France, on en avait dénombré quelque deux cents : des synagogues de banlieue profanées, des écoles juives auxquelles on avait essayé de mettre le feu, quelques manifs et autant de coups de poing. Boulay ne croyait pas à des actions spontanées en réaction à ce qui se passait dans les territoires palestiniens — ou à ce que la télévision en disait. Biasini avait travaillé dans la Brigade de répression du banditisme. Il y avait gardé tous ses contacts après sa nomination — passagère — à la tête de la Brigade criminelle de Venise. « C'est seulement une étape, avait-il téléphoné à Boulay. C'est l'administration qui le demande. Après, je reviendrai à mes moutons. Tu sais, des moutons avec des grosses dents, comme Mère-Grand. »

La première fois, déjà, c'est la lutte contre la mafia qui les avait réunis, à l'université de Milan, quinze ans plus tôt (« Quinze ans déjà... », grognait Boulay), lors d'un séminaire sur les connexions du terrorisme international avec le banditisme organisé en Europe. Dans le groupe, il y avait des flics de Sicile, d'Espagne, du Portugal. Addo était l'un des rares à connaître le français. Très bien, même, ce dont il n'était pas peu fier. Il jurait que, dans le Piémont italien dont il était originaire, on parlait de père en fils « comme Napoléon à Marengo et Cambronne à Waterloo ». Les deux policiers avaient sympathisé dès le premier jour. Marié depuis peu à Clara (farouche, volubile, yeux Carmen balayés par de longs cheveux noirs quand elle faisait non, et elle faisait non très souvent), l'Italien avait invité « mon ami Piero », dans le petit appartement de la via Camperio, où ils venaient d'emménager. L'odeur de la peinture fraîche s'alliait, ou plutôt ne s'alliait pas, aux senteurs d'origan et de thym que la fenêtre ouverte sur la canicule refusait de chasser. Boulay se le rappelait chaque fois qu'il passait devant une pizzeria. Addo avait alors décrété, les paumes en V tournées vers le ciel en guise de démonstration, que « Piero » étant un diminutif, il fallait lui « couper le bout et pas rajouter le *t* que personne d'ailleurs, ne prononçait ». Il l'avait dit pour épater Clara, mais il en fit une règle qu'il ne manqua jamais d'appliquer, même dans le courrier officiel adressé à Boulay. Les deux policiers étaient restés en contact, bien au-delà des exigences du service et, sans que leurs « âmes se fondent et se mêlent l'une à l'autre » (Boulay avait retenu la formule d'un pédophile épris, entre autres, de Montaigne), ils s'étaient liés d'une solide amitié. Au nom de laquelle, ils ventilaient, selon leur méchant plaisir, les dossiers de la pègre franco-italienne.

Et voilà que *il signore* Addo Biasini, qui s'était mis en tête de reprendre l'enquête sur l'assassinat d'Alexandre de Feltes, devenait le correspondant idoine et très réglementaire du commissaire principal Pierre Boulay, détaché à la Crim. Là où les choses n'allaient plus, c'est que ce dernier était persuadé que l'assassinat du comte

Alexandre de Feltes était une affaire italo-italienne. Il n'imaginait pas un assassin français, dédaignant le secours des alibis, qui prendrait le risque de s'absenter pendant quarante-huit heures, si ce n'est plus, pour aller jouer au fantôme dans le Ghetto. Il est vrai, la victime étant française, on avait, sur la demande du parquet, ouvert une instruction dans les semaines qui avaient suivi le meurtre. L'enquête n'avait abouti à rien. Le juge Le Clec avait clos le dossier et confirmé la conviction de Boulay selon laquelle, sous le masque, « la gueule de l'assassin, c'est du Venise authentique. Et tu ferais fichtrement bien, dit-il à Biasini en déposant sur la table sa serviette roulée en boule, d'aller voir du côté des maris cocufiés pendant les deux semaines de Carnaval. Deux semaines, ça fait quinze nuits, autant d'après-midi... et pas mal de monde. Tous en chair et en os. Et plutôt en chair qu'en os ».

— C'est fait, répondit Biasini. Cinq types ont été cuisinés à fond. Un seul savait très vaguement ce qu'est le Talmud. Et celui-là n'était pas du genre jaloux.

— Avec Internet, aujourd'hui, tu apprends ce que tu veux, le Talmud ou le Kama-sutra. Je ne vois pas pourquoi la moyenne des amants bafoués naviguant sur Internet en France en sauraient plus sur le Talmud que les amateurs de gondole et de gaudriole à Venise. Je te le répète, l'enquête n'a rien donné. RAS et ras-le-bol ! J'ai demandé à Pavleski de nous attendre au Quai pour qu'il te raconte.

La 306 quittait le parking des VIP pour rejoindre l'autoroute.

— C'est qui, Pavleski ?

— C'est le capitaine qui a été chargé de l'enquête — tout le monde l'appelle Pav — et qui a pondu le rapport final. Il vient de Normandie ; il y a passé son enfance et, de temps en temps, il continue de s'y rendre pendant les week-ends. Il connaissait le manoir des comtes de Feltes, ou plutôt ses grilles pour les avoir entraperçues au cours de ses balades à bicyclette. Il a convoqué la veuve, et ce qu'il en a retenu correspond à ce que tu m'as dit au téléphone. Distinguée, un peu pimbêche, mais juste ce qu'il faut pour une « de Feltes » née de... je ne sais plus quoi. Comme le couple n'avait pas d'enfants, elle hérite de la plus grande part. Le reste va au frangin d'Alexandre, le comte Geoffroy. Plutôt affecté, un peu bizarre, mais un alibi de dix-huit carats. Pas un, vingt, trente alibis ! N'a pas bougé de Paris. Geoffroy étant hors de cause, on ne peut pour autant accuser la veuve d'avoir trucidé son époux. Pav a envoyé des gendarmes faire un tour à Monteil, le village voisin. Ils ont entendu pas mal de monde. Parmi les plus vieux, certains avaient travaillé au château. Ils ont vu naître le « jeune Monsieur », comme ils continuent à l'appeler. On l'aimait bien au village parce qu'il ne faisait pas le fier. Mais il ne s'arrêtait que rarement. Pour remplir son réservoir, acheter des journaux... Personne ne lui connaissait d'ennemis. Le ménage et la cuisine sont assurés par un couple de gardiens qui vient de Paris. Le boulanger livrait chaque matin, et continue. Le boucher, lui, se ramène deux fois par semaine. Et quand les de Feltes organisaient des bals costumés, c'était un traiteur parisien, toujours le même, qui, dans l'après-midi, apportait la pitance.

— Apportait quoi ?

Boulay eut une hésitation, fit semblant de ne pas comprendre que la question était d'ordre linguistique.

— Du foie gras à la pelle, du truffé et du pas truffé, des pains-surprises, et des tas de petits-fours dont Pav a dressé la liste. Quelquefois il les ravitaillait en champagne. Pav est allé voir le traiteur... — Boulay hésita encore, se reprit — ...il livrait chaque fois pour une trentaine de convives. Après, Pav s'est rendu, à côté, avenue Kléber, dans l'immeuble des assurances que préside

Geoffroy de Feltes et dont Alexandre était administrateur. Pas de tireur embusqué ! Et dans les papiers laissés par le *signore*, rien ne permet d'imaginer qu'un type lui en voulait au point de faire le voyage à Venise pour le zigouiller au son des orchestres, devant dix mille témoins ! Là, je préfère encore l'hypothèse du fantôme. Au moins, il y a des précédents. Les impôts ? Tout est... réglo, comme tu dirais. Et jamais aucune plainte n'a été déposée contre Alexandre de Feltes. Pour moi, c'est un cinglé, un... dingo de chez vous qui a fait le coup. C'est du *made in Italy*.

Le vent froid décoiffait la forte chevelure de Biasini alors que Boulay laissait pénétrer les senteurs de l'herbe que coupaient d'assourdissantes tondeuses.

— Ça ne va pas durer, fit-il. L'air de la campagne est strictement limité aux aires de stationnement.

Son compagnon ne posa pas la question que Boulay attendait. Obnubilé par son affaire, il semblait avoir renoncé aux subtilités de la langue française.

— Écoute, Piero ! Je le répète, je n'ai rien trouvé à Venise. Rien de solide. Moi j'ai besoin de solide. Les fantômes ne laissent pas d'empreintes digitales et les Loubas en rajoutent.

— Les loubards ! Quels loubards ?

— Les Loubavitch ! Je t'ai raconté au téléphone. Ils sont venus me relancer. Mon prédécesseur leur avait promis n'importe quoi. Ils me disent que je dois avertir la mairie, que le fantôme va se venger, que la ville va brûler ! D'ici que la rumeur se répande... Ils tiennent un restaurant à l'entrée du Ghetto, pour les touristes juifs qui mangent seulement leur nourriture à eux. Cachère, tu as goûté ? C'est pas mauvais ; j'y ai déjeuné *il cassoulètè* comme *la* fait Clara et qu'ils mangent *il sabato*. Ils avaient vu le fantôme, je veux dire le type avec le masque jaune. Il y avait là-bas un *signore* avec une barbe bizarre, un collier en paille qui partait dans tous les sens... Et un bonnet de peintre en bâtiment qui lui barrait le front. Il venait de Prague, c'est ce qu'il racontait, où il était parti chercher les restes du Golem. Mais si... tu sais, une grande poupée... Il y a des auteurs qui ont écrit des livres, même des pièces de théâtre. C'est un rabbin qui l'avait fabriquée. J'avais d'abord compris un maréchal ! Non, le rabbin s'appelait Maharal. Il connaissait bien la Kabbale — et d'autres petites choses que Tête-de-paille n'a pas voulu m'expliquer — grâce à quoi il a fabriqué le Golem. Au lieu de lui fourrer une pile électrique dans le ventre, ça se déroulait au XVIe siècle, n'oublie pas, il lui a fixé trois lettres de l'alphabet *ebraico* sur le front, la première, la dernière et celle du milieu, ce qui donne EMT : « Vrai », ou « Vérité », qui est le sceau de Dieu. Alors, le Golem, il faisait tout ce que le Maréchal commandait. Ce fut le premier robot du monde. Il préparait le café, servait le petit déjeuner... Bon, j'exagère ! N'empêche que, chaque veille de chabat, le rabbin lui enlevait la première lettre. Les deux lettres qui restaient, M et T, ça veut dire « mort ». Pendant les vingt-quatre heures que dure le chabat, le Golem faisait le mort, c'est-à-dire rien, parce que, chez les juifs, le repos de la *domenica*, ça se passe le *sabato*. Simplement, ils sont beaucoup plus sévères que nous. Mais un *venerdi*, le rabbin a oublié d'enlever la lettre et Frankenstein a tout cassé. Sur quoi le rabbin est allé lui casser la gueule et Tête-de-paille a fouillé partout, trouvé les morceaux pour en faire des reliques... jusqu'à ce qu'à son tour il se fasse péter la gueule — vous dites comme ça ? — par des types qui lui ont dit de filer dare-dare.

— Dommage que le peintre en bâtiment ne t'en ait pas dit davantage, remarqua Boulay. Tu te fabriquerais ton petit golem, et à moi aussi par la même occasion.

Addo ne releva pas, poursuivit :

— Un autre jour, où j'étais retourné chez les Loubas, il y avait trois *signori*, tous barbus ceux-là, tout noirs, avec des cheveux qui leur descendaient en tire-bouchon sur les oreilles. Ils m'ont raconté... attends, je cherche dans mon carnet...

Boulay avait sorti le gyrophare. Il le fixa sur le toit. Engagée sur la voie de service, la voiture doublait les pékins ordinaires.

— Voilà, continua l'Italien, je l'ai ! C'est le *Guilgoul.* En français : réincarnation. Les âmes des morts passent dans les corps des bébés. Et il est normal... bon, j'exagère encore : ils pensent qu'il n'est pas impossible qu'un fantôme-Guilgoul sorte de sa tombe pour demander justice. Pourquoi tu hausses les épaules ? Ça change quoi ? Eux, ils y croient. Ils m'ont montré un livre, comment dites-vous, un assemblage, une collection ?

— Un recueil ?

— C'est ça ! un recueil des lettres de leur Rabbi. Parce que leur Rabbi est enterré, mais ils jurent qu'il n'est pas mort et que, dans ce livre, il répond aux questions qu'ils lui posent...

— Il n'y a pas d'e-mail chez saint Pierre ?

— Cesse de te marrer ! Nous aussi on dit que Jésus a été enterré et qu'il vit. Paraît d'ailleurs que Jésus, avant, c'était un Rabbi. C'est des *monsignori* du Vatican qui l'ont dit. Bon, je reviens aux barbus. Ils glissent leur lettre, au hasard, entre les pages du bouquin. Ils attendent une nuit et le lendemain, quand ils ouvrent le livre là où se trouve leur lettre, ils se rendent compte que la réponse était imprimée dans le livre. Elle l'était depuis toujours, c'est sûr, mais ils n'en comprenaient pas la véritable signification...

— Ils lui ont demandé qui est l'assassin d'Alexandre de Feltes et son domicile ?

— Non. Ils ont demandé si l'âme du Vengeur, Beniamino fils de Reuveni Da Costa qui a signé le parchemin, est descendue sur Terre. Eh bien, tu le croiras ou pas, sur la page de gauche, il y avait un verset de la Bible qui leur répondait. — L'Italien rouvrit son carnet. — C'est dans Job, au début du chapitre 26. Tu peux vérifier, j'ai tout noté, aux versets 2 à 4. Voilà ce qui est imprimé : « À qui donnes-tu des conseils sans réfléchir et tu transmets la sagesse à tout le monde ! À qui as-tu prononcé les mots ? Et l'âme de qui sort de toi ? Les spectres se tordent sous les eaux... » Quand ils ont lu ça, ils n'ont plus voulu me parler. Ils ont dit que leur Rabbi les engueulait de m'avoir dit des choses que je n'aurais pas dû entendre. Que le fantôme se tordait du côté de la grande lagune et qu'il était juste qu'il en sorte pour se venger...

— Que veux-tu que j'y fasse ? Ici aussi, il y a des Loubavitch. L'an passé, ils ont allumé des grandes lumières pour Hanoukka. Juste en face du Quai, place Saint-Michel. Je ne leur demande pas, moi, de m'assister dans mes enquêtes. Pas plus qu'au Père Noël des Galeries Lafayette.

La voiture était entrée dans la cour du Quai des Orfèvres. Biasini rajusta son nœud de cravate — en soie, crochetée, couleur bordeaux, bienvenue sur une chemise bleue à fines rayures. Boulay, que l'embonpoint avait depuis longtemps vaincu, admirait la taille de son collègue. Son élégance naturelle l'avait frappé dès leur première rencontre ; le soupçon de jalousie qui l'avait alors effleuré s'était effacé au fur et à mesure que l'ogre avalait d'énormes quantités de mangeailles, toutes très caloriques, que Clara arrosait de longs jets d'huile d'olive. Les spaghettis comme antidote ? Toujours est-il que la créature élancée, qui marchait à ses côtés, rappelait Armani plutôt que Poulaga.

Le mannequin n'en démordait pas.

— Résumons, dit-il. Ou c'est un fantôme, et j'en fais mon affaire. De très bonnes affaires. Le maire le nomme citoyen d'honneur, on lui ouvre un salon à l'*ufficio del turismo* ou, s'il préfère, on lui creuse un nouveau tombeau, ouvrable toutes les nuits de vingt heures à cinq heures du matin, là où il veut. Au Ghetto ou sur la Piazzetta, sous les lions de San Marco ou entre les deux colonnes, s'il y tient. À condition qu'il range son poignard pendant le Carnaval. Mais — tu m'écoutes ? — si c'est pas un fantôme, alors il est français et c'est toi qui t'en occupes ! Il y a deux choses... La première, je vais la montrer à, comment tu l'appelles, Pav ? Je suis sûr que le parchemin n'a pas été écrit par un Italien. Le type a fait semblant. Il a ajouté des fautes en français pour qu'on croie qu'il est italien ! Mais c'est un Français. C'est pourquoi il faut chercher ici.

— Bon, tu nous expliqueras. Et la deuxième ?

— Les Loubavitch disent que le parchemin est juste. Que le Talmud parle vraiment du Messie, couvert de pansements, assis par terre, sur une place à Rome. La suite, ils n'ont pas compris. Eux n'ont jamais entendu parler de l'Inquisiteur en question. Bon... Bernardino da Feltre, c'était pas très compliqué. J'ai trouvé dans une *enciclopedia*. Je t'ai fait une note, tu verras. Et comme ça n'avançait pas, j'ai même chargé un collègue de Milan d'aller voir un rabbin dans sa ville. Lui, il a dit que c'est un crime antisémite, qu'on veut accuser les juifs d'empêcher le Carnaval... Mais l'inspecteur — je lui fais confiance, il est pas mal, il m'a déjà aidé — a eu l'impression que le rabbin voulait couvrir l'assassin parce qu'il était juif. Qu'il voulait étouffer un scandale où on découvrirait, peut-être, qu'il y a vraiment un groupe de vengeurs juifs. Mais il ne voulait rien dire qui puisse mener la police sur leur piste. Je sais qu'à Paris, vous avez des types comme ça. Alors... — Addo avait baissé la voix, posé sa main sur l'avant-bras de son ami, comme s'il voulait l'empêcher de monter les escaliers avant de terminer son exposé — tu m'as dit au téléphone que ta belle-sœur avait marié un juif...

— Non, elle a épousé un juif.

— C'est ce que je dis ! Bon, elle est avec un juif...

— Que vient faire ma belle-sœur dans cette galère ?

— Entre nous, Piero, les juifs c'est comme les francs-maçons. J'avais une enquête à mener. Il me fallait entrer chez eux. Impossible ! Ils m'ont raconté des bobards, je ne comprenais rien. Comme maintenant. Mais on avait un collègue dont le cousin était franc-maçon, et en deux jours on a tout réglé ! Le Talmud, les Loubavitch, le guil-guil ou le guignol, c'est rien pour ma tête de chrétien. Encore que Guignol — il fit une grimace drôle et le geste du gendarme frappant la poupée —, il vient de chez nous ! Mais si l'assassin est de chez nous, et si toi ou ton Pav — il est peut-être juif, Pavleski, non ? Bon... ça ne fait rien, vous continuez l'enquête, vous arrêterez l'assassin. Après tout, le comte Alexandre de Feltes est, ou fut, citoyen de France... Même de la vieille France !

En janvier, alors qu'il ne savait pas trop quoi dire à Biasini qui lui souhaitait un *prospero anno nuovo*, Boulay s'était laissé aller à lui raconter les déboires de sa belle-sœur tombée amoureuse d'un photographe juif. Un gentil garçon, qui n'avait pas deviné le caractère irascible de Bernadette. La famille du jeune homme ne voulait rien savoir. Bernadette était prête à se convertir, les rabbins ne voulaient pas. L'amour pour Dieu, disaient-ils, aurait pu aider, mais pas l'amour de et pour un électricien ! Bref, en sa mairie du XVe, Marianne accorda ce que les rabbins refusaient. Reste que les parents de Lulu (« N'est-ce pas qu'il est chou, mon Lulu... », minaudait Bernadette) n'assistaient pas à la cérémonie. Alors que, dûment écharpé, l'adjoint au maire célébrait les vertus de la République et celles des époux, dans leur rez-de-chaussée de l'avenue Pierre-Mandé, M. et Mme Verbogen portaient le deuil de leur enfant. Ils portaient vraiment le deuil, avec le cérémonial correspondant : déchaussés, leurs vêtements déchirés, assis sur des sièges bas, ils pleuraient la « mort » du garçon.

Et voilà que, il y a deux semaines à peine, Bernadette et son mari avaient supplié Boulay d'intervenir, de tenter de rétablir les ponts. Ils faisaient confiance au prestige de la fonction policière, mais comptaient surtout, avait insisté Bernadette, sur son pouvoir de persuasion : « Tu as obtenu les aveux de tant de mecs, que tu dois réussir avec le père de Lulu. » Il avait répondu que, M. Verbogen n'étant guère soupçonné du moindre délit, précis ou imprécis, il n'avait rien à avouer. « Ça ne fait rien, c'est la même chose. N'est-ce pas, Lulu-chou ? » Lulu-chou fit oui de la tête ; il murmura « oui » ; enfin, il articula « oui ! » et le regard bleu de Bernadette consentit à s'éteindre. Quand, ce même jour, après le journal de vingt heures, sa femme eut l'air de sortir d'une longue conversation téléphonique, ou plutôt, remarqua Boulay, d'une longue écoute téléphonique, pour lui dire : « Chéri, essaie quand même », quand donc sa femme sourit et l'embrassa tendrement, il résolut de rendre une visite aux vieux Verbogen.

Le rendez-vous était fixé au lendemain ! Ce qu'il n'avait pas l'intention de confier à Addo. Les dégâts passés suffisaient. L'autre lui aurait expliqué ce qu'il pensait des coïncidences, du hasard, et de la conjoncture astrale. Il se tourna vers l'Italien et, avec le sourire d'un père consentant au caprice de son enfant, annonça :

— OK, je ne peux pas te refuser ça... On va s'occuper de l'enquête. Monte, on commence par Pav.

Biasini ne fut qu'à demi surpris de la volte-face de son ami Piero. Il avait une confiance illimitée dans ses dons de psychologue. Il se dit que, une fois de plus, il avait su trouver les arguments pour convaincre.

6

Certes, Boulay avait réagi par défi. Envers Biasini et son Golem, contre le fantôme et son masque et pour braver, bien qu'il refusât de l'admettre, le diktat du hasard qui, *via* Bernadette, mêlait sa propre femme à ces inepties crépusculaires. Tout son être s'opposait à l'intrusion de fantômes dans l'espace sordide du crime ; plutôt que l'idée, c'est le principe d'un spectre garanti d'impunité qu'il refusait d'accréditer. Mais en laissant entendre au visiteur qu'il cédait à ses sollicitations par pure amitié, et seulement pour lui rendre service, le commissaire principal masquait l'erreur qu'il avait commise en rejetant d'emblée l'idée que le crime pouvait avoir une origine française.

C'est qu'il avait lu trop de livres sur Venise pour imaginer que le meurtrier puisse ne pas être un amant, ou un époux, confiant aux masques du carnaval l'incognito souhaité. Une fois de plus, il fallait chercher la femme pour trouver l'homme. Il avait sur ce point le même avis que son ex-collègue de Venise. Pas plus que lui il ne se laissait abuser par les artifices d'un assassin, amateur d'occultisme et autres foutaises. Mais il avait pensé que c'était aux flics de Venise de faire leur travail. Pas au Quai ! « Qu'ils règlent leurs comptes avec leurs revenants », avait-il dit à Pavleski. Ce dernier, qui ne passait pas pour cultiver systématiquement l'esprit de contradiction, y était d'autant moins enclin, ce printemps-là, que sa femme était sur le point d'accoucher. Et il ne fut plus enclin à rien si ce n'est à se coucher, après qu'elle eut mis au monde un être nocturnement bruyant. Sans la bâcler vraiment, il avait bouclé son enquête avec cette légèreté qu'on apprécie des poètes, mais qui ne témoigne pas nécessairement des qualités d'un officier de police. Et Boulay pestait, maintenant, d'avoir survolé ce rapport-là sans y prêter l'attention nécessaire.

Tôt ce matin, en préparant sa rencontre avec Biasini, il avait relu le dossier pour se rappeler l'essentiel. C'est dans la voiture, alors qu'il communiquait à Biasini les éléments de l'enquête, qu'il avait pris conscience de ses lacunes. Ça avait fait tilt après que l'Italien eut demandé ce que « pitance » voulait dire. Boulay allait répondre quand il s'était aperçu qu'il ne le savait pas exactement ! Bien sûr, il avait usé du terme à bon escient. Mais l'autre, qui se piquait d'être linguiste, l'aurait pressé de questions sur l'étymologie du mot ; puis il l'aurait questionné sur la différence entre « pitance » et « collation » ; il aurait voulu savoir si ça s'écrivait avec *en* ou *an*... ce dont Boulay, sur le coup, n'était plus sûr non plus ! Alors il avait fait semblant de ne pas comprendre la question et répondu en donnant la liste des plats que le traiteur livrait au château. Pav les avait longuement énumérés. Parce qu'il avait faim ? Pour faire du remplissage ? Quoi qu'il en fût, le souci du détail découvrait, par son abondante singularité, les carences sur le fond. Le prix des terrines et la qualité du foie gras, truffé et non truffé, les quantités livrées et leur conditionnement révélaient à Boulay qu'il ne savait rien sur ceux qui les avaient mangés. Ni sur leurs nuits masquées commencées, ou passées, au château. Y préparait-on le carnaval, et comment ? Les invités étaient-ils toujours les mêmes ? Étaient-ils des amis des châtelains ou des relations d'affaires ? Le traiteur, qui d'année en année livrait la mangeaille, devait avoir quelques idées sur le sujet. Boulay trouvait bizarre qu'il n'assure pas le service... après-vente, alors que le personnel sur place se réduisait à un couple de concierges. Boulay décida-t-il à cet instant de reprendre l'enquête ? Il voulait pour le moins se donner le temps de la réflexion ; en parler d'abord au juge Le Clec ; et, par-dessus tout, ne pas accorder à son collègue la satisfaction de l'avoir convaincu par des arguments professionnels. L'entrée sur le terrain de Bernadette — pour laquelle il ressentit une soudaine sympathie — lui permettait de déplacer le débat sur le plan familial et de sauver les apparences.

Le problème, c'étaient ses jambes. Quand il se sentait mal à l'aise. Pav ne savait jamais où mettre ses pinceaux que le jean étroit allongeait encore. Et les questions du patron l'embarrassaient d'autant plus qu'avec ses airs supérieurs, le Macaroni ne dissimulait pas l'opinion qu'il se faisait de ses négligences.

— Sûr, reconnut-il, je n'ai pas poussé les choses aussi loin que si de Feltes s'était fait poignarder place de l'Opéra. Cela dit, je n'ai relevé aucune contradiction dans les réponses du traiteur. Si vous le permettez, patron, je dirais que Marc Leblanc est blanc comme neige. Et puis, la plupart des traiteurs n'ont pas de personnel pour servir les petits-fours...

— Je parie que les traiteurs du XVIe disposent de régiments de garçons à cravate noire, et de files de soubrettes en tablier blanc... On va reprendre tout ça, trancha Boulay. Tu laisses les gendarmes là où ils sont, tu te prends par la main et tu vas toi-même en Normandie. Tu amènes le nouveau avec toi, ça lui apprendra le métier. Je veux savoir qui servait les invités : le traiteur ? les employés de la maison ? des extras ? ou les châtelains ? Je veux savoir comment se déroulaient ces bals costumés. S'il y avait un orchestre et lequel ? Combien ils étaient en général ? Trop de choses restent masquées dans cette histoire ! Ce n'est pas dans le bureau du type qu'il faut chercher, mais au bal. C'est pendant le tango que les choses se passent... C'est là qu'un gus a pu en vouloir à l'Alexandre. Après tout, les femmes de Paris valent celles de Venise. Est-ce que des invités organisaient des réceptions en retour ? Sous forme de bals costumés ? Lequel d'entre eux va au carnaval de Venise, et surtout qui est allé au dernier Carnaval ? Et puis les de Feltes descendaient au Gritti Palace ; ils doivent être joliment fortunés. Alors il faut voir aussi du côté des grands donateurs, de ceux qui casquent pour la réfection de la ville. Faisaient-ils partie des invités... Tout ça manque dans ton rapport.

— On cherche quoi, patron ? Un type qui, à Paris, aurait prémédité un meurtre à Venise ? Qui, trois fois au moins ! aurait joué au fantôme rien que pour accréditer une histoire à laquelle personne ne peut croire ? Qui aurait pris la peine de recommencer le coup de Carpentras dans le cimetière juif de l'autre côté de la lagune ? Il aurait eu mille occasions de descendre sa victime, ici, à l'Étoile. Ou en Normandie. Et à moindres frais !

Sous ses cheveux en brosse, Pav avait fini de rougir. Au fur et à mesure qu'il exposait ses arguments, il reprenait de l'assurance. Il s'était tourné vers Boulay, ignorant l'Italien comme pour signifier que, lui, n'allait pas se laisser piéger par le *commissario*, qui tentait de refiler le bébé parce que, à Venise, il ne trouvait pas le couffin. Biasini n'était pas dupe. Il avait senti l'hostilité du policier et y décelait plus qu'une once de chauvinisme. Alors, lui qui se targuait de connaître par cœur des pages de Baudelaire et Molière, choisit de se référer à un auteur italien, le moins naïf des Italiens !

— Machiavelli, vous connaissez Niccolo Machiavelli, capitaine ?

— Vous voulez parler de Machiavel ?

— Eh bien, Machiavelli a écrit : « Coffre trop plein brise sa serrure » ! Il faut lire *Le Prince*, mon petit, pas les Mémoires de la comtesse de Ségur... Le type, il a tout fait pour qu'on le prenne pour un de chez nous, mais il a tellement rempli le coffre que, bang ! — de son poing droit il frappa la paume ouverte comme s'il s'agissait d'un sac de papier — il a éclaté. *È finita la commedia !* Je vais vous prouver que j'ai raison...

De sa serviette, il sortit un mince dossier contenant la photographie, en couleurs, du parchemin qu'il posa sur le bureau. En haut, la lame qui l'avait traversé dessinait quatre boutonnières de taille égale. En posant l'original sur un support adéquat, le photographe avait fait apparaître, sur le côté gauche, la coupure (au cutter ?) du parchemin, qu'on avait dû détacher d'un livre à en croire le tracé émoussé, terreux, des bords restants. L'écriture noire, qui rappelait les caractères gothiques des vieux livres allemands, restait parfaitement lisible sous la tache brunâtre du sang. Pav la regardait intensément. Pourquoi dessinait-elle, dans sa mémoire, la traînée laissée par les gondoles — ces « cercueils flottants », comme avait dit quelqu'un — dans les eaux sales des canaux ? Biasini ne lui laissa pas le temps de fantasmer. Avec le capuchon de son Parker, il désigna l'une puis l'autre ligne du texte manuscrit.

— Je te l'ai dit, Piero, le type a glissé des mots italiens pour faire croire qu'il sait mal le français et pour dévier les recherches sur un Italien ! D'abord, il y a trop de mots italiens et bang ! le coffre, il éclate. Et puis, un vrai Italien n'aurait pas écrit *piano, piano*. C'est trop familier. Presque de l'argot. On dit : *lentamente* — comme en français. Ce n'est pas tout. Sur la photo, ici, vous voyez, il a écrit : les *Hebrei*. Il sait qu'en italien, il n'y a pas d'accents aigus, là c'est juste. Mais il n'imaginait pas, parce qu'il connaît notre langue seulement pour l'avoir entendue, et non pas parce qu'il la lit, qu'en italien *Ebrei* n'a pas de *h* !

— Tu veux dire que, pour ton fantôme, l'italien c'est de l'hébreu ?

— Je dis que le type ne sait pas l'italien ; l'*ebraico*, je ne sais pas...

Pav sourit ; il n'appréciait pas toujours les sorties du patron, mais que Biasini n'ait pas compris le vengeait de ses airs supérieurs.

— Je n'ai pas fini, continuait ce dernier. On se garde toujours Machiavelli, *si* ? Bon. Je me suis rendu au musée Correr. C'est magnifique, là-bas. Il y a plusieurs salles où on expose des manuscrits précieux, laissés par un cardinal. Un vrai cardinal, lui. Quand je leur ai montré le parchemin, ils m'ont dit tout de suite que c'était du vélin. Vous savez ce que c'est le vélin, capitaine ?

Il faisait mine de poser la question à Pav, mais c'était devant Boulay — ce dernier le sentait bien — qu'il voulait étaler un savoir acquis pour la circonstance... Au demeurant, il n'attendait pas de réponse, poursuivait sur sa lancée :

— Vélin, ça vient de « veau »... C'est une peau de veau ou de chevreau mort-né — dont on faisait un parchemin fin et brillant. Ça coûtait très cher ; il fallait plusieurs peaux pour fabriquer un livre. À partir du XVIe siècle, on ne l'a pratiquement plus utilisé. Ce qui donne une première indication sur l'âge du manuscrit. Ils ont pris *un* microscope, avec beaucoup de lumière, pour voir si c'était pas un *palinsesto*, palimpseste en français, j'ai vérifié... Et comme on n'a pas trouvé les traces d'un texte plus ancien qui aurait été gratté et qui aurait permis de dater le parchemin en aval, on a envoyé un morceau du support dans un laboratoire spécialisé. Vous savez de quand il date ? Du XVe-XVIe siècle... l'âge de Bernardino ! Alors vous voulez m'expliquer pourquoi un fantôme qui, aujourd'hui, écrit une lettre, ressent le besoin d'utiliser un parchemin de son époque ? Un vrai fantôme aurait pris une feuille dans la première papeterie du coin ! Ou il aurait tapé son message sur un ordinateur infralunaire ! Le coffre de Machiavelli, eh bien, le fantôme, il a brisé sa serrure...

— Ton assassin est intelligent, remarqua Boulay. Qu'on ne l'ait pas découvert près de neuf mois après son crime le prouve amplement. Il sait sûrement qu'un parchemin, ou un vélin, fût-il du XVe siècle, ne suffira pas à persuader un être sensé qu'il est un fantôme. Alors pourquoi s'amuse-t-il à ce jeu-là ?

— Tu te trompes, Piero ! — Biasini avait le ton péremptoire. — Tu crois qu'ils sont tous comme toi, les gens dans la rue ? Tu as compté le nombre d'horoscopes dans les journaux, les petites annonces des voyantes, des mages, des types en boubou et autres marabouts... En Italie, quarante-six pour cent de gens croient au diable ! Il n'y a pas si longtemps, on a fait une enquête en Angleterre. Les Anglais, ils ne sont pas comme les Italiens... C'est froid comme la Manche, un Anglais ! Eh bien, on y a repéré dix mille maisons hantées, et deux millions et demi de types, pas des gosses, des adultes ! juraient qu'ils avaient vu ou entendu des fantômes. Et tu sais combien vous êtes en France à croire au diable ? Trente-sept pour cent ! Parfaitement, mon cher... J'ai tout vérifié. Et pas des débiles, pas des bouseux ! Enfin, pas seulement. Sur les sites Internet qui racontent des histoires de fantômes, il y a des malheureux qui mettent des annonces pour retrouver leurs enfants disparus, sans parler des groupes qui se suicident parce que c'est la fin du monde, des sectes et de ceux qui croient, comment c'est déjà ? — au Gologol, non au Guilgoul ou au Golem. Tu as vu le nombre de films qui sortent sur les OVNI, le nouveau Graal, l'Atlantide de demain ou la sixième dimension ? Il y a une chaîne télé où tu vois tout le temps les mânes d'un ancêtre indien qui remplace des flics incapables...

Et les clips ! Les clips des chanteuses qui mélangent les siècles, les machines, les hommes et même les fantômes... Tu crois que c'est seulement par esthétique, *madre mia !* cette macédoine de virtuel et de réel, de musique et de fantastique ? Maintenant, si tu considères les religions, tu as combien de fidèles qui croient vraiment en Dieu, et combien qui tremblent devant les démons, Satan et toutes ces conneries ? Bien sûr, notre fantôme ne cherche pas à convaincre les fanas, comme toi, de la raison raisonnable. C'est comme ça qu'on dit ?

— La raison raisonnante ?

— Va pour la raison raisonnante ! C'est pas un imposteur, c'est un assassin. Alors il détourne l'attention autant qu'il le peut, en entraînant les naïfs sur des pistes qui n'aboutissent pas parce qu'elles sont virtuelles ou mystérieuses. Avec ce qu'il faut de menaces. Rien n'est plus menaçant que l'irrationnel. Tu ne sais pas comment t'en protéger. Il a essayé de déstabiliser qui il pouvait déstabiliser. Mais il en a trop fait. Comment vous dites ? Le mieux est l'ennemi du bien ?

Non seulement il s'appelait Leblanc, mais Marc Leblanc, qui les avait reçus dans son « laboratoire », était vêtu de blanc, toqué de blanc, chaussé de blanc. Plissonnier n'osa pas imiter Desproges. Desproges disait « docteur » aux hommes en blanc. Pas seulement à son médecin. À tous les hommes en blanc, notamment au boulanger à qui il achetait son pain. Encore qu'avec ses lunettes elliptiques à fine monture dorée, le traiteur n'aurait pas jugé exagérée cette marque de considération. Il pensa l'appeler « maître » ! Reste sage... C'était la deuxième fois que Pav l'amenait « en mission », et pour l'heure ses notes de stage importaient davantage au jeune lieutenant de police que la satisfaction de ses instincts frondeurs.

— Messieurs, notifia le traiteur, je suis catégorique. La première fois que M. de Feltes, Dieu ait son âme ! me fit l'honneur de passer commande — je m'en souviens très bien, croyez-moi, il avait pris place dans le petit bureau que vous connaissez, mon cher capitaine —, je lui proposai de faire appel à nos garçons pour assurer le service. M. de Feltes refusa avec aménité. Il était toujours parfaitement poli, n'est-ce pas ? Ce n'était pas une question d'argent. Oh non ! — M. Leblanc inclina sa tête en diagonale, laissant ses lèvres ébaucher un sourire crémeux, fourré de délicieux sous-entendus. — Il n'a jamais discuté le prix de nos produits ; il réglait par chèque, la semaine suivant la livraison. Je réponds donc à votre question : M. de Feltes préférait son personnel. Plus jamais je ne lui ai suggéré de louer nos garçons. Nous n'avons pas l'habitude... ici — il soulignait de la voix — de faire violence à nos clients.

— Et il avait un personnel nombreux ? interrogea Pav.

— Je l'ignore. Je sais que nos produits devaient être déposés dans la cuisine où ils étaient réceptionnés par une femme, sans doute la cuisinière. Prendrez-vous un café, messieurs ?

Les effluves venant du grand four électrique, médaillé de cadrans et d'autres instruments de mesure, rappelaient à Pav ses tournées dans les pâtisseries normandes, le dimanche, quand le matin s'éveillait. Parfum des croissants chauds qui se mariait à l'arôme des percolateurs. Il fit non merci, sans permettre au « débutant » de réagir autrement.

Son refus était tactique. Officiellement, l'enquête n'était pas rouverte ; il ne se sentait pas assez fort pour intimider le traiteur en avalant, sans y être convié, ses gâteaux ou ses pâtes de fruits. Après quoi il se serait essuyé les doigts, ostensiblement, sur une nappe ou le rebord de la table pour signifier qu'il était maître à bord.

Première étape d'une bonne mise en condition. Quant à se restaurer sur invitation, l'invitation dût-elle se limiter à un verre d'eau, il n'en était pas question. L'important était de garder les distances. Hier, après le départ de l'Italien — reconduit à l'aéroport au son des sirènes —, Boulay avait chargé son adjoint de chercher chez Leblanc, « mais avec finesse, tu ne forces pas... », l'un ou l'autre indice qui pourrait justifier une reprise de l'enquête. Pav avait commencé par le foie gras. On avait parlé des oies du Périgord, du Capitole, puis des foies importés. Du gavage, bien sûr. Ça n'avait rien donné.

Le policier fit semblant de consulter ses notes.

— Et ce sont des gâteaux comme ça que les châtelains commandaient pour leurs bals ?

Sur les clayettes, de petits éclairs bruns, des tartelettes colorées sur fond de crème claire, des mini-babas, de minuscules choses glacées, des macarons vert-de-gris jouxtaient des biscuits dessinés par Lenôtre.

— Notez, observa le traiteur, que je n'ai jamais vu que M. de Feltes. C'est toujours lui qui prenait contact avec moi. M. de Feltes ne choisissait pas vraiment. Ni les « salées » ni les gâteaux. Sauf la première fois, c'était il y a six ans... Par la suite, il me disait seulement : « J'ai trente invités à nourrir... Des invités qui ont faim. Je compte sur vous, monsieur Leblanc... » Pour la dernière livraison, il a téléphoné. Directement... J'appréciais qu'il ne me fît pas appeler par sa secrétaire. Je vous l'ai dit, c'était une personne raffinée.

— On le comprend, s'immisça Plissonnier. Tous vos gâteaux ont l'air si tendrement légers...

— Nous avons su garder les traditions d'une maison centenaire tout en les adaptant aux habitudes gustatives de notre temps.

Plissonnier s'efforçait de donner à sa voix de basse le ton mielleux de circonstance.

— Et que vous soyez, continua-t-il, le fournisseur

attitré du comte et de la comtesse de Feltes qui sont réputés pour leur élégance et leur action en faveur de la sauvegarde de Venise, la plus belle de nos cités d'Europe, doit être pour vous une grande satisfaction. Surtout en cette triste époque où les pâtes congelées, les émulsifiants et autres margarines flattent la langue du vulgaire.

Pav se dit que son collègue en faisait trop, mais le traiteur tomba dans le piège, comme tomba naguère, et tomberont, encore demain, les Maître Corbeau.

— Je dois vous avouer, approuva-t-il, que j'ai eu beaucoup de plaisir quand une cliente, invitée au château, a eu la bonté de me dire qu'elle avait reconnu l'une de nos spécialités : un macaron nappé d'une crème au beurre, couronné d'une très fine étoile de sucre, et de poudre de pistaches chevronnées. Notre maison a un fournisseur exclusif pour ses pistaches. Vous n'en trouverez pas de meilleures dans tout Paris.

— Eh bien, conclut Plissonnier, voilà une personne de goût dont j'aimerais faire connaissance...

Une quinte de toux, que rien n'avait laissé prévoir, empêcha le traiteur d'en dire plus. C'est en hoquetant, après avoir bu un verre d'eau, qu'il fit signe aux policiers de les suivre hors du laboratoire. Et quand le lieutenant insista, demandant à connaître le nom de la cliente, l'homme de l'art se ferma pour de bon, comme un pain-surprise qu'on aurait recoiffé de sa calotte.

— Je l'ignore, cher monsieur. Comment, excusez-moi — il but encore —, comment pourrais-je retenir le nom de tous ceux qui nous font l'honneur de goûter nos produits ?

Non, jura-t-il, il ne savait pas davantage où la joindre, mais si le lieutenant voulait lui donner sa carte, il la remettrait à sa cliente. S'il la reconnaissait, ce qui n'était pas sûr, il y avait tellement de monde n'est-ce pas...

Dans le bureau, aux murs tendus de velours rougeâtre, où le maître avait prié ces messieurs-de-se-donner-la-peine-d'entrer, des ampoules — flammes prises dans des fleurs de bronze entrelacées — éclairaient, mal, une table en marqueterie. Plissonnier eut envie, soudain, une envie irrépressible, d'un sandwich à n'importe quoi, pourvu qu'il ne soit ni miniaturisé ni sucré. D'un énorme pain de seigle avec du pâté. Du pâté de campagne. Ou du gruyère. C'est ça, rêva-t-il, un sandwich gruyère et moutarde, qu'une fille vulgaire lui servirait, au bord d'une route baignée de vapeurs d'essence. Avec une canette de bière.

Il se laissa tomber de tout son poids sur l'une des chaises maigrelettes à franges roses. Elle résista à ses quatre-vingt-deux kilos...

— J'en fus marri, mon cher capitaine...

Pav reconnut que son compagnon imitait, plutôt bien, l'infatué personnage qu'ils venaient de quitter. Dans l'avenue Victor-Hugo, il observait les ultimes feuilles des platanes maigrichons auxquelles le soleil, quoique voilé, accordait une fugace dorure.

— C'est comme nous, dit-il, rien qui puisse tenir. Que des imprcssions...

— N'empêche qu'il n'a pas été étonné quand on a parlé de Venise ! Ce qui semble quand même démontrer qu'il en sait davantage.

— Ou le contraire, répondit Pav. Pour ne pas avoir l'air de ne pas savoir... Mais je me demande s'il n'a pas cherché, cette fois, à couvrir la comtesse. Quand j'ai fait mention des commandes, il a dit n'avoir eu affaire qu'à son mari. J'ai le sentiment qu'il était sur ses gardes. Au lieu de me répondre pâtisserie, il a tenu, avant tout, à mettre hors jeu la châtelaine...

L'esprit absorbé, le capitaine avançait vers un étron que les vertes et aspirantes patrouilles de la Mairie de

Paris n'avaient pas détecté. Plissonnier le poussa du coude.

— Oh les polissons ! L'un de nos produits, fit-il se pâmant. Une profiterole au chocolat en plein XVIe... N'est-ce pas ravissant, mon cher ? — Changeant de ton : — C'est de la merde, ton type. Je suis sûr qu'il nous a raconté des blagues, qu'il connaît aussi la nana aux macarons enturbannés, comment il a dit, déjà ? de pistaches chevronnées ! Il finira bien par nous le dire. Et si tu le permets, je lui enfoncerai le nez dans ses profiteroles.

Quand Bertrand Plissonnier souriait, parlait, plus encore quand il s'indignait, on était fasciné par ses dents. Des ivoire forts, sur une mâchoire en amphithéâtre romain, que les lèvres découvraient jusqu'aux gencives. Brel imitant Fernandel. Pav imaginait, ou plutôt n'imaginait pas, le premier baiser. Avant, se dit-il, que l'habitude ne polisse, n'efface les quenottes...

À part ça, il pensait, comme Plissonnier, que l'autre leur avait menti. Mais il reconnaissait au traiteur le droit à la discrétion. Le personnage était tellement imbu de sa personne et de son art qu'il devait avoir du secret professionnel une idée plus haute que le médecin du pape. Comme le stagiaire, il aurait aimé bousculer le bonhomme. Mais le juge n'était pas dans le coup ; il n'aurait pas apprécié d'apprendre par une plainte pour intrusion abusive que l'enquête sur l'assassinat d'Alexandre de Feltes avait repris sans qu'il le permette ! Et puis, rien ne pressait. Ils pourraient revenir. En attendant, ils iraient faire un tour au manoir, interroger Isabelle de Feltes et le personnel. Ils y trouveraient la liste des invités. Quant à savoir ce qu'ils en feraient...

— Si le patron veut qu'on les passe à la moulinette, dit-il à son adjoint, on aura besoin de renforts.

Il renonça au steak-frites pour un sandwich que Plissonnier s'était mis en tête de lui offrir.

— C'est sur le chemin du Quai, on ne perdra pas de temps. Au début de la rue des Ferronniers. Gros comme ça, avec des petits cornichons, des oignons. Un vrai sandwich, quoi. Et je ne te parle pas de la fille...

Au même moment, c'est-à-dire à l'heure où tout être raisonnable s'en va déjeuner, le commissaire principal Boulay quittait le Quai. Il avait avancé son rendez-vous chez les beaux-parents de Bernadette. Pour éviter, justement, le sandwich ou le steak-frites. C'est entendu, il ne serait jamais comme Biasini mais, en venant prendre le café « vers treize heure quinze, voulez-vous ? Vous êtes bien aimable... », en sautant ce premier repas d'une ère nouvelle, celle d'un régime auquel il ne dérogerait en aucun cas qui lui ferait du bien, et en se rendant à la piscine en fin d'après-midi, à l'heure initialement prévue pour les Verbogen, il pourrait remettre son costume d'alpaga que sa femme aimait bien.

Avec le café, Mme Verbogen proposa des gâteaux à l'anis. « Je les ai faits moi-même, vous savez. » Elle soupira. « C'étaient ceux-là que Lucien préférait. » Il n'osa refuser. Et puis, il ne fallait pas être trop rigoureux pour ce premier carême. Mieux valait s'habituer doucement. Il reprit un gâteau. D'ailleurs, ils étaient tout petits, « à peine sucrés, pour permettre à l'anis de piqueter le palais ». Mme Verbogen n'en dit pas plus. Ses yeux étaient tristes sous un fichu bistre, et le visiteur se dit qu'elle céderait. Il fallait s'en remettre au temps. Il allait prononcer les mots aptes à l'accélérer quand elle sortit, le laissant face à Verbogen.

Celui-là était d'une autre trempe. Déterminé dans son refus. Par obéissance à la Loi, ou parce que son fils unique, qui devait perpétuer son nom, lui avait désobéi ? Boulay se dit que l'amertume du père devait conforter la loi de Moïse et vice versa.

— Voyez-vous, monsieur le commissaire, je n'en veux pas à votre parente... Je pense ne pas lui en vouloir... Mais elle a fait ce que personne n'a réussi avant elle, ni l'Inquisition (ma femme est une Toledano, sa famille est originaire de Tolède où ses ancêtres sont montés sur le bûcher) ni les hommes du Tsar qui, pour faire honneur aux Pâques chrétiennes, ont massacré mon grand-père et violé sa femme. C'était à Kichinev, en Bessarabie. Je ne dis pas que c'est la faute de votre parente, la faute est incontestablement celle de mon fils. C'est un faible... peut-être parce que nous l'avons trop gâté. Lucien était l'enfant du miracle, venu au monde sept ans après la naissance de notre cinquième fille. — Il avait retiré ses lunettes et, de son autre main, passée et repassée sur les yeux comme pour en essuyer les larmes, il tirait sur une barbiche blanchie. — Et c'est ainsi que le vieux tronc qu'aucune tempête n'a jamais pu déraciner a été cassé. Pour moi, Lucien est mort.

— Pourquoi ne pas lui pardonner ? Ma belle-sœur ne s'oppose pas à ce que ses enfants soient juifs. Elle suit actuellement des cours de judaïsme chez un rabbin. Avec d'autres personnes qui veulent se convertir...

— Elle va cesser tout travail le chabat ? demanda le vieil homme. Elle va cuire cachère ? Apprendre l'hébreu pour l'enseigner à ses enfants ? L'éducation familiale ne réussit pas toujours, Lucien en est la preuve... Mais c'est à la maison, au foyer, que le judaïsme est transmis. Dans une maison juive, les livres d'étude sont ouverts jour et nuit. Votre parente ne peut donner tout cela.

— Elle est pleine de bonne volonté, croyez-moi...

Verbogen s'était levé de sa chaise, invitant Boulay à l'imiter. La grimace puis la main posée sur ses reins trahissaient le lumbago. Il portait une veste noire, une cravate sombre sur une chemise blanche au col fatigué. L'image d'un clergyman. Il alla vers les rayonnages pliant sous le poids de livres, serrés sur deux ou trois rangs quand leur format le permettait. Dans l'espace chaotique que ménageait le haut, on avait coincé cahiers et dossiers. Il désigna les in-folio écrasant la planche du milieu sur toute sa longueur. Plusieurs de ces grands volumes avaient une couverture en vieux cuir râpé.

— Aucun Verbogen après moi, dit-il en soupirant, ne saura plus déchiffrer une page du Talmud. Regardez — il avait déficelé un carton à dessins —, ces feuillets-là n'ont jamais quitté ma famille. Pendant la guerre, mon père les avait confiés au curé du village où il se cachait. C'était dans le Poitou. J'avais douze ans... Mes parents ne sont jamais revenus de déportation. J'ignorais tout de ces feuilles. C'est le curé qui me l'a raconté en me les rendant avec de vieilles photographies. Regardez la beauté des caractères. C'est l'une des premières éditions du Talmud. Ça date de 1520. C'est écrit là : « Imprimé chez Bomberg à Venise »... Savez-vous que les Bomberg étaient des chrétiens ? Intéressant, non ?

Il voulait flatter le goy qu'était Boulay. Lui laisser entendre que l'interdiction religieuse des mariages mixtes n'avait rien à voir avec l'estime qu'on pouvait porter aux chrétiens en général, et à sa belle-sœur en particulier. La preuve c'est que même au Moyen Âge, à Venise... Boulay n'écoutait plus vraiment. Un instant, l'idée d'un démon qui, pour le moquer, tirait les ficelles dut l'effleurer. Avant de partir, il reprit un gâteau à l'anis sur l'assiette que Verbogen lui tendait.

7

Tout cela était parfaitement ridicule. À commencer par le nom : Théodore Fix... Rabbin Théodore Fix ! Jamais Boulay ne se serait douté qu'Yves Le Clec, républicain, athée et breton de surcroît, cultivait des amitiés rabbiniques. Il avait préjugé de la réaction du juge. L'autre n'avait rien voulu savoir. De sous la brousse, fanée, à la Clemenceau, il avait extrait le moignon qui lui servait de pipe : « Ce n'est pas parce qu'un pâtissier ignore le nom de ses gloutons — il en nourrit des centaines chaque dimanche — que vous allez remettre vos hommes en piste. Non, à moins de me prouver que, dans les caves du château, vos danseurs fabriquaient de la cocaïne ou des saloperies du même genre, il n'est pas question de rouvrir l'enquête. Laissez donc vos collègues de Venise *bhh...* il avait rembouché puis sorti le tison *pff...* laissez-les se délaguner. » Un nuage de tabac le fit cligner des yeux. « Vous êtes sévère pour Pavleski. Il n'était pas si mauvais, son rapport. Moi, je lui aurais donné un point de plus par page en moins. *Bhh...* » Sous le bureau, on devinait la position du juge au repos : jambes allongées, chevilles croisées. « Dites, *pff...* vous avez vu la raclée qu'on a flanquée à la Nouvelle-Zélande ? » Boulay n'avait pas envie de parler rugby. Il parla de Biasini. En vain, le fumeur restait insensible aux analyses comparées de l'italien et du français et à l'âge du parchemin. Mais quand, à court d'arguments, le commissaire consulta ses notes pour se rappeler le mot hébreu pour « réincarnation », marmottant qu'un passage du Talmud sur le Messie à Venise posait problème, Le Clec se redressa d'un coup. Position du juge aux aguets. « Vous devez en parler à mon ami Théo. C'est un rabbin. Il connaît le Talmud mieux que vous ne connaissez Gaston Lagaffe... Attendez, je vais l'appeler... Irène ! » Il avait appuyé sur l'interphone. « Vous me passez le rabbin. Oui ! Tout de suite. Merci. » L'article était défini. Il suffit à la replète et blonde sentinelle en faction dans l'entrée. Et c'est ainsi que, le jeudi 29 novembre 2001, fut rouvert, par la grâce des amitiés mystérieuses d'un juge rouge pour un rabbin présumé noir, le dossier n° 21678/ag, Ministère public contre X.

Les soutanes et autre saint-frusquin dans la vitrine rajoutèrent à sa mauvaise humeur que les cumulus, au-dessus, assombrirent encore. Boulay n'avait jamais aimé la place Saint-Sulpice, saintement proprette et uniformément triste, siège du commissariat du VIe où il avait fait ses premières armes. Rien n'avait changé. Les murs ocre et sales affichaient toujours, matricées de capitales noires : DÉFENSE D'AFFICHER — LOI DU 29 JUILLET 1881. Pour l'avoir lue matin et soir, chaque jour, pendant dix mois, la date de cette loi fondamentale restait estampée dans sa mémoire. Ce n'était pas le cas du nom des deux évêques sur la fontaine qui, aux côtés de Fénelon et de Bossuet, devant l'église colossale et navrante de laideur, bénissaient l'eau que crachaient des lions, dans la même pierre figés. Au diable, Parménide ! C'était la même eau qu'autrefois, jura-t-il en prenant la rue du Vieux-Colombier qui l'amena rue de Rennes, dans la partie bcbg où Fix habitait. Il dédaigna l'ascenseur, monta à pied les trois étages, répétant *guilgoul... guilgoul...* pour être sûr de ne pas trébucher comme l'avant-veille chez Le Clec.

— Je suis Fix, dit le petit homme qui, au coup de sonnette, répondit comme un diablotin jailli de sa boîte. Donnez-moi votre imperméable. Entrez. Vous prenez du sucre dans votre café ? Du lait ? Tenez, on va se mettre là.

Il avait parlé d'une traite, sans laisser au visiteur le temps de répondre. Le couloir s'ouvrait sur une pièce qu'éclairait la fenêtre d'un balconnet, encombré d'argiles et de plantes mortes. Des livres, encore des livres. Des strates de livres montaient au plafond et rapetissaient davantage le petit monsieur au nœud papillon carmin, glabre et sans lunettes. Pourquoi le prénommé Théodore était-il si différent du personnage que Boulay avait imaginé ? Seule était conforme la calotte sur la tête. Plus âgé que Le Clec, il avait une bonne cinquantaine. Maigre sous une veste d'intérieur grise, il ne souriait pas mais ses yeux, gris aussi, dont le brillant diffusait par de courtes rides latérales, avaient l'air de s'amuser. Sans parvenir à effacer le côté pète-sec que trahissait le débit rapide des lèvres en lame de couteau.

— Je vous remercie de me recevoir...

L'autre lui signifia d'un geste qu'on se passerait de salamalecs.

— Vous vous intéressez au Talmud ? Le Clec m'a menacé d'un interrogatoire.

— Pour être tout à fait précis, je vous dirais que je suis passionné par un fantôme qui cite le Talmud... Un fantôme, accessoirement assassin. Ou vice versa. Croyez-vous aux fantômes, monsieur le rabbin ?

Parce qu'il redoutait l'ascendant que l'ironie concède à l'adversaire, Boulay avait opté pour le tac au tac. La réplique le surprit.

— Bien sûr que j'y crois ! On en revient toujours à la caverne de Platon. Sur les murs qui leur sont familiers les hommes ne voient que les ombres du dehors. Parmi ces ombres, le fantôme a sa place. Plus la caverne est sombre, plus les hommes en ont peur. Ils ont besoin de cette peur. Ils en ont tellement besoin qu'ils l'inventent quand elle n'est pas assez forte. Prenez les scènes du Grand-Guignol, les films d'horreur, l'arrivée somptueuse d'Halloween et de ses citrouilles dans nos rues. Les fantômes ne sont pas moins vrais que la peur, l'inconscient, l'enfer ou le paradis. Pour tenter de les mieux discerner ou de les comprendre, on a élaboré une science, la parapsychologie, dont l'une des manifestations est la perception extrasensorielle : là, l'homme se dépasse. Il voit jusqu'à l'ombre de l'inexistant. Mais venons-en au Talmud. Si j'ai bien compris, vous me demandez si, pour le Talmud, et dans une histoire entre humains avec mort d'homme, un fantôme peut être soupçonné du meurtre. Je vous répondrai que, parmi d'autres, le Talmud énonce la loi des majorités : appliquée à un meurtrier, elle enseignerait que si dans un lieu où ce dernier s'est rendu, la majorité des assassins, présumés ou non, est composée de bipèdes ordinaires, usant d'armes blanches, à feu, de cordes ou de poisons — j'en passe mais c'est vous le meilleur —, il n'est pas raisonnable, en cas de doute, d'attribuer l'assassinat à un être extraordinaire, notamment — j'extrapole — à une ombre de la troisième dimension, démon, lémure ou fantôme. — Fix semblait satisfait de sa tirade. — Et maintenant, si vous m'expliquiez de quoi il en retourne et ce que le Talmud, ou les fantômes viennent faire au Quai des Orfèvres...

Boulay déposa les armes. Il dit, sans autres circonlocutions, ce qu'il savait de l'assassinat d'Alexandre de Feltes, un samedi de février, en plein carnaval de Venise, des enquêtes conduites là-bas, à Paris et en Normandie qui n'avaient rien donné. Il parla du fantôme au masque jaune, de la tombe vide du Lido, des attaches qui, peut-être, liaient Bernardino da Feltre à la victime.

— Peut-être..., insista le policier en ouvrant son

attaché-case pour en sortir la photo du parchemin, parce que rien ne prouve que ce franciscain, tenu au célibat, avait des descendants.

Fix s'était levé pour prendre deux gros livres qu'il ouvrit sur une sorte de lutrin rudimentaire, cadre métallique soutenant un plan incliné en bois.

— Voyons... Mes lunettes... voilà. Bernardin... Bernardino... Rien dans le *Grand Larousse encyclopédique* sur de Feltre... Il n'y a que Bernardin de Sienne. Ça on connaît. Ah, voici ! Dans l'*Encyclopédie hébraïque*... Il y a une vingtaine de lignes. Il est allé à Venise, c'est vrai. Vous avez raison, c'était un franciscain. Antisémite, mais ils l'étaient tous... Il appartenait au groupe des Osservanti... Les pires. — Il s'arrêta, frappa de ses doigts la page qu'il était en train de parcourir. — Mais bien sûr ! J'avais oublié son nom, c'était une abominable crapule, ce type-là. Un salaud et un... saint d'une totale abnégation. Le genre de mélange détonant d'une puissance phénoménale. Ça tue, brûle, torture pour la plus grande gloire de Dieu. C'est ce Bernardino qui a excité les foules de Trento — Trente, en français — contre les juifs en les accusant du meurtre rituel d'un jeune garçon. Pour les faire avouer, on a torturé des gens à mort, d'autres ont été brûlés vifs sur de saints bûchers. Puis on a béatifié l'auteur de cet extrême scandale. On dit le « Bienheureux Bernardino da Feltre ! » Le petit garçon fut béatifié à son tour et, jusqu'en 65, l'année du concile, on pouvait voir dans la cathédrale de Trente, ou dans une autre église de cette ville, un vitrail montrant comment les juifs s'y étaient pris pour l'assassiner. L'évêque a fini par le faire enlever.

Il abandonna le lutrin, rapprocha de Boulay un fauteuil d'osier pour s'y asseoir.

— Le parchemin, remarqua le policier en tendant la photo, dit que Bernardino a incendié des synagogues à Venise.

— C'est tout à fait exact et votre fantôme avait fichtrement raison d'en vouloir au Bienheureux. Quant à savoir s'il devait exercer sa vengeance sur l'un de ses descendants, c'est une autre affaire. J'ajouterai que si rien ne prouve que les fantômes sont tenus au repos du chabat, il n'aurait pas dû, en sa qualité de lémure d'un juif religieux, jouer du poignard ce jour-là... Vous dites que le fantôme est bilingue, qu'il use du français et de l'italien pour parler du Messie à Rome.

— C'est le Talmud, paraît-il, qui le localise dans cette ville.

— Exact. Texte classique du traité *Sanhédrin*. Dans le chapitre intitulé « Hélek ». Des pages... disons : parapsychologiques. Sur le mur de la caverne les maîtres du Talmud reconnaissent l'ombre du Messie. Ou l'ombre de son ombre. Le Talmud dit qu'il est assis à la porte de Rome, Rome qui a détruit le Temple. Il soigne ses blessures au milieu d'autres misérables. Tous enlèvent leurs bandages pour panser leurs plaies. Mais le Messie, lui, remet en place chaque linge, l'un après l'autre. Là, vous voyez, il a écrit *piano, piano*... De manière à se rendre à Jérusalem à l'instant même où la chose deviendra possible. L'auteur de ce texte pensait peut-être à la porte San Paolo, au sud de l'Aventin, parce qu'elle s'ouvrait sur la route d'Ostie, l'ancien port de la ville, à l'embouchure du Tibre.

— Et vous croyez au Messie ?

— Je crois aux ombres sur les murs et vous voudriez que je ne croie pas au Messie ? À un Messie blessé ? Imaginez-vous que le Messie pût ne pas être blessé ?

Le regard du petit homme était devenu impénétrable. Par-dessus les lunettes qu'il avait baissées sur son nez, des billes d'acier pointaient le policier, vidées de toute expression, comme si Fix avait le pouvoir d'éteindre ses prunelles. Sans se retourner, il tira sur un bout de ficelle dont il devait connaître l'exact emplacement et qui, derrière lui, pendouillant de l'abat-jour jauni, éclaira le document.

— Oh là..., continuait le rabbin. C'est intéressant, ce fantôme vénitien qui, cinq siècles pile après son trépas, éprouve le besoin de sortir de sa tombe... pour venger les victimes d'un inquisiteur sans même faire allusion au crime de Trento. Ça m'a l'air d'un fantôme singulièrement chauvin. J'ignore d'ailleurs si votre franciscain était en plus inquisiteur. L'encyclopédie ne le précise pas... Quand il m'a annoncé votre visite, Le Clec m'a dit qu'il y avait dans le Talmud un texte mystérieux sur Venise... Cela m'a paru étrange. Mais je note que l'auteur de la missive n'affirme pas que ces lignes figurent dans le Talmud. Il écrit : « nos saints livres ».

— Et vous pensez que ce n'est pas le cas ?

— J'en suis sûr... Mon assurance vous étonne ? Je ne jouerai pas au fantôme extralucide. Il y a des hommes qui, lorsque vous plantez une aiguille sur un mot du Talmud, sont capables de vous dire tous ceux que la pointe a percés en dessous — ou aurait dû percer —, parce qu'il ne leur viendrait jamais à l'idée de perforer, comment dit Beniamino... un « saint livre ». Dans les *yechivoth*, les écoles talmudiques, où la mémoire visuelle joue un rôle important... certaines personnes connaissent par cœur, par âme et par œil, plusieurs centaines de pages du Talmud. Moi pas. Je n'ai rien d'un ordinateur ni d'une caméra incarnés, et il y a bien des pages du Talmud que je n'ai jamais étudiées. Si je suis sûr de moi, concernant Venise, c'est pour la bonne raison que la ville n'existait pas avant le VIe siècle, date approximative de la clôture du Talmud. La Sérénissime n'était alors qu'une toute petite chose, un début de colonisation des marécages et des îles par des paysans fuyant l'invasion lombarde.

— Mais alors comment expliquez-vous que le fantôme...

— Je devrais, fit le petit homme, expliquer ce que pense un fantôme ? Là, je déclare forfait. Dans cette histoire, je m'en tiendrai à la loi des majorités que je vous ai énoncée tout à l'heure, et qui a l'avantage de ne pas heurter le bon sens. Donc, à moins d'éléments probants contraires, et s'il s'est bien rendu sur les lieux du crime, votre assassin est né, disons, entre 1920 et 1980 de l'ère actuelle. Si vous voulez ça en *anno mundi*, vous ajoutez 3 740 ! Vous reprenez du café ? Je vais aller chauffer de l'eau à la cuisine... On aura le temps de parler d'autre chose.

À droite d'un Mac, sur la tablette formant équerre avec le bureau, une rangée de livres rappelait à Boulay les in-folio de Verbogen. Il devait s'agir du Talmud, mais le policier était incapable de lire les annotations hébraïques. Instinctivement, comme s'il se trouvait dans une bibliothèque publique, il avançait à pas menus, cherchant à prévenir du bruit l'irréparable outrage. Ce n'était pas aisé sur ces planchers d'un autre âge dans ces immeubles de caractère, tenant tête à la bête et grise tour Montparnasse, au bout de la rue. Une latte craqua et quand, à cet instant même, le soleil, en déchirant les nuages, dessina son ombre sur le sol mordoré, Boulay se retourna pour s'assurer que Fix ne se moquait pas ! Il était seul dans la pièce. Derrière le bureau, il reconnut les gros dictionnaires de latin et de grec qu'il n'avait plus revus depuis le lycée. Bien des reliures portaient des titres allemands. Près de la fenêtre, les livres d'histoire occupaient quatre ou cinq travées. Dans sa couverture de toile rouge, *Le Ghetto de Venise* happa son regard. Il était légèrement en retrait et Boulay se dit que son hôte avait dû le consulter pour préparer leur rencontre. Les images de l'ancien quartier juif qu'il avait traversé dix ou douze années plus tôt le surprirent. Il ne se rappelait pas ces maisons trop étroites, surélevées, la place du Ghetto Nuovo que la photographie trop sereine — prise à l'heure où le crépuscule efface la lèpre grise sur les briques mises à nu — avait plaquée sur le papier couché, si loin des vagues ambulatoires qui, elles, marquaient son souvenir de touriste las d'un après-midi d'août trop chaud, pressé de gagner les somptuosités de la Piazzetta et le repos de ses terrasses d'ombre voilées.

— Ah, vous l'avez trouvé ! Si vous voulez, je vous le prête. C'est un beau livre traduit de l'anglais qui a paru il y a une dizaine d'années. Une ou deux cuillerées ?

Le rabbin avait apporté de nouvelles tasses. Pas plus que tout à l'heure il n'attendait de réponse. D'autorité, il versa l'eau bouillante sur les paillettes bronzées. Il s'excusait de l'avoir laissé seul :

— Ça a pris un peu de temps... Ma femme veut que j'utilise la bouilloire électrique ; elle a peur que j'oublie de fermer le gaz... Moi j'aime entendre l'eau qui chante sur le feu. Je vous en rajoute un peu ? Votre bureau donne sur la Seine ? Vous avez de la chance de travailler au Quai. La vue doit être magnifique... Expliquez-moi, la Brigade criminelle dépend du préfet de Paris ou du ministère de l'Intérieur ? Je veux dire, est-ce qu'un crime commis en province est de votre compétence ou du ressort de la police locale ?

Boulay comprit que, sans le congédier vraiment, son hôte, en disant n'importe quoi, indiquait qu'il en avait fini. La leçon de Talmud était terminée.

8

Boulay se mit à chercher... Il devait trouver des arguments pour amener le rabbin à repentance. En effet, si Fix n'accrochait pas, Le Clec, en deux ou trois bouffées de tabac, décrocherait à son tour. Il lui fallait revenir à la charge et, à défaut de flatter le petit homme, le convaincre que le Talmud pouvait, avantageusement, remplacer Hercule Poirot, lui montrer l'intérêt que lui, Boulay, portait au raisonnement talmudique. Et que plus jamais le Talmud ne connaîtrait de débutant plus appliqué.

— Je n'ai pas bien compris, enclencha-t-il, ce que vous appelez la loi des majorités. Vous sembliez dire qu'elle s'applique seulement si l'assassin s'est déplacé sur les lieux du crime. Or il me semble qu'il en va de même dans tous les cas...

Fix but une gorgée du liquide brûlant.

— Le Talmud, répondit-il, établit une différence entre un corps séparé de son milieu — qui répond aux règles des statistiques, donc de la majorité relative — et un objet en son milieu naturel. Soit un crime perpétré dans une HLM. Vous soupçonnerez à parts égales chacun des locataires de l'îlot. Celui de l'appartement 10A peut être coupable, comme celui du 27B. C'est du cinquante-cinquante. Mais sur la voie publique, là où s'est rendu l'assassin, la loi ne joue plus. « L'espace de référence », comme disent les statisticiens, n'est plus le même. Parce que, sur la voie publique, l'individu que vous appréhendez pour la simple raison que ses papiers ne sont pas en règle a une chance sur trois cents ou sur mille, selon le nombre de personnes dans la rue, d'être le coupable. Mais ce que je vous dis est théorique et pour le moins aventureux. Le Talmud n'a pas établi de règle dans le domaine policier ! — Il finit son café. — Vous l'avez senti, j'ai extrapolé... pour le plaisir. — Il sourit. — Et pour faire plaisir à Le Clec.

— Et le *guilgoul* ? — Boulay tirait sa dernière cartouche. Il n'était pas mécontent, au reste, de placer son savoir. — Le *guilgoul*, qu'en dit le Talmud ?

— Il n'en dit rien. Pas un mot ! La réincarnation, ou migration des âmes, comme on dit encore, est une notion que les mystiques ont inventée, ou qu'ils sont allés pêcher dans le marais des gnoses, plusieurs siècles après la clôture du Talmud. Y croira qui voudra. Le judaïsme est un système de libre-pensée, vous avez le droit de penser ce que vous voulez pourvu que vous obéissiez à la Loi. J'ajouterai : pourvu que vous étudiiez la Loi.

— Alors — Boulay avait trouvé la bouée de secours —, si le flic que je suis se mettait à étudier le Talmud ?

— Oh ! là là... Le Clec vous a fait la leçon, ça fait des années qu'il me serine.

— Pas du tout, protesta le policier. L'idée m'est venue maintenant, à vous écouter. De la même manière qu'il existe une médecine chinoise, parallèle à la médecine classique, et qui a fait ses preuves, il doit exister d'anciennes sagesses, des systèmes de logiques non cartésiennes qui pourraient venir à notre secours.

— Mais rien n'est plus cartésien que le Talmud ! Tenez, vous allez passer un test. On verra si vous êtes capable d'étudier le Talmud. Deux hommes marchent sur un toit — Fix s'était mis à chantonner —, vous souriez... c'est que le raisonnement talmudique ne s'écrit pas. Il se chante, on le murmure. C'est une vieille mélodie qui vient, paraît-il, des campagnes roumaines. Je vous assure qu'elle aide à réfléchir. Et que personne n'abordera une page difficile du Talmud sans la répéter sur cet air-là. C'est comme une ritournelle, un boléro qui, en s'évidant, spirale après spirale, vous permet d'extraire du texte l'idée qui s'y cache. Mais je vous en ferai grâce. Pour le moment, il vous suffit de me répondre sans chanter ! On reprend : deux hommes marchent sur un toit. Ils tombent tous les deux dans la cheminée. L'un sort noir, l'autre blanc. Lequel des deux va se laver ?

— Le noir !

— Fatale erreur ! Vous faites quoi du mimétisme — le propre de l'homme ? Le noir voit celui qui est blanc, et croit qu'il l'est aussi. Le blanc voit celui qui est noir et il se croit noir. D'accord ?

— Admettons...

— Je reprends. Nos deux hommes marchent à nouveau sur un toit. Ils tombent à nouveau dans la cheminée. L'un sort noir, l'autre blanc. Lequel des deux va se laver ?

— Eh bien, le blanc !

— Pas du tout ! Nos deux lascars se rappellent leur mésaventure. Alors, cette fois, c'est le noir qui va se laver. On continue... — et comme tout à l'heure, quand il avait été question du Messie aux portes de Rome, Boulay fut frappé par l'inexpressivité du regard, par les yeux du rabbin qui ne laissaient rien deviner. Il chantonnait : — Les deux hommes marchent encore une fois sur un toit. Ils retombent dans la cheminée. L'un sort noir, l'autre blanc. Lequel des deux va se laver ?

— Là, vous me mettez dans l'embarras...

— Vous donnez votre langue au chat ? — Les yeux,

les rides, le visage s'amusaient. — Comment voulez-vous que, deux hommes tombant dans une cheminée, l'un sorte noir et l'autre blanc ? Vous riez... Je ne sais qui a inventé cette historiette. Je l'ai présentée quand j'étais gosse lors d'une fête de fin d'année... On m'avait mis une barbe de coton blanc et déjà je jouais au rabbin. Je ne l'ai jamais oubliée. Elle caractérise parfaitement le raisonnement talmudique, capable de s'élancer de la plus totale invraisemblance jusqu'aux sommets de la logique, pour retomber finalement sur ses pattes. Comme un chat dégringolant d'un toit. Mais sans passer par la cheminée.

— À mon tour, s'aventura Boulay, permettez-moi de jouer au talmudiste. Sans que je mette une barbe. D'ailleurs vous n'en portez pas...

— Parce que la *bauta* ne vous suffit pas ? Vous voudriez que moi aussi je cache mon visage ? Que je me déguise en Mamamouchi !

Il sembla au policier que le rabbin en voulait à l'un ou l'autre de ses collègues à la barbe fleurie... Il n'insista pas, revint au Talmud.

— Si je voulais, dit-il, tirer une règle de l'histoire de la cheminée, je dirais qu'avant de répondre il faut s'assurer que la question tient debout. Dans notre cas, l'assassinat d'Alexandre de Feltes n'est pas contestable mais, alors que vous acceptez qu'une ombre se dessine sur le mur de la caverne et que vous vous interrogez sur sa personnalité ou son identité — parce que cette ombre pourrait être l'auteur du crime —, moi je n'y crois d'aucune façon. Je dis que ce parchemin est un faux. Qu'il s'agit d'une mystification.

— C'est une conclusion à laquelle vous êtes en droit d'arriver. Mais vous ne pouvez la prendre comme hypothèse de départ ! Votre raisonnement, ou plutôt l'absence de raisonnement, porte un nom précis : ça s'appelle un dogme ! Il n'y a pas de dogme dans le Talmud... hormis cette évidence, évidente au point de n'être jamais exprimée, que Dieu existe. Je pense, donc Dieu existe !

— Et comment ferez-vous, s'obstina le policier, pour savoir, hors de la loi des majorités qui pèche, dites-vous, par son côté théorique, si l'auteur du parchemin est un fantôme ou un humain ?

— Le raisonnement talmudique préférera toujours l'hypothèse la plus simple. Dans notre cas, la difficulté vient de ce que l'hypothèse la plus simple, à savoir que l'auteur du parchemin est son signataire, introduit l'hypothèse la plus risquée, puisque ce dernier prétend être sorti de son tombeau au bout d'un demi-millénaire.

— Donc il y a contradiction...

— La contradiction n'embarrasse jamais le Talmud. Il s'en nourrit. L'absence de contradiction le mettrait mal à l'aise ! Mais, ici, la voie est parfaitement tracée. Le Talmud chercherait à connaître l'auteur, à authentifier la signature. Il aurait comparé les propos que tient son auteur dans notre document avec d'autres déclarations qu'il a pu faire, de manière à vérifier s'il s'agit bien du Beniamino fils de Reuveni Da Costa que l'on connaît par ailleurs, ou d'un homonyme, ayant vécu à la même époque.

— Et vous connaissez, demanda Boulay, un Beniamino fils de Reuveni Da Costa du XVIe siècle ?

— Non, mais ça ne prouve rien. Et comme vous ne pourrez prouver davantage sa non-existence, il est impossible de contester l'existence de son fantôme !

— Alors il n'y a rien à faire ?

— Comme vous y allez ! sourit le rabbin. Nombre de textes, ou plutôt des dires que le Talmud examine (ils étaient rapportés de mémoire par des répétiteurs spécialisés), n'étaient pas signés. Et la première question, toujours réitérée, consiste à savoir qui est l'auteur d'un texte anonyme. *Mani ?* interroge le Talmud en araméen.

Pour répondre à cette question, le Talmud se livre à l'analyse détaillée du texte, dans l'espoir que ses singularités permettront de découvrir son auteur. Ce qui peut l'amener à disséquer chaque phrase, chaque mot, voire chaque lettre ou morceau de lettre, pour les confronter à des sources extérieures ! Je ne suis pas sûr que vous auriez la patience de cet exercice, d'autant que dans ce genre de raisonnement, peut-être pour éliminer les amateurs, le Talmud use d'un langage sibyllin.

— Vous voulez dire, avança Boulay, que je n'ai aucune chance...

— Pas du tout ! s'excusa le rabbin. C'est très bien. Je veux dire, vos questions... Elles nous font progresser. À mon âge, et avec mon caractère, j'étudie seul. Debout, devant le lutrin que vous voyez là pour ne pas céder au sommeil... Dans les écoles talmudiques, on apprend toujours à deux, face à face ou côte à côte. Les interrogations du premier étudiant, ses réflexions suscitent les réponses du second et vice versa. On n'est pas si loin de la maïeutique des Grecs. D'ailleurs, en hébreu, un même radical est à l'origine des mots « enfanter » et « étudier ».

Boulay ne s'intéressait pas aux Grecs. Les Italiens, à commencer par Biasini et Beniamino, suffisaient à sa peine. Il recentra leur dialogue sur le Talmud.

— Je crois avoir retenu, dit-il, ce qui vous a intrigué dans le parchemin, les « singularités », vous venez d'user de ce terme, qui pourraient nous aider. D'abord vous sembliez étonné, ou sceptique, de rencontrer un fantôme bilingue. Vous ne compreniez pas non plus pourquoi ce texte qui appelle à la vengeance n'évoquait pas l'action de Bernardino à Trente et vous disiez que son signataire était chauvin !

— Très bien. Alors, puisque vous le souhaitez vraiment, reprenons le texte... — Fix chaussa ses lunettes et, tenant le document droit devant lui, de manière à ce que le policier puisse en suivre sa lecture, il énonça lentement, mais sans chanter cette fois : *Aujourd'hui, veille de la nouvelle lune d'Adar...* Rien à redire. Le calendrier hébraïque est lunaire. Reste à savoir si la date est accidentelle, ou si l'auteur a voulu la faire coïncider avec la nouvelle lune. Suite du texte : *toi, Alexandre de Feltes, alias de Feltre, tu vas payer les crimes de Bernardino, ton antenato, l'Inquisitore maudit qui a incendié notre chère synagogue et assassiné les Hebrei de Venezia.* Là, les choses sont déjà moins claires. Passons sur le caractère hypothétique de la filiation liant la victime au Bienheureux. Encore que... D'où l'auteur du manuscrit est-il informé de cette relation ? Vous avez une idée là-dessus ?

— Par ses... relations, justement ! Je veux dire par les relations d'Alexandre de Feltes. C'est précisément ce qui donne du poids à la thèse de l'amant ou du mari jaloux. D'après un rapport de nos collègues de Venise, ces dames étaient friandes de ses antécédents. Un prénom impérial, un saint qui découche, l'Inquisition et ses tortures sous couvert de dentelles... Vous mélangez le tout et vous obtenez, paraît-il, un bon excitant... C'était le secret d'oreiller qu'Alexandre de Feltes révélait pour la circonstance. Pas un secret, d'ailleurs, plutôt une entrée en matière ! Si vous me permettez une image quelque peu osée.

— Ce qui indiquerait, fit le rabbin sans s'attarder sur l'image, que le parchemin qualifie Bernardino d'Inquisiteur. Ce qui me turlupine davantage, c'est l'idée qu'un être de chair et de sang, ou un esprit coiffé d'un tricorne, veuille, cinq cents années plus tard, sans raison particulière si ce n'est le demi-millénaire, jouer au Vengeur ! Après l'appel téléphonique de Le Clec, j'ai feuilleté les livres d'histoire. Celle des juifs de Venise ne fut pas idéale, loin de là. Il est vrai qu'on y a brûlé des synagogues et c'est à Venise, pour la première fois, que les juifs furent relégués dans un ghetto. Mais ils n'y furent pas exceptionnellement malheureux et cette structure sut les mettre à l'abri, en les protégeant, au moins de façon partielle, contre des atteintes de nature physique, spirituelle ou culturelle. Or je peux vous citer des dizaines de villes et de pays qui eurent envers leurs concitoyens juifs — le mot ne convient pas puisqu'on leur refusait, justement, le droit de citoyenneté —, donc je pourrais vous citer des foules de lieux sur la vieille terre d'Europe, en France notamment, où le sort des juifs, au Moyen Âge, fut infiniment plus tragique qu'à Venise. Il n'y a pas eu de véritables pogromes dans cette ville, on n'y a pas assassiné les juifs de manière systématique. Le cas le plus tragique fut celui de trois juifs, condamnés au bûcher, à la suite d'une accusation de meurtre rituel. De temps en temps on menaçait tout le monde d'expulsion et on brûlait des livres rédigés en hébreu sur la place publique. Il arrivait aussi qu'on molestât l'un ou l'autre malheureux. Pendant le Carnaval, justement... mais ça n'allait pas au-delà. Je parle du Moyen Âge, pas de ce qui s'est passé en notre temps, sous l'occupation allemande. Ah ! ils étaient tenus de porter un chapeau jaune, toute l'année, pas seulement pendant le Carnaval.

— Ce qui expliquerait, risqua le policier, que notre fantôme ait choisi un masque jaune.

— Peut-être. Cependant, comme le chapeau jaune n'a été introduit que plus tard, cela signifierait que le meurtrier, fantôme ou pas, a étudié l'histoire des juifs de Venise. Mais continuons notre texte... *Après* — donc après l'acte de vengeance — *je retournerai chez notre Messia à Rome qui, piano piano, défait ses pansements. Oui, nos saints livres l'ont prédit : je suis venu à Venise et à Venise j'ai gagné.* De Rome et du Messie, nous avons suffisamment parlé. Reste cette victoire qu'il aurait remportée à Venise, il y a cinq siècles. Là, je vous avoue ne pas comprendre. On pourrait évidemment chercher dans les concordances imprimées ou sur un CD, interroger les spécialistes de l'histoire de Venise... Il n'empêche. Cette phrase sur Venise éveille en mon souvenir un certain écho. Comme si je l'avais lue ou entendue quelque part...

— Si vous la chantiez sur l'air de la cheminée !

— Eh bien, je vais essayer, répondit le rabbin en riant. Dès cet après-midi, quand commencera chabat. Je vous appellerai lundi si j'ai trouvé quelque chose.

Cette fois Boulay comprit que la situation était sans appel.

— Alors, se résigna-t-il, il ne me reste plus qu'à vous remercier de m'avoir écouté... Je vais devoir informer votre ami, et mon juge... hélas ! qu'à ce stade, le Talmud ne nous a pas été d'un secours décisif.

— Je ne cesse de le lui répéter ! s'indigna le rabbin. On ne peut pas tout mélanger. Il y a des méthodes d'investigation talmudiques, c'est vrai. Certaines ont été utilisées par les tribunaux rabbiniques, il y a vingt siècles et plus, pour établir l'innocence ou la culpabilité des accusés. Mais ce qui attire Le Clec, c'est autre chose. Ce sont les règles d'herméneutique et celles du raisonnement talmudique. Par moments, il m'a semblé qu'Umberto Eco en a usé, sans en faire mention. Mais c'est du roman ! Dans la vie, je m'en tiendrai à une autre règle, dont je vais vous donner lecture si vous voulez bien m'accorder le temps de chercher mes auteurs.

Il était monté sur un escabeau pour saisir sur l'avant-dernier niveau, au-dessus des gros dictionnaires, deux tomes d'une série reliée de cuir bleu. Des bouts de papier servaient de marque-pages et le commissaire se dit, en voyant le livre s'ouvrir comme par enchantement sur des passages soulignés d'un trait de crayon, que Fix avait dû méditer ces pages plus d'une fois.

— Voilà, déclama-t-il : « Tous les géomètres seraient donc fins », vous avez reconnu Pascal, n'est-ce pas...

« s'ils avaient la vue bonne, car ils ne connaissent pas faux sur les principes qu'ils connaissent ; et les principes fins seraient géomètres s'ils pouvaient plier leur vue vers les principes inaccoutumés de géométrie. » Vous vous rappelez ?

Boulay ne dit rien ; ce n'était pas consentir. Il ne bougeait pas. Fix avait redémarré, il ne fallait rien faire qui le ramène au point mort. Au demeurant, l'autre ne lui prêtait plus attention. Il prononçait par cœur, sur la page tournée, des mots qu'il faisait mine de lire, ou qu'il croyait lire :

— « Il est rare que les géomètres soient fins et que les fins soient géomètres à cause que les géomètres veulent traiter géométriquement ces choses fines... » Et, un siècle plus tard, Montesquieu va faire de notre géomètre un théologien... Vous permettez... — Le rabbin avait pris le deuxième livre, amoureusement il en caressait le dos comme pour en effacer d'invisibles parcelles de poussière. — Tenez, lisez avec moi : « Les principes de la géométrie sont très vrais ; mais si on les appliquait à des choses de goût », c'est-à-dire aux opinions, « on ferait déraisonner la raison même... » C'est la même chose pour le Talmud ! Je ne parle pas des opinions, bien sûr, parce que toutes les opinions sont dans le Talmud. Mais « on ferait déraisonner la raison même », la formule est magnifique, n'est-ce pas ! Encore que Montesquieu... — le petit homme faisait de la main droite, aux doigts écartés, le geste tremblotant des hypnotiseurs réveillant leur patient — ne traitait pas exactement notre sujet. Je répète, moi, qu'« on ferait déraisonner la raison même », si on remplaçait, disons... le manuel de la police — il doit bien exister un manuel du parfait policier ! — par les treize principes herméneutiques de Rabbi Yichmael...

— Pourtant, enchaîna son vis-à-vis, ce n'était pas mal ce que vous disiez de la loi des majorités, la différence que vous avez établie entre les majorités relatives et absolues. Cette règle fait partie des principes de votre Rabbi ?

— Non, là il s'agit de méthodologie. Les principes de Rabbi Yichmael, un maître du IIe siècle, que nous répétons chaque matin...

— Vous étudiez ces treize règles, chaque matin ? s'étonna Boulay.

— On les énonce, sans plus... parce que l'étude est notre impératif catégorique. Alors, pour le principe, on a intégré dans le rituel de prière ces treize articles qui sont autant de clés pour ouvrir le Talmud ! Si bien que je pourrais vous les énoncer par cœur et dans l'ordre ! La première clé est celle de la déduction *a fortiori*. Tout simplement... Encore que ce n'est pas si simple ! le Talmud en tracera les limites. La seconde règle, qu'on pourrait appeler en français de l'analogie sémantique ou par consonance, est propre au Talmud. Elle signifie que, sans rapport logique apparent, les caractéristiques présentes dans un cas peuvent s'appliquer au second dès lors qu'un même terme, ou un terme de même consonance, y apparaît. Mais ici, et dans chaque cas d'espèce, il faut que la tradition talmudique en ait gardé le souvenir. Sinon la porte serait ouverte à tous les abus.

Boulay ne suivait plus très bien. Il pensa qu'il avait eu tort d'insister. C'est lui, maintenant, qui cherchait à prendre congé. Mais Fix, devenu intarissable, ne remarquait rien. Il continuait :

— Sans cette restriction, vous pourriez faire dire n'importe quoi à n'importe qui. Par exemple, nous cherchons à propos de quelle victoire il est question de Venise. Si vous appliquez ce qu'on dit de la Sérénissime à un récit comportant un mot dont l'orthographe ou la consonance sont semblables : Venise, venu, venant, revenant... — Il s'arrêta. — Tiens, un revenant ! Ce n'était pas prévu, mais reconnaissez que, dans notre histoire de fantôme, ce n'est pas mal. Ne le racontez pas à

Le Clec, il serait capable d'y croire ! Prenons autre chose : Venise, venu, veni, dans *Veni, vidi, vici...* comme a dit César ! Quant au troisième principe...

Fix s'était tu. Il avait l'air stupéfait et Boulay, qui avait rangé la photo du parchemin dans son attaché-case, fixa le discoureur. Le rabbin était bouleversé.

— Non, fit-il enfin. Ce n'est pas possible... ce serait un hasard extraordinaire ! Boulay, vous vous rendez compte... On a peut-être la solution. « Je suis venu, j'ai vu, j'ai vaincu ! » *Veni, vidi, vici...* César a prononcé ces mots après je ne sais plus quelle victoire. Je parie que c'est dans les pages roses du *Petit Larousse* ! Et votre fantôme ose appeler ça « nos livres saints ». L'assassin se moque de nous !

Machinalement Fix porta à sa bouche la tasse vide, la reposa avec un air de reproche. Il se leva, marcha à grands pas dans la chambre, se campa devant Boulay et, dans la pièce silencieuse où s'étaient éteints les rayons du soleil, on n'entendait plus que, venant de la fenêtre entrouverte, le carillon étouffé, monotone de l'église Saint-Sulpice.

— Si j'ai bien compris, sourit le commissaire, le Talmud a des vertus que vous ne soupçonniez guère.

— Ce n'est pas ça, se fâcha le petit homme, il ne faut pas mélanger les genres, les « ordres », comme disait Pascal. Et je le maintiens. Mais la vérité, elle, ne saurait être divisée. Ce qui est vrai dans un système l'est dans un autre, ce sont les méthodes d'application ou les conclusions qui diffèrent. Dans un cas l'analogie est totale, dans l'autre elle est suggérée. Quant à savoir quelle conclusion en tirer, c'est une autre affaire ! Le Talmud s'en sort en se servant de cette deuxième règle de Rabbi Yichmael — qu'il appelle une *guezéra chava* — comme d'un aide-mémoire —, puisqu'il lui refuse la moindre application pratique en l'absence d'une tradition qui fait autorité. J'ai eu tort de vouloir cloisonner à l'extrême...

Cependant je ne comprends pas que le hasard veuille faire si bien les choses. Ça doit être un coup du fantôme !

— Et en ce qui concerne notre affaire, insista Boulay qui craignait une nouvelle dissertation sur la *guezéra chava*, vous tirez quelle conclusion ?

— D'abord que l'auteur du parchemin n'est pas un fantôme. Les fantômes sont des êtres sérieux... On ne fait pas peur aux gens avec des jeux de mots puisés dans les pages roses du *Petit Larousse*.

— Fort bien. Nous savons ce que notre assassin n'est pas. Mais il est quoi ? interrogea le policier.

— Ce que nous pouvons encore supposer, toujours sur le mode négatif, poursuivit le talmudiste, c'est que le meurtrier n'est pas inculte. Pour le moins, il connaît des expressions latines, l'histoire de Venise et de ses juifs, des bribes d'italien et le français, ou des bribes de français et l'italien. Et pour avoir osé porter son coup de couteau en plein Carnaval en sachant comment disparaître aussitôt, on peut conclure que l'homme, puisqu'il s'agit d'un homme et pas d'un fantôme — dont la vocation naturelle est de fausser compagnie —, est un habitué de Venise et sans doute aussi de son carnaval.

— Alors, *mani ?* — Boulay avait retenu l'interrogation araméenne —, ne peut-on aller plus avant ?

— Le Talmud ne vous permettra jamais de tracer ces portraits-robots dont vous faites votre ordinaire ! De toute manière, vous ne pourriez dessiner qu'un masque et un tricorne. C'est pourquoi, je vous l'ai dit, il faut comprendre le texte. Ou tenter de le faire afin de le comparer à d'autres textes ou à d'autres dires. Sur le fond, cette fois, et non plus par la seule analogie sémantique.

— Le problème c'est que nous ne disposons d'aucun texte de référence ! Il n'y a pas le moindre modèle... En tout cas, je ne vois pas d'où nous irions le tirer.

— En fait, expliqua le rabbin, le Talmud ne disposait pas de textes dans le sens où vous entendez ce mot. Il faut savoir s'arracher aux images des scribes égyptiens et ne pas croire que le monde antique était rempli de parchemins ou de papyrus. Les Anciens répugnaient à écrire. Socrate disait que « l'écriture a un grave inconvénient ». Je cite de mémoire... « Si tu poses une question aux discours écrits, expliquait-il, ils gardent gravement le silence. » Le Talmud ne pense pas autrement. À quoi il faut ajouter que les maîtres ne voulaient pas figer le Commandement. Alors ils comparaient un dire à un autre dire. Quitte à les provoquer. Je me demande, mais vous êtes seul compétent, si, sur ce registre-là, vous ne pouvez pas progresser.

— Vous voulez... dire — je n'échappe pas à l'analogie sémantique ! — que certaines personnes pourraient avoir entendu l'assassin s'exprimer comme il l'a fait dans ce parchemin et le reconnaître dans un texte ?

— C'est tout à fait ça. Pardonnez-moi... Je refais du café. *Veni, vidi...* a eu raison de moi. Je suis vaincu ! Mais cette fois ça ira plus vite, je vais utiliser le truc de ma femme. Vous reprendrez un café, bien sûr...

— Et je n'ai pas repris de café !

— Là, je ne vous crois pas, sourit Le Clec.

— Je suis catégorique. Parole de flic ! répliqua Boulay.

Il rendait compte au juge de son entretien avec son ami Théo. L'après-midi était avancé et, à travers la vieille bâtisse du Palais de justice, les premiers éclairs dans le bureau trop sombre, avec seulement le halo vert d'une lampe rétro, annonçaient que le ciel, une fois de plus, s'ouvrait à la pluie.

— Avouez que le bonhomme vaut le déplacement...

— Sans doute, mais je commence une cure de désintoxication pour le cas où vous me demanderiez de retourner chez lui. Vous avez vu ses bérets basques sur le portemanteau ? Je ne les ai remarqués qu'en partant. Il se promène vraiment en béret basque ?

— Toujours. Et toujours avec un nœud papillon ! Été comme hiver.

— Je ne sais pas ce qui m'a le plus impressionné, réfléchit Boulay, sa soif de café ou les citations qu'il vous balance à tire-larigot. C'est le genre de type à enfermer préventivement. Il serait capable de tuer pour un beau livre.

— Et vous avez décidé quoi, finalement ? À quoi allez-vous comparer le texte du parchemin ?

— Je vais donner une interview, dit le policier. Au *Parisien* ou à *France-Soir*. On n'a pratiquement pas parlé de cette histoire, en France. Un fantôme assassin et français, ça devrait entraîner les foules à réagir.

— *Puff*... Ne soyez quand même pas trop catégorique, sur sa nationalité.

— Ça pourra être un fantôme italien. Au besoin, j'en rajouterai. Le journal sera preneur. Je vous laisse parce que je veux voir Pavleski. Il ira au château lundi matin. Demain, il n'est pas de service.

Le policier avait tourné la poignée quand Le Clec le rappela :

— Dites, Boulay... Vous prendrez bien un café avant de partir ?

9

— C'est qui ?

Ils n'allaient pas clamer leur CV à travers des barreaux ! Plissonnier examinait avec hostilité la porte en fer découpée dans le large portail qui faisait corps avec l'un des battants. Peints en vert, les barreaux ne révélaient aucune trace de rouille. Signe que la demeure était entretenue, bien que l'allée — on la voyait qui menait au manoir — fût tout juste praticable.

— Bonjour, messieurs, c'est pour quoi ?

Le propos était devenu poli. Mais son auteur ne faisait pas mine d'ouvrir pour autant. Un mètre soixante-dix et quelque, il ne ressemblait à rien ou, plutôt, pouvait être n'importe qui, sous le débardeur de couleur incertaine descendant bas sur un pantalon de velours côtelé noir. Les cheveux étaient courts, banalement châtains, avec une vague raie sur le côté ; les yeux bleus trahissaient les ancêtres normands et l'ensemble, avec un léger trait convexe du ventre, avouait la quarantaine bien tassée. Signe distinctif : néant. Plissonnier remarqua les bras musclés, nus malgré le froid de décembre, et les mains. Des mains fortes, calleuses d'un travailleur manuel. Ou des champs.

Pav, lui, ne remarquait rien. Rien, en tout cas, qui puisse figurer dans un rapport de police. En prenant son envol, un gros pigeon blanc l'avait rendu au bonheur simple de la campagne. De la Normandie mouillée sentant bon l'herbe et la mousse. Et l'âcre parfum des matins d'hiver, à l'heure où le brouillard qui se lève doucement découvre l'églantier. Sur les bras noueux des bouddhas noirs, les petites pommes qu'on ne cueillera plus, ratatinées, rouges comme des escarboucles, moquaient les peupliers éteints.

Le lieutenant prit l'initiative :

— Nous sommes les officiers de police Pavleski et Plissonnier. Nous voulons voir Mme Isabelle de Feltes.

— N'est pas là.

— Elle le sera quand ?

— N'a rien dit. Partie en voyage.

— En attendant, on pourra parler tous les trois. À condition d'ouvrir...

L'homme demanda à revoir la carte, confronta la photo avec le modèle puis, sans rien laisser deviner de ses sentiments, déverrouilla l'entrée. Au lieu de les conduire à la demeure des maîtres, un château-ferme dont les deux hommes ne pouvaient qu'entrevoir l'aile droite, basse de toit, avec des colombages sur le mur grisaillé, il les fit entrer dans une sorte de chalet qui devait servir de conciergerie.

— C'est chez moi, fit-il.

La pièce où l'on pénétrait de plain-pied était froide, assombrie par les lourdes branches d'un sapin devant une fenêtre trop petite. L'intérieur donnait une impression de propreté. Sans vraiment sortir du commun, les meubles auraient fait le bonheur d'un chineur. L'armoire, massive, de bois foncé, était naturellement normande, les chaises, lourdes, empaillées, de style Louis XIII. Devant la cheminée éteinte, un trépied avec un quart de dossier rappelait les tabourets des fermières pour traire les vaches. Sur des étagères, une vieille boîte en métal marquée *Café* se dressait parmi des poupées défraîchies, comme on en emporte ou comme on vous en rapporte de vacances. Seule surprenait, fixée au mur opposé à la fenêtre, une reproduction de Dalí : sur un arrière-fond d'éprouvettes en désordre et d'une échelle dressée, une montre à gousset s'étalait parmi des cartes à jouer, comme un œuf sur le plat dont le cadran aurait coulé sur la nappe tombante.

— Dites-nous, monsieur... Monsieur comment ?

Pav avait repris le premier rôle.

— Je m'appelle Vabres. Victor Vabres.

— Vous connaissiez Alexandre de Feltes ?

— Monsieur le comte de Feltes était mon patron. Je suis chez lui depuis dix ans. Un peu plus...

— Et vous continuez à habiter ici ?

— Ma femme et moi restons au service de Mme la comtesse.

Il avait la voix légèrement rocailleuse, l'accent parisien plutôt que péquenaud.

— Elle est partie, dites-vous ?

— Partie se reposer. C'est ce qu'elle m'a dit.

— Et elle doit revenir quand ?

— Sais pas.

— Elle vous téléphone de temps en temps...

— Non.

— Et s'il y a un problème ?

— Il n'y a pas de problème. Et je peux toujours m'adresser à son beau-frère, à Paris.

— Le frère de...

— Le frère.

— C'est votre femme qui fait la cuisine ?

— Oui et non. Mme la comtesse aime cuisiner elle-même. Ma femme fait le marché et entretient la maison.

— Et quand il y a des réceptions ?

— Ça n'arrive pas souvent.

Sur un signe du capitaine, Plissonnier prit le relais.

— Pourtant, enchaîna ce dernier, des bals costumés il y en a ?

— Là, c'est un traiteur de Paris qui vient livrer.

Il répondait. Victor répondait sans chercher ses mots, sans hésiter, sans élever la voix, sans manifester d'impatience. Il répondait... sans ! Sans rien de plus. Le débit monotone, machinal, signifiait qu'il n'allait pas s'abaisser à jouer au plus fin dans une affaire qui ne le concernait pas. Suivit la série des non. Non il n'y avait jamais d'orchestre ; non il ne connaissait pas les invités, d'autant plus qu'ils arrivaient et repartaient déguisés et masqués. Non (« je vous l'ai déjà dit... ») il ne savait pas quand la comtesse serait de retour.

— Et ça fait longtemps, reprenait Pavleski, qu'elle est partie ?

— La semaine dernière.

— Quel jour ?

— Mercredi.

— Mercredi ! Hou là je m'en souviens ! Il y avait un brouillard terrible sur l'autoroute, jusque tard dans la matinée. Il n'a rien pu lui arriver ?

Le policier avait adopté l'air inquiet d'un parent.

— Est partie l'après-midi.

— Seule ?

— Seule.

D'abord surpris par la sollicitude dont son maître de stage faisait preuve, Plissonnier le fut plus encore en réalisant que mercredi matin, au sortir de chez le traiteur, ils s'étaient retrouvés dans l'avenue Victor-Hugo, éclairée par un soleil relativement clément... Pav, qui s'était levé, fit dans sa direction un léger clin d'œil signifiant : surtout, tu ne te mêles de rien.

— Eh bien, nous vous remercions. Si vous aviez des nouvelles de Mme de Feltes, dites-lui de prendre contact avec moi. Voici ma carte.

Il lui avait tendu un bristol quand, arrivé sur le seuil de la petite maison, il eut l'air de se raviser :

— Une dernière chose... Mon collègue de Venise doit m'appeler sur mon portable afin de me préciser certains éléments de l'enquête. J'aurai peut-être besoin de vos lumières. Vous serez là cet après-midi ? Merci.

Le ton était celui du commandement et Vabres ne fit pas mine de s'y soustraire.

En moins d'une heure, remarqua Pav, le paysage avait mûri. La rosée gagnait ses derniers retranchements et, sur les branches des églantiers séchés, les boutons rouges ne luisaient plus. Au loin, du côté de l'est, le ciel en se diaprant laissait apparaître les toits gris des premières maisons de Falaise. Ils retournèrent à la camionnette, qui devait, dans le village, attester leur métier de brocanteurs et qu'ils avaient garée dans un bosquet.

— Tu n'as rien remarqué ? s'amusa le capitaine.

— Le bonhomme manquait de chaleur... et la maison aussi. Tu l'as bloqué ici, avec le coup du portable. Et tu as dû lui tendre un piège, pour mercredi, mais c'est moi qui reste dans le brouillard...

— Tu avais raison de te méfier de Leblanc... Mercredi matin on est chez lui et, l'après-midi, Mme la comtesse prend la poudre d'escampette ! Je te parie un... ou plutôt deux macarons que ce cher M. Leblanc lui a téléphoné. Pour l'informer que deux flics étaient venus le voir pour lui demander des nouvelles du château...

— Alors pourquoi n'as-tu pas travaillé le Victor ? Il doit en savoir plus, lui aussi.

— On joue *piano*, comme disait le type du parchemin... On laisse croire que l'enquête est de routine, sans plus. Pas de pavé dans la mare avant l'interview du patron. Et on délie les langues à Monteil avant que *La Voix de la Normandie* ou *Le Courrier de Falaise* n'y rajoutent leurs « révélations sensationnelles ». Mais on va attendre l'après-midi. Ils sont durs au calva, par ici. Après quatre heures, ils résistent moins. Cela étant, on peut aller chez le curé. Là, on joue franc jeu...

— Et s'il voit notre beau « véhicule banalisé » ? s'inquiéta Plissonnier. Il ne va pas trouver bizarre que des officiers de police se déplacent en camionnette ?

— Mieux vaut curé surpris que Normand qui se méfie.

— Construction typiquement normande. On est passé de l'arc en plein cintre caractéristique de l'architecture romane, là, tu vois, sur la façade, à l'arc brisé. Mais il n'y a pas trace de redents qui donnent à certaines expressions du gothique une forme trilobée ou polylobée. Je te parie qu'à l'intérieur on trouvera l'arc en accolade plutôt que l'arc en anse de panier.

Pav regardait bouche bée le lieutenant de police Bertrand Plissonnier faire de l'église du village qu'il jugeait, lui, d'une excessive banalité, un descriptif trop docte pour être honnête. Et le bougre avait l'air sérieux comme un pape.

— Tu te fous de moi ? Où tu as appris tout ça ?

— Tu sais, les livres...

Légers comme des flocons de neige, les points de suspension que Plissonnier faisait voleter signifiaient que l'archéologie, l'architecture, d'autres sciences encore, lui étaient familières...

Ce qu'il ne disait pas, c'est qu'avant d'entrer dans la police il avait tâté des études d'histoire. Pour faire plaisir à son père, grand collectionneur de revues illustrées et passionné de la Deuxième Guerre mondiale. Au bout de quatre mois, il avait déclaré forfait, victime d'une overdose d'églises et de la niaiserie de Valérie. C'est qu'à dixneuf ans, il ne soupçonnait pas qu'en se levant au vent un jupon cache parfois, cache souvent, les blafardes nudités de l'esprit. Or c'était pour suivre les travaux pratiques auxquels s'était inscrite la jeune personne, rousse et légère, amie du vent et de ses tourbillons, qu'il avait choisi, en option, « Archéologie du Moyen Âge ». Moyennant quoi, il lui fallut tout apprendre sur le gothique et le néogothique, le gothique lancéolé, le gothique rayonnant et le gothique flamboyant, et puis encore, le roman et le roman normand. Il dut connaître par cœur jusqu'au nom de certaines chapelles. Sans parler des cathédrales à identifier, localiser, nommer... sur la simple présentation d'une photo noir et blanc. Encore que la couleur n'y eût rien changé. Un exercice qui, Valérie étant définitivement archivée, le fit revenir à ses rêves d'adolescent, à d'autres photos, celles des westerns déclarant « Wanted » et enfin aux « Avis de recherche » affichés dans les commissariats.

Ils ne virent dans l'église ni redents ni polylobés. Et de curé pas davantage.

— « Qui cherche me trouve », fit Pavleski qui ne voulait pas rester en rade de culture. Le Seigneur l'a proclamé, insista-t-il, par la bouche de saint Matthieu. À moins que ce ne soit saint Luc. Il ne peut quand même pas se dédire en ces lieux. Cherchons, mon frère, cherchons.

Et ils trouvèrent. Au presbytère. Le curé, qui avait fini son déjeuner, accueillit ses visiteurs en murmurant les grâces. C'était un homme jeune, souriant, qu'on identifiait à la croix d'argent épinglée sur sa veste. Il souriait toujours quand Pavleski crut bon de préciser qu'il ne lui demandait pas, bien sûr, de violer les secrets du confessionnal, mais que s'agissant de l'assassinat de l'un de ses paroissiens...

— Ne vous fatiguez pas... Je serais incapable de violer le moindre secret d'Alexandre de Feltes, pour ne l'avoir connu que silencieux, dans le cercueil qui le renfermait. J'ai été nommé à Monteil il y a deux ans et, pendant ces deux ans, je n'ai vu ni le comte ni sa femme. Ni à la messe ni à aucune des réunions que j'organise. J'ai essayé deux ou trois fois de leur rendre visite, à tous les deux d'abord, puis à la veuve qui continue à habiter le château et chaque fois j'ai été éconduit.

— Pourtant il s'était déguisé en cardinal...

— Encore un péché qui s'est révélé mortel, rétorqua le porteur de la croix. — Puis, sur un ton plus sérieux : — Vous devriez interroger les gens du village, les vieux... Ou les plus jeunes qui l'ont peut-être connu.

Avait-il parlé pour ne rien dire, devinant que, de toute façon, les deux hommes ne s'en tiendraient pas là ? Ou suggérait-il que, dans le village, certains — ou certaines — en savaient davantage ? Toujours est-il qu'après le curé, ce fut la chance qui sourit. Au « Trou normand », un lieu tenant du bistrot et de l'auberge, sur la grand-rue, où ce jour-là on servait une blanquette de veau qui valait bien un meurtre à Venise. Alors qu'en son pichet, ou plutôt hors du pichet, le cidre avait sur Plissonnier des effets jubilatoires, celui-ci témoignait au maître des lieux, un cinquantenaire grisonnant, à l'œil soupçonneux, toutes les marques d'une sympathie enthousiaste.

— Je n'ai jamais bu un cidre aussi bon ! Et qui vous fait tourner la tête, comme si c'était du sauternes. On vous appelle Robert, n'est-ce pas, venez vous asseoir ici, père Robert ! Qu'est-ce que je vous sers ? Ça rime avec Robert... Mademoiselle ! S'il vous plaît, servez à votre patron ce qu'il aime le mieux. Vous devez le savoir mieux que lui, ha ha ha...

Il s'était tourné vers la jeune personne en tablier blanc qui débarrassait la table des derniers clients, deux camionneurs dont les engins stationnaient sur le terre-plein, en bordure. Des habitués, à en croire leur façon d'embrasser la serveuse.

Pav fut très bien dans son rôle de duettiste.

— C'est merveilleusement bon..., fit-il en s'essuyant la

bouche. Si vous en avez dimanche, je reviens avec ma femme et les copains...

— Dites, fit Plissonnier, baissant la voix pour mettre l'homme en confiance. Vous devez bien connaître des gens qui veulent se débarrasser de leurs vieux meubles ? Nous, on paie cash. Ça peut arranger bien des bourses.

Le dénommé Robert but une gorgée de vin blanc, reposa le verre, passa lentement le dos de l'index sur sa lèvre et la moustache. Après seulement, il lâcha :

— Ah, vous êtes des antiquaires ? Des antiquaires de Paris ?

— Comme vous y allez ! On est dans la brocante, c'est tout... On achète du vieux, hein ! Enfin, s'il y a une pièce un peu plus chère, on peut toujours voir.

L'œil du buveur prit des reflets moqueurs.

— Vous payez cash... Ça fait une paie, justement, que les... antiquaires ont raflé tout ce qu'ils pouvaient dans la région.

Il tenait au mot. « Achète vieux meubles, vend meubles anciens », c'est un coup qu'on ne le lui faisait pas.

— Tout à l'heure, enchaîna Pav, on a crevé sur la départementale. En venant de Falaise... À quelques kilomètres d'ici. Il y a un chemin mal goudronné qui conduit à une sorte de château, dans un grand parc, derrière une grille verte. Ça vous dit ? On en a profité pour sonner, mais le gardien nous a dit qu'il n'y avait personne. Vous les connaissez ? Les patrons viennent ici le dimanche ? Avec la blanquette on pourrait faire coup double...

— Laissez tomber, fit le Normand. Elle ne vendra rien.

— Elle ? Vous voulez dire que c'est une femme ? Elle a des enfants ? Parce qu'on est aussi preneurs de livres. Souvent les gens ont des livres qu'ils veulent jeter... Les gosses qui ont grandi... Vous la connaissez bien ?

Pourquoi Plissonnier avait-il parlé de livres ? Parce qu'il avait su impressionner le capitaine en leur attribuant ses connaissances en architecture religieuse ? Toujours est-il qu'il fut le premier surpris par la réaction de l'aubergiste. L'œil égrillard, soudain, il appelait la serveuse à tue-tête.

— Martine, viens voir. Allez, viens ! Tu rangeras les verres plus tard. Raconte à ces messieurs — il prononçait « méessieurs » en accentuant la pénultième, avec une touche de dédain suffisamment fine pour supporter le démenti —, raconte à ces méessieurs ce qu'on trouve dans la bibliothèque du château...

Elle rougit légèrement. Haussa les épaules.

— Vous n'allez pas recommencer, lança-t-elle, furieuse, au tenancier hilare qui, visiblement, prenait plaisir à sa colère. Il y a des livres et puis c'est tout.

Elle fit demi-tour, notifiant par ce geste énergique qu'elle s'en tiendrait là.

— N'embêtez pas mademoiselle avec nos problèmes... — Le capitaine de police avait réagi au quart de tour. — S'il n'y a rien à vendre, continua-t-il, tant pis ! On va aller plus au nord. En remontant sur la côte. Mais on reviendra pour la blanquette. Je vais vous faire une confidence...

Il entreprenait le vieux, parlant fort pour laisser le champ libre au stagiaire, citant des noms imaginaires d'estaminets de toutes les régions de France, se lançant à voix forte dans l'analyse comparée des blanquettes, accompagnées ou non d'un blanc sec ou d'un rosé chantant... « même avec du cidre, enfin un bon cidre, votre cidre... ».

Plissonnier, qui, avant même de sentir la chaussure de Pav sur son pied, avait compris son manège, dépliait sa carcasse. Ses ivoires souriaient, ses yeux brillaient avec une expression de soumission et d'admiration qui ne pouvait échapper à la farouche Martine.

— Vous n'êtes pas fâchée, mademoiselle, j'espère... Ça m'a l'air d'un drôle de numéro, votre patron.

Elle était retournée derrière le comptoir et avait l'air d'apprécier la compassion que lui témoignait ce fort gaillard, pas très joli, mais jeune comme elle, qui lui semblait une protection naturelle contre les assauts, fussent-ils verbaux, du père Robert.

Vert, ça rime encore avec Robert, pensa le policier, soupçonnant une histoire pas très catholique dans l'allusion faite aux livres du château. Marquis de Sade ? Logique, chez une comtesse... Encore que certaines pages de Baudelaire, de Verlaine ou de Théophile Gautier, sans parler de Papa Hugo, dont la barbe qui l'immortalise ne fut pas toujours blanche, pouvaient suffire au bonheur du lecteur. Cela dit, il n'imaginait pas la serveuse en liseuse, contant Restif de La Bretonne au patron du « Trou normand ». Peut-être des éditions illustrées ? Livres d'art, disent les voyeurs qui craignent d'être vus.

— Je peux vous appeler Martine ? Moi c'est... Bertrand. Mais ne m'appelez pas Béber, je déteste ça.

Elle rit. C'était gagné. Il enchaîna, veillant à ne pas lui laisser le temps de le détourner de son objectif :

— Pour me faire pardonner, mais je n'y suis pour rien, je peux venir vous prendre, ce soir, après le travail ? Ça me ferait tellement plaisir...

Elle ne dit pas oui. Elle ne dit pas non. Elle dit seulement que, ce soir, elle n'était pas de service. Et qu'une fois débarrassées les tables du déjeuner, elle rentrait chez elle.

— C'est magnifique ! Écoutez, je me charge de mon... adjoint. Lui, c'est le plancher qu'il va débarrasser. Et fissa ! Je vais le lui dire dehors. Il doit bien y avoir un train ou un bus pour Paris... Et je reviens vous prendre. On aura plein de temps. Je vous emmène où vous voulez, il y a plein de boîtes sympa !

— J'aimerais mieux pas devant le vieux. Demain, il ne me laissera pas tranquille, il voudra tout savoir, et n'en finira pas d'inventer. Et puis, il faut que je me change. On peut se voir dans une heure, au bas de la rue, la deuxième à gauche. Impasse de la Charantonne, qu'elle s'appelle. Vous n'avez qu'à m'attendre devant le 17.

La chance ne souriait plus. Elle riait aux éclats. Elle se bidonnait, la chance ! Une journée comme ça, dans la vie d'un flic ça ne s'oublie pas. En un rien de temps et un déjeuner fameux, ils avaient mis le grappin sur l'informatrice qu'ils n'osaient espérer ! Sans parler de la valeur ajoutée. Parce que la jeune Martine, de blondeur naturelle ou non, à l'embonpoint potelé mais avec retenue, et au nez légèrement retroussé invitait au bonheur. Ou pour le moins, à l'espoir d'un soir.

Elle était même plus jolie qu'il ne le pensait. Juteuse, c'était le mot, sous le hâle normand que le rouge bien dessiné sur ses lèvres relevait en diable. Le tablier blanc avait fait place à une veste de mouton retourné. En ses bottillons noirs, et par cette saison, le jean était incontournable. Elle dit qu'ils avaient le temps. Qu'on pouvait arriver à Caen pour la séance de dix-sept heures.

— Vous aimez le cinéma, j'espère ?

Il répondit qu'il adorait. Qu'il n'avait jamais aimé que le cinéma, surtout la séance de dix-sept heures qui vous laissait la soirée libre pour dîner et vous amuser. Non, elle ne savait pas quels films on projetait mais, à Caen, il y avait beaucoup de salles. À Monteil il n'y avait rien, et même à Falaise c'était difficile de trouver des vidéos et sa télé n'était pas tellement bonne. Et puis le cinéma, elle aimait bien.

Le drame d'Olivia, frêle orpheline, promise à Jean-Pierre, au cœur large comme ça, qu'elle connaissait depuis son enfance malheureuse, mais courtisée par le pas beau Vincent, très riche, fils à son papa, le père des filatures toutes-puissantes de la ville grise et soumise, où elle était ouvrière... le drame d'Olivia, donc, l'aurait laissé perplexe si la main de Martine n'avait effleuré la sienne aux premiers baisers de Jean-Pierre. Et elle l'avait serrée, très fort, au moment où, armé d'un fusil, Vincent en une nuit d'orage balayée par des éclairs s'était approché du beau Jean-Pierre qui, pour une raison que Plissonnier n'avait pas bien comprise, se trouvait alors dans une forêt.

Il retrouva la main de Martine dans le quartier piétonnier, rare en piétons sous la bruine. À la « Blanche Nef » et à la lueur des bougies, la truite au champagne dans la salle trop chaude les mit en appétit. Ils dansèrent longtemps, dans une cave trop froide, avant qu'il ne la ramène à Falaise. Alors seulement, en traversant la grand-rue, Bertrand prononça le mot « livre ». Elle dit qu'elle ne lisait pas beaucoup, et le soir, après le travail, elle était fatiguée. Alors elle ouvrait la télé.

Martine habitait seule, dans une vieille maison dont les briques perçaient le crépi, un petit deux pièces au premier étage, meublé avec simplicité. Dédaignant les fauteuils en toile écrue, ils choisirent de s'asseoir sur le lit qui, avec ses nombreux coussins dont elle chassa la poupée en tutu, servait de sofa.

— Les livres du château, tu les as quand même regardés ?

— Penses-tu, ce sont des gros bouquins, presque tous très vieux. Enfermés dans une bibliothèque. Certains n'ont même pas de reliure. Je ne sais pas qui peut bien les ouvrir.

Leurs genoux se touchaient maintenant et Bertrand ne pensait plus, il ne pensait plus du tout à la mission que le capitaine de police Yvan Pavleski lui avait assignée. Il s'en fichait du capitaine ! Il se fichait pareillement du cardinal et du parchemin. Et c'est alors, quand il l'enlaça de son bras, que Martine se mit à parler. Du château, du travail qu'elle y avait fait, de son patron, « le vieux Robert, qu'était un vieux cochon, auquel j'aurais mieux fait de ne rien dire, parce qu'il n'en loupe pas une pour me sortir des choses ».

Sur la moquette claire, le soutien-gorge rouge trouva sa place idoine. Il inspira Bertrand, bredouillant « rouge-gorge, mon rouge-gorge », avant de passer, sans grand souci de l'ornithologie et de ce qu'elle prétend des mutations, à « colombe, ma colombe » *(bis)*. Elle roucoula. Le jean glissa. Sans trop de résistance et peu de réticences. Ils oublièrent vite le froid des draps. Ils sentaient bon la lavande. Et le paradis.

10

Ministère public contre X.
Dossier n° 21678/ag.

Objet : Révélations de Mlle ANDRIEU Martine-Dominique dans l'affaire Alexandre de Feltes.

Le lieutenant PLISSONNIER Bertrand
au capitaine PAVLESKI Yvan.

Dans le cadre de l'enquête référencée ci-dessus, j'ai l'honneur de vous faire part des renseignements que j'ai pu obtenir de Mlle ANDRIEU Martine-Dominique, dite Martine (AM dans la suite du texte), vingt ans, demeurant 17, impasse de la Charantonne, 14712 Monteil. AM est serveuse dans un restaurant, « Le Trou normand », à Monteil. Nous l'avons rencontrée, hier, lundi 3 décembre 2001, lors de l'enquête où je vous secondais, enquête que, selon vos instructions, j'ai poursuivie auprès de cette personne après votre départ.

À la suite d'une allusion faite par le patron du « Trou normand » à propos de la bibliothèque du château (ci-après : le Château), domicile du comte Alexandre de Feltes et toujours habitée par sa veuve, Isabelle de Montclair de Brines épouse de Feltes (ci-après : FI), il s'est avéré que AM avait eu accès à cette bibliothèque. Notre impression commune fut que AM avait été choquée par la présence d'ouvrages licencieux dans ladite bibliothèque. Cependant elle refusait d'en dire plus.

Notre mission à Monteil ayant pour objectif de connaître la nature des soirées masquées organisées au Château, l'existence de ces livres pouvait nous fournir, le cas échéant, certaines données sur les goûts sexuels des propriétaires. S'ils n'étaient pas nécessairement révélateurs de la nature de ces soirées qui, en raison de l'anonymat que les masques confèrent, sont susceptibles de provoquer des excès, la certitude que ces livres étaient pornographiques pouvait servir de moyen de pression sur FI, fière de ses titres nobiliaires, que son personnel appelle « Madame la Comtesse » et qui semble tenir au respect des conventions.

Sans dévoiler ma qualité d'officier de police — ce qui aurait porté préjudice à l'enquête — mais en guidant la conversation avec habileté, j'ai pu obtenir plusieurs indications. Alors que, selon l'enquête de la Gendarmerie effectuée après l'homicide (Rapport du 30.3.01, p. 3), seuls les fournisseurs, boulanger et boucher, pouvaient se rendre aux abords de la cuisine mais jamais plus avant, AM a pénétré dans le Château dans les conditions que voici selon les déclarations qu'elle m'a faites :

L'épouse, prénommée Gisèle, du gardien, Victor Vabres (ci-après VV) s'étant cassé une jambe, elle fut dans l'incapacité de s'occuper du ménage comme elle le faisait habituellement, ce qui obligeait VV à le faire à sa place. Mais au lendemain d'une soirée costumée, VV n'y suffisant pas, il s'est présenté au « Trou normand » pour demander si la nouvelle serveuse (c.-à-d. AM, engagée depuis une semaine) pouvait exceptionnellement donner un coup de main pour nettoyer la cuisine et la salle à manger.

AM accompagna VV sur la demande de son employeur. VV était de fort mauvaise humeur et ne cessait de pester contre sa femme « qui n'avait rien trouvé de mieux que de se casser la guibole au moment où il y a le plus de boulot ». Comme AM travaillait très vite, il lui demanda (alors que cette besogne n'était pas prévue) de balayer aussi un local servant de bibliothèque, sis au rez-de-chaussée, face à la salle à manger, et de cirer le plancher de ladite bibliothèque.

AM fut d'abord intriguée par les odeurs de parfum (ou d'encens ou peut-être de drogue) qui imprégnaient la pièce, qu'elle jugea fort belle et qui était ornée de statuettes — dont la description approximative ne m'a pas permis de déterminer l'époque. Elle affirme n'avoir pas vu le contenu des livres rangés dans une armoire grillagée de fils de laiton, et dont la plupart avaient l'air très vieux, certains étant même privés de reliures. Elle découvrit dans la pièce, sous une sorte de sofa et sous un tapis, trois préservatifs (des « capuchons », dit-elle) dont l'état montrait qu'ils avaient été très récemment utilisés (selon AM, lors de la soirée masquée). Lorsque VV s'aperçut du trouble de AM (élevée à la campagne dans une famille très catholique, elle avait tout juste dix-huit ans), il lui fit promettre le silence, en accompagnant sa demande de deux billets de cent francs et d'une menace voilée. AM ne raconta rien à sa famille chez laquelle elle habitait alors et où elle allait se rendre le soir même (voir Nota bene à la fin du présent rapport). Mais le lendemain, comme le propriétaire du « Trou normand » la traitait de « fainéante » parce qu'elle n'était pas retournée au restaurant après son travail au Château, elle éclata en sanglots et raconta tout.

Depuis, ce personnage use de cette révélation pour tenter, par intermittence d'obtenir de AM certaines privautés que, dit-elle, elle lui a toujours refusées.

Nota bene : AM s'est rendue au château le 16 juin 1999. Elle se souvient de cette date parce que c'était l'anniversaire de sa mère et qu'elle n'est arrivée chez elle que par le dernier car, à la fin du dîner. Il s'ensuit que la soirée costumée devait avoir eu lieu dans la nuit du 15 au 16 juin 1999. Il me semble que cette indication pourrait nous permettre, le cas échéant, de vérifier l'exactitude des dires du traiteur LEBLANC *qui doit pouvoir retrouver les dates de ses livraisons au Château.*

Plissonnier relut sur l'écran le rapport qu'il venait de taper. Sa montre affichait midi passé et il bâillait. Épuisé par le manque de sommeil, la route mouillée sous une pluie qui n'en finissait pas, à bord d'une camionnette qu'il n'avait pas l'habitude de conduire, et par une heure, une pleine heure d'embouteillages à la porte de Saint-Cloud. Il était arrivé à neuf heures et demie au Quai pour s'entendre dire que Pavleski avait filé en banlieue ! Pour un crime si patent qu'un clerc de notaire aurait suffi au constat.

Il relut son texte, le data, changea « goûts » sexuels par « tendances », relut encore et finit par supprimer le passage où il était question de pressions sur la comtesse. C'était le genre de choses à dire ou à faire, pas à écrire. Pour une fois l'imprimante réagit au quart de tour ; il déposa le rapport bien en évidence sur la table du capitaine, annonça qu'il partait déjeuner. Il rêvait d'un lit. D'une moquette claire, en désordre. Avec une touche de rouge à la Corot. Et de draps sentant bon la lavande. Véronique, sa collègue de stage, le traita de ringard quand, passant devant elle, la saluant de son bras levé, il chanta, en signe de défi à Pavleski : « J'irai revoir ma Normandiiie, c'est le pays qui m'a donné l'amour. » Après seulement, elle crut se rappeler que les derniers mots ne correspondaient pas à la version originale.

En traversant le pont, le panonceau du RER qu'il croyait ne plus voir à force de le revoir eut sur le jeune policier et ses appétences un effet surprenant. Il se dit qu'à défaut du « Trou normand », le trou de métro suppléerait avantageusement les mastroquets du coin ; que, stagiaire ou pas, ce n'était pas la peine d'habiter un appartement avec une kitchenette et un grand lit, à Orsay, direct depuis Saint-Michel, pour ne pas en profiter. Pavleski n'aurait qu'à se satisfaire de son rapport sur papier. Au huitième C, entrée D, le cabanon était surchauffé. Il ouvrit grandes les fenêtres qui donnaient sur d'autres fenêtres, appela le Quai pour prétexter une rage de dents et un passage impromptu chez le dentiste

(« Vous en ferez part au capitaine..., dites-lui que je serai là demain à la première heure. S'il a besoin de moi, d'ici là, qu'il me laisse un message sur le répondeur. Merci »). Après quoi, il cassa trois œufs, ajouta dans la poêle un reste de jambon et une pluie de chips. Sur sa couche, enfin, rendue à sa vocation singulière, le repos policier brouilla vite, trop vite la mémoire du guerrier. Un souvenir heureux, pensa-t-il en sombrant, peut être sur terre ce qu'en dit le poète... mais le plus sûr des bonheurs reste celui de la sieste.

Il eut tort de se réveiller trop tôt. Et plus encore d'interroger le répondeur. Pav, l'abominable Pav, lui demandait d'assurer la permanence jusqu'à une heure du matin. « Je finis à vingt heures et tu me remplaces. Ordre du patron ! À cause de son interview. J'espère que tu as vu le journal... Au fait, elle est comment la dentiste ? Mille pardons... j'oubliais Martine ! Mes félicitations pour ta façon d'interroger les témoins. Tu nous raconteras. En attendant tu rappliques à dix-neuf heures quarante-cinq, dernier délai, et je t'explique le topo. »

Être de permanence jusqu'à une heure, quand le RER se ferme aux flics de bonne volonté, obligeait Plissonnier à passer le reste de la nuit au Quai. Parce qu'il préférait, avec le temps de cochon qui frappait à la vitre, ne pas sortir la moto. Il jeta dans un sac nécessaire de toilette et rechange, et s'en retourna comme il était venu, bravant la réprobation de la faune à jean et longs cheveux. Car sur la ligne B, entre Orsay et Luxembourg, l'anticonformisme étudiant ne va pas jusqu'à troquer *Le Monde* contre *France-Soir.* N'empêche que le « papier » était bon... très bon. « Le fantôme du Ghetto frappe toujours deux fois », annonçait un titre au bas de la « une ». Suite page dix où, sur le registre pathos, Pierre Varga, grand reporter, racontait l'assassinat du comte Alexandre de

Feltes en plein carnaval de Venise, par un mystérieux Vengeur des crimes de l'Inquisition. Il écrivait encore, titre et suspense obligent, qu'à la police on craignait que le Vengeur ne s'en tienne pas là. Varga était en mesure de révéler qu'au dernier Halloween, à Paris et dans plusieurs localités de Normandie, des agents déguisés en sorciers avaient eu pour mission de repérer les tricornes noirs. Les soupçons portaient sur un individu familier du carnaval de Venise, cultivé, parlant plusieurs langues. Le fait que ce « triste personnage » ait signé son crime par un jeu de mots latin : *Veni, vidi, vici,* censé annoncer son action à Venise, présentait, selon le Dr. Victoire Baruchet de l'hôpital psychiatrique Sainte-Anne, que le journal avait pris soin d'interroger, « le trouble d'une personnalité antisociale, révélant une inclination sadique et perverse ». Le journal, qui publiait une reproduction du parchemin, sans les traces de sang, ainsi que les photos de la victime et de Pierre Boulay, donnait le numéro de téléphone du commissaire principal, « dont le talent, etc. ».

— Alors, ça mord ? demandait Plissonnier.

— Comme toujours, des cinglés ! On se savait cernés, mais le nombre de connards capables de composer un numéro de téléphone dépasse l'imagination. J'ai eu... vingt-deux appels, si... vingt-deux, je n'invente rien. Des obsédés, trois fous, l'antisémite de service et des voyous.

Pavleski avait l'air exténué. Au début, dit-il à Plissonnier, il avait demandé qu'on localise les appels, mais les coups de fil étaient trop courts et il s'était vite aperçu que ça n'en valait pas la peine.

— J'en ai même une, les femmes s'y mettent aussi ! soupira-t-il, qui m'a fait un quatrain. Tiens, lis, je l'ai écrit là... « De Venise/ Je te fais la bise./Signé : le Fantôme/de Rome. » Si encore elle avait pondu un alexandrin, j'aurais compris... Je te passe le flambeau, conclut Pavleski. Et surtout l'écouteur ! Je ne pense pas que tu fasses mieux, mais le patron tient à ce que la permanence soit assurée par son équipe jusqu'à une heure. Si tu as l'impression qu'un gus a vraiment quelque chose à dire, ou si tu en as un qui semble hésiter, tu demandes à la technique de localiser et aussitôt après tu préviens Boulay. À part ça, il veut nous voir demain à dix heures. On se donne rendez-vous une heure plus tôt pour faire le point.

Et le téléphone sonna. Il ne cesserait plus de sonner. Plissonnier décrochait, écoutait et, comme c'étaient les autres qui parlaient, il n'eut pas de mal à finir les sandwichs qu'on lui avait montés. Au fur et à mesure que la nuit avançait les appels devenaient moins insultants. L'angoisse, peu à peu, l'emportait. Des types téléphonaient pour ne rien dire, pour un contact. Une vieille femme appela deux fois. Elle, elle donnait son nom et son adresse pour demander que la police vienne arrêter le fantôme qui chaque nuit tambourinait à sa porte. « C'est peut-être celui de Venise. Vous ne croyez pas ? » Sa voix fatiguée rappelait à Plissonnier le débit lent d'une grand-tante qu'il aimait bien, morte l'hiver dernier d'une méchante grippe. Alors, sans trop réfléchir, et parce qu'elle habitait Courcelles-sur-Yvette, juste après Orsay, il lui dit qu'il passerait la voir, un soir avant minuit. « Dès que je le pourrai, c'est promis. Mais n'ouvrez à personne que vous ne connaissez pas. Prenez une feuille de papier et notez mon nom... Je vous le promets. Je dois raccrocher maintenant, bonne nuit, madame... »

Il aurait mieux fait de continuer à lui parler. De laisser les trois débiles suivants mariner dans leur jus. À une heure pile, il laissa l'appareil s'époumoner, traîna du côté des imprimantes et des fax puis, par mesure de salubrité mentale, sortit boire une bière... pour se retrouver au coude à coude, au même comptoir, avec la confrérie des paumés du Boul'Mich. Lequel d'entre eux avait pu l'appeler ? Le tordu qui souriait aux anges — ou au diable — avec la canadienne déchirée ? L'autre CCSD (chômeur-cocu-sans-domicile) qui le fixait de son regard mort ? À travers la glace et deux traînées de buée, il voyait, perchés sur la plate-forme mobile d'un camion, les ouvriers qui installaient les guirlandes électriques d'avant Noël. Mégacristaux de neige en verroterie fluorescente sur Paris triste et froid, mouillé par la pluie de décembre.

La salle de garde de la Crim lui parut un havre de sérénité. Cette fois, pour dormir, il chassa le souvenir.

Par la grâce d'a.m. et p.m., les Anglais, grands spécialistes de la nuit et du fog, échappent au ridicule parisien où, quand vient l'hiver, on qualifie toujours de six heures « du matin » le temps de ténèbres que définit la position verticale des aiguilles avant midi. Il était six heures et la pluie tombait toujours, froide et triste, quand Rabbi Baruch ferma le lourd battant de bois du 41, rue des Écouffes où il habitait avec sa femme et leur fille — la dernière, Rachel, aux longues nattes noires, la seule de ses enfants qui n'était pas encore mariée. Baruch Wasach avait connu son heure de gloire en 68. Sur la dernière barricade, rue Mouffetard, le « Gros Spinoza », exégète écouté de Mao mais déjà quelque peu grignoté par le situationnisme, criait « la Garde meurt mais ne se rend pas », avant de succomber à un coup de matraque qui, à en croire le programme annoncé, lui sauva la vie. Son enfermement et celui de ses compagnons dans un panier à salade (« normal, près du marché Mouffetard », commenterait-il plus tard) marquèrent la fin de la révolution.

Son étrange mutation, deux ans après, en « fils du Ghetto » fut excessivement banale. Pas de révélation mystique, pas la moindre voix de l'au-delà. Non, simplement, sa femme qu'il vit pleurer en lisant dans un hebdo les raffinements de la rééducation chinoise dans les « communes agricoles ». Ce même après-midi, il proclama la mort du dieu Mao. « Mao est mort, vive Dieu », ajouta-t-il, avant d'entrer à la FNAC acheter deux bibles. Une pour lui, l'autre pour sa femme. La semaine suivante, ils vendirent le pavillon qu'ils habitaient à Saint-Denis et louèrent un appartement dans « le camp des Hébreux », du côté de Saint-Paul, la mal nommée. Il obtint sans difficulté une année de congé de Paris-VII où ses derniers cours consacrés à l'intersubjectivité transcendantale dans le système de Husserl n'avaient pas laissé, à en croire les rares témoins qui y avaient assisté, de traces indélébiles. Il se mit à l'hébreu et au Talmud, avec l'enthousiasme qu'il avait naguère manifesté pour Mao, et, dans des livres en français d'abord, puis dans l'original, il découvrit l'univers des Sephiroth, le monde de l'Émanation, la Source divine elle-même... Ses économies et l'argent du pavillon consommés, une place de professeur de philosophie dans un lycée juif de Paris laissa à cet ancien khâgneux le temps nécessaire pour boucler le Talmud, le Zohar et décrypter Rabbi Nahman de Braslav. Enfin vint le temps de la retraite — anticipée — où il put faire partager à d'autres, notamment sur les ondes des radios juives, les secrets du Pardess, du jardin de la mystique que la plupart des maîtres parisiens réservaient aux initiés. Au grand dam du rabbinat institutionnalisé, il n'hésitait pas à donner des cours de judaïsme à quiconque voulait se convertir.

À six heures, chaque matin, il était sûr d'être le premier dans la rue Pavée voisine, au *miqvé*, le bain rituel dans lequel il plongeait son corps amaigri. Il avait la clé de l'établissement qui, le matin, était réservé aux hommes. Pour eux, le bain rituel — petite piscine partiellement alimentée par l'eau de pluie selon des règles méticuleuses — était une sorte de luxe religieux que nulle prescription n'exigeait. Mais Rabbi Baruch s'y était astreint en signe de pénitence pour les années Mao. Pénitence encore que les heures de sommeil dont il se privait, les jeûnes qu'il s'imposait et qui, trente ans après la révolution, avaient fait du « Gros Spinoza » un être quasi diaphane, dont seuls la barbe qui refusait de blanchir vraiment, le débit oral qui ne faiblissait pas et le sens de l'humour qui jamais ne le quitta attestaient l'extrême vitalité.

Un escalier étroit descendait vers l'entrée, le vestiaire, et les douches où on se lavait pour ne pas salir l'eau du *miqvé*. Rabbi Baruch alluma les lumières et le chauffage, veillant à ne pas verrouiller la porte d'entrée. Il y a quelques semaines, un grand escogriffe, barbu à souhait, qu'il n'avait vu ni d'Adam ni d'Ève — encore que d'Ève il n'était question ici que la nuit, le bain rituel étant, alors, à l'issue de leur période menstruelle, un passage obligé pour les femmes —, donc cet énorme gaillard, matutinal lui aussi, avait tambouriné à la porte comme un fou. De son bain, Baruch ne l'avait pas entendu immédiatement ; en se hâtant parce que les coups redoublaient, il avait glissé et s'était blessé. Depuis, il laissait la porte ouverte. De toute manière, l'homme de ménage arrivait sur le coup de sept heures et prenait le relais. Il se mit nu, puisque rien, pas même le moindre tissu, ne doit former écran entre l'eau et le corps. Il frissonna dans l'espace mal chauffé et, courageusement, descendit les marches du bain. Le bonheur profond qu'il éprouvait à cet exercice de purification n'empêchait pas les tremblements que le froid commandait. Il s'enfonça dans l'eau qui le recouvrit entièrement, remonta la tête, une fois, deux fois... replongea. Il le faisait trois fois, sans vraiment prendre le temps de respirer. Mais la troisième fois, ce matin-là, sa tête ne se releva plus. Il était terrible, ce poids sur son crâne qui l'empêchait de happer l'air. Comme si des mains avaient saisi ses cheveux et le maintenaient sous l'eau glacée. Il voulut crier, l'étranglement le surprit... avant que les derniers soubresauts de son être affaibli rendent son âme à Dieu et le calme aux eaux lustrales.

Le commissaire principal aimait dire de lui, avec ce brin de forfanterie qui agaçait sa femme, que là où « Boulay passe, le mythe trépasse ». N'empêche que, ce mercredi matin, Pierre Boulay, en cela semblable au parieur commun du tiercé, était sûr que cette fois serait la bonne. Que le prochain coup de fil serait le bon... Même si, au fond de lui-même, il savait que seule une petite chance permettrait à son interview de l'amener sur les traces de l'assassin. Deux fois, déjà, le standard qui filtrait les appels lui avait fait espérer que l'interlocuteur méritait d'être écouté. Inutilement. Derrière son bureau, face à Pav & Pli rendant compte de leur tournée normande, il ne pouvait s'empêcher de jeter des coups d'œil furtifs sur l'appareil noir et muet.

— Admettons, dit-il. Leblanc nous a raconté des craques... Mais ça nous avance à quoi ?

— Au moins à l'intimider, répondit Pavleski. Ce n'est pas le genre très courageux. Si on le menace d'une plainte pour entrave à l'exercice de la justice, voire de complicité de meurtre, surtout après votre interview, il devrait nous fournir les coordonnées de la cliente qui participait aux soirées masquées.

Il était près de midi quand le téléphone sonna pour la troisième fois. Pour le mettre à l'épreuve, Boulay le laissa s'éreinter. Décrocha, enfin.

— Commissaire principal Boulay, j'écoute... Ah, c'est vous, monsieur le juge... Maintenant ? Tout de suite ? C'est que je suis en réunion avec le capitaine Pavleski et son adjoint qui ont enquêté en Normandie... Bien, puisque vous me le demandez, j'arrive !

Il posa l'écouteur ou, plutôt, asséna un coup d'écouteur sur l'appareil.

— Et voilà... Vous avez entendu ! Il ne vous reste plus qu'à raconter vos souvenirs de Normandie aux bouquinistes du quai. Bon, soyons sérieux... Faites-moi une proposition honnête pour voir comment traiter le traiteur. On se revoit tous les trois après déjeuner. En attendant, vous vous partagez le tour de garde du téléphone. Et s'il y a du nouveau, n'hésitez pas à m'appeler chez le juge. Plus vite j'en sortirai, mieux ça vaudra...

La bouffarde était en place et, derrière elle, enfumé comme à l'accoutumée, le juge Yves Le Clec. La pièce, qui donnait sur une des cours intérieures du Palais de justice, était encore plus sombre qu'à l'ordinaire, malgré le halo que la lampe dessinait sur le bureau encombré de papiers.

— Ne m'en veuillez pas, dit le magistrat qui cachait mal son embarras. Mais Fix a insisté pour que vous veniez.

— Fix ? Votre copain rabbin ?

— Il est en route, répondit le juge, et devrait arriver d'ici quelques minutes. Vous l'avez rencontré... Je ne peux mettre en doute son sérieux. Je l'avais appelé à la suite d'une demande que m'a faite le procureur. Lui-même avait reçu un appel du grand rabbin de France... Voici de quoi il s'agit. Très tôt ce matin, un rabbin — on n'en sort plus ! — s'est noyé dans un bain rituel. Il paraît que l'accident ne fait pas le moindre doute, que le malheureux avait déjà perdu connaissance une ou deux fois par le passé... et le procureur me confie l'affaire pour voir comment éviter l'autopsie que réclame le commissaire du IVe, Valbert — le grand chauve avec une cicatrice, vous voyez ? Comme je n'y comprends rien, que j'ignore rigoureusement ce qu'est un bain rituel et pourquoi, diable, le grand rabbin de France ne veut pas d'une autopsie, j'ai appelé Fix. Au début, il semblait plutôt indifférent. Il n'avait connu que vaguement le bonhomme en question, un certain Baruch Wasach qui, me disait-il, était « saintement fantaisiste ». Puis, pendant de longues secondes, j'ai eu l'impression qu'il n'était plus au bout du fil ! Avant qu'il m'annonce d'une voix changée, grave et excitée à la fois, qu'il arrivait, qu'il voulait me voir et vous aussi.

— Il en a de bonnes, le procureur ! Si le type s'est noyé hors de chez lui, dans un lieu plus ou moins public, je ne vois pas comment Valbert pourrait renoncer à l'autopsie. Ni vous d'ailleurs. Et puis, ça suffit ! On n'est plus au Moyen Âge... De toute manière, les asticots ne vont pas se gêner. Quelques coups de bistouri pour leur ouvrir l'appétit ne devraient déranger personne et certainement pas le macchabée...

— Faites-le entrer !

Avec un vague geste d'excuse à l'adresse du policier, Le Clec avait répondu à l'interphone.

— Entre, entre, fit-il en allant à la rencontre du petit homme qui tenait enroulé dans sa main gauche, tel un diplôme d'université ou un bâton de maréchal, son béret basque. Prends place. Alors... si j'ai bien compris, nous assistons à une nouvelle offensive du lobby juif. D'abord on téléphone au procureur de la République, puis c'est le rabbin Théodore Fix en personne qui vient au Palais de justice pour demander l'abolition de l'autopsie en France et en Navarre...

Fix ne souriait pas. Il regarda le juge, puis le policier, s'assit, un genou serré contre l'autre, et, dardant son regard sur le juge, prononça, ou plutôt commanda :

— Pas d'autopsie pour Baruch Wasach. Vous ne ferez pas d'autopsie parce que c'est inutile.

— Pour le moment, je n'en sais rien, répondit Le Clec. Je n'ai reçu aucun rapport sur l'affaire. Cependant, même si tous les éléments devaient adopter l'hypothèse d'un accident, si personne ne peut en témoigner *de visu* il sera très difficile d'éviter l'autopsie. Et d'abord pourquoi n'en veux-tu pas ? Toi qui représentes le pouvoir spirituel, tu ne vas pas me dire que l'autopsie porte atteinte à l'âme du défunt...

— Ne vous occupez pas des âmes ! Prenez soin des corps... — Fix s'adressa aux deux hommes : — Si on témoignait un peu moins de respect aux âmes des trépassés et davantage à leur écorce, vivante ou morte, le monde se porterait mieux. Dans le cas présent, l'autopsie est inutile parce que Baruch Wasach a été assassiné. Et que vous ne démontrerez rien de plus si vous le découpez en rondelles... À moins de connaître son meurtrier.

Comme le juge et le policier restaient bouche bée, il en profita pour occuper le terrain.

— Voyez-vous, commissaire, depuis votre visite j'ai beaucoup réfléchi. Si, me suis-je dit, et je reconnais que vous aviez quelque raison de le penser, l'assassin d'Alexandre de Feltes est français, habitant la France, pourquoi a-t-il frappé à Venise, pendant le Carnaval ? Pour détourner les soupçons, certes... Mais il n'y a pas que ça. Le Carnaval et ses masques lui offraient l'opportunité de commettre son forfait dans des conditions idéales : frapper sans inhibition parce qu'il ne voyait pas le visage de la victime !

Boulay était perplexe. Voilà que Fix se mettait à inventer une nouvelle catégorie de crime : l'homicide par dissimulation du visage ! Le Clec semblait ne pas réagir différemment.

— Et qu'est-ce qui te fait croire, interrogea ce dernier, qu'un assassin a ce genre de scrupules ?

Fix n'avait pas bougé de son siège. Il était toujours

assis devant eux, grave, les genoux serrés, sans même demander un café ! Si différent du personnage à la fois moqueur, cynique et pétillant que Boulay avait rencontré rue de Rennes.

— Vous êtes-vous jamais demandé, répliqua-t-il, pourquoi, face au peloton d'exécution, on couvre les yeux du condamné par un bandeau ou une cagoule ? Geste humanitaire en sa faveur, dit-on... Mensonge ! Je prétends, moi, que c'est pour épargner la vue de son visage aux meurtriers. Je désigne par là ceux qui vont le mettre à mort, quelle qu'en soit la raison. Lévinas, vous savez bien... Emmanuel Lévinas, qui a publié des *Leçons talmudiques*, auxquelles vous vous intéressez... a beaucoup brodé sur ce thème. Dans le visage de l'homme, a-t-il écrit, on déchiffre la parole de Dieu. Le visage d'autrui dit : Non ! Il dit : Tu ne tueras pas, s'agissant du commandement inscrit sur les Tables de la Loi. Victor Hugo l'avait compris lui aussi... Vous vous rappelez ? « L'œil était dans la tombe et regardait Caïn »...

— Si vous aviez raison, reprit Boulay, si de façon générale les assassins redoutaient le visage de leur victime, le nombre d'homicides serait bien inférieur à ce qu'il est. La plupart des assassins n'ont peur de rien...

— Je n'en suis pas si sûr. Combien de meurtres sont-ils vraiment commis face à face ? Dans la Bible, le face-à-face exprime la fraternité, pas l'affrontement ou le débat... Il ne permet pas de tuer.

— Admettons-le comme hypothèse d'école, dit Le Clec. Je peux ? — D'un coup de griffe sur le boîtier, le juge allumait sa pipe. — *Pffuut, pfuut*... Mais quel rapport avec ce malheureux rabbin qu'on a retrouvé noyé et dont tu veux empêcher l'autopsie ?

— Tu voulais du Talmud ? Eh bien, je vais t'en servir. Ça s'appelle le principe de la juxtaposition : deux textes juxtaposés, enseigne le Talmud, sont liés par une relation interne. J'extrapole et j'affirme qu'il en va de même d'événements juxtaposés dans le temps. La relation entre l'interview dans le journal, dont je venais justement de prendre connaissance, et la mort de Wasach, que tu m'as annoncée au téléphone, m'a fait comprendre que je me suis conduit comme un imbécile... Si, si, disons le mot. Car, dans le domaine de l'intellect, la neutralité n'existe pas.

Boulay était hors de lui et n'en faisait pas mystère. L'autre se traitait d'imbécile, mais son propos le visait, c'est lui qu'il accusait !

— Vous... vous établissez une relation de cause à effet entre l'interview et la noyade, en raison d'une juxtaposition qui vous est totalement personnelle, subjective...

— Il n'y a pas nécessairement identité, remarqua Fix, entre le principe de la juxtaposition et la relation de cause à effet. Je parle, moi, de la première. Seulement de la juxtaposition. Je lisais votre interview et réfléchissais au masque cachant le visage d'Alexandre de Feltes quand Le Clec m'appelle et m'informe de la mort par noyade de ce pauvre Baruch.

» Aussitôt, le geste d'un assassin noyant sa victime s'est juxtaposé, dans mon esprit, à celui de cet autre assassin qui a poignardé la sienne. Dans les deux cas, le visage de la victime était caché. Pour maintenir quelqu'un sous l'eau, vous l'attrapez par les cheveux... Vous enfoncez sa tête, le temps qu'il faut, sans voir son visage... Et je me suis dit, en raison d'autres indications dont je vais faire mention, que l'assassinat d'Alexandre de Feltes et celui qui a été commis ce matin ont pu être perpétrés par la même personne qui répugnait à voir le visage... le visage qui dit : Non !

Boulay ne décolérait pas. Il ne retenait que l'accusation sous-jacente, celle de la relation causale entre son interview et la mort de Wasach.

— Votre raisonnement, dit-il, me paraît totalement théorique. Et quelles sont, ajouta-t-il avec une pointe d'ironie, ces autres révélations que vous avez à nous faire ?

— Je ne connaissais pas Wasach personnellement, répondit le petit homme. Il n'a d'ailleurs jamais été nommé rabbin officiellement. Mais d'après ce qui m'a été rapporté, c'était un personnage attachant et fantaisiste, qui bien souvent surprenait ses élèves par les citations les plus diverses... Par des calembours. Notamment en latin ! Ce qui, dans notre affaire, est quand même troublant... Il réunissait des groupes de personnes qui voulaient se convertir au judaïsme et n'hésitait pas à leur apprendre les premiers rudiments, mais il leur enseignait aussi...

— Excusez-moi de vous interrompre. — Boulay regardait Fix comme s'il était un extraterrestre. — Y a-t-il d'autres personnes à Paris qui se chargent d'enseigner le catéchisme à... à des goyim en voie de conversion ?

— À ma connaissance, il n'y a guère qu'une femme. Une femme savante qui donne des cours collectifs. Mais renseignez-vous par ailleurs...

— Monsieur le juge — Boulay était tout excité —, j'ai peut-être quelqu'un qui pourra m'en dire plus. Je voudrais être le premier à lui annoncer la mort de Wasach et voir comment elle réagit... Si vous le permettez, je m'en retourne dans mon terrier. — Il s'était levé, joignant le geste à la parole. — D'autant que, pour l'autopsie, je ne suis pas compétent... Au revoir, monsieur Fix... À bientôt, peut-être.

Le juge et le rabbin restèrent seuls.

— Je te commande un café ? demanda Le Clec.

— Un Nescafé.

— Sans lait, sans sucre, je sais... Tu es sûr de toi ? Tu crois vraiment que ton collègue ou ton presque collègue s'est fait assassiner ? Dans ce cas-là, je n'ai plus aucun problème, je n'ai pas même le droit d'hésiter... L'autopsie devient indispensable. Absolument obligatoire !

— Je le craignais, et pourtant... Il faut « le » laisser tranquille. Je devine les réactions de sa femme, de ses enfants. Surtout si on leur dit que l'homme a peut-être été assassiné, alors que, je le reconnais, je n'ai élaboré pour le moment que des hypothèses... Pendant combien de temps peut-on différer l'autopsie ?

— Explique-moi d'abord pourquoi le principe de l'autopsie te gêne ? Si j'ai bien compris, le judaïsme l'interdit ?

— Ce qui est interdit, comment te dire ? — c'est de chanter : « Dans un amphithéâtre y avait un macchabée... » Ce que nous n'admettons pas, c'est le manque de respect pour ce que, tout à l'heure, j'ai appelé l'écorce et que nous considérons comme infiniment précieux. Comme dans le visage, on peut y déchiffrer la trace du Créateur... Reste que si une autopsie devait préserver la vie d'un autre, par exemple en médecine, ou assurer la sanction du meurtrier, le problème se poserait autrement... Mais réponds à ma question...

— Combien de temps ? On peut le conserver au frigo... une semaine ? Douze jours maximum, si c'est indispensable. Cependant, il me faudrait de solides raisons pour le demander.

— Et si d'ici douze jours, hasarda Fix, je t'apportais la preuve d'un homicide et le nom de l'assassin ?

— Tu as quoi derrière la tête ? Entrez ! Tiens, voilà ton breuvage. Merci, Irène. Posez sa drogue devant monsieur le rabbin... Là...

Le Clec attendit que la secrétaire regagne son cagibi.

— Écoute, Yves, voilà des mois, peut-être des années que tu me harcèles pour que je te rédige un vademecum du Talmud à l'usage du policier moyen. Cette fois c'est moi qui te demande de me laisser ma chance. Parce que je me sens responsable de la mort de ce malheureux. C'est moi qui ai suggéré l'interview à Boulay. Et je te ferai remarquer que c'est toi qui me l'as envoyé...

Accorde-moi ces douze jours... Douze jours pendant lesquels tu me tiendras informé de l'enquête.

— Tu n'y penses pas, c'est absolument illégal...

— Pas à moi, Yves ! Tu ne vas pas me faire ce coup à moi... Je ne te demande aucune pièce. Je viens ici, je lis les PV, je n'emporte rien. C'est tout. Tu me connais. Tu sais que personne n'apprendra rien de tout ça. Si je m'aperçois que je me suis trompé ou que je vais me tromper, je renonce. Douze jours, je te demande douze jours...

— Tu ne parles pas sérieusement ! Il faudrait que tu prouves qu'il y a eu homicide, que tu nous donnes cette preuve que l'autopsie nous fournit d'habitude ! Ensuite il me faudrait le nom du coupable et ses aveux...

— Des aveux ? Je n'y ai pas pensé... Après tout, le droit talmudique n'a rien à voir dans l'affaire. Parce que... — pour la première fois Fix avait l'air de se dérider —... et je parie que tu l'ignores, le Talmud, lui, ne tient pas compte des aveux. On n'admet pas, dit-il, qu'une personne s'autoproclame coupable... Mais je te le promets : je me contenterai du code républicain...

Leclec n'avait rien pris ce matin-là. La faim le taraudait. Et il lui restait vingt minutes pour déjeuner avant de se rendre chez le procureur de la République. Est-ce la faim ou la curiosité qui l'emporta ? Ou la détresse de son ami Fix, que jamais encore il n'avait vu si grave, si triste. Si sûr de devoir payer pour réparer le mal dont, il s'en était convaincu, il était responsable.

11

— Rien d'intéressant, je suppose...

Ce n'était même pas une question. Un simple propos jeté à Plissonnier, qui assurait l'écoute téléphonique... Car, pour l'instant, l'unique souci de Boulay était de démonter l'hypothèse de Fix selon quoi Wasach était mort assassiné. Assassiné à cause de son interview dans *France-Soir* ! Un examen post mortem aurait prouvé ce que le bon sens suggérait : que l'homme avait eu un malaise ; qu'il s'était noyé après avoir perdu connaissance. Mais Fix, justement, prétendait interdire l'autopsie ! Alors si Baruch Wasach était bien le rabbin chez lequel sa belle-sœur suivait des cours pour se convertir, il devrait obtenir par elle l'un ou l'autre renseignement sur le personnage. Peut-être même sur son état de santé ! Seulement... écouter Bernadette était un exercice périlleux ; bavarde et fureteuse comme elle l'était, elle risquait de le conduire partout, sauf à l'essentiel.

— Rien de sérieux, confirmait Pavleski.

Il n'eut pas le temps de finir que Boulay était déjà à la porte. Alors il courut après lui.

— Excusez-moi, patron, mais une certaine Bernadette Verbogen a téléphoné. Elle a appelé deux fois dans la dernière demi-heure. Elle dit qu'elle est votre belle-sœur... — Le stagiaire hésitait, craignant de se faire rabrouer. — Elle n'a pas voulu me confier son numéro, affirmant que vous l'aviez et qu'elle ne bouge pas de son atelier.

Donc elle avait appris la mort de son prof ! Il l'imagina dans son « atelier » ! tout simplement la boutique de prêt-à-porter dont elle était gérante du côté de Réaumur, en train de discourir sur le « bien peu de chose que nous sommes, tenez, pas plus tard qu'avant-hier »... Elle décrocha à la première sonnerie.

— Pierre ? Je me doutais que c'était toi ! Mes félicitations : tu étais très bien. Je t'aurais appelé plus tôt si ma cachottière de sœur avait daigné m'en aviser. Mais je suis toujours la dernière informée. Elle sait pourtant que je ne lis pas *France-Soir* et il a fallu qu'une de nos employées me prévienne. Il y a une demi-heure. Depuis, j'ai montré le journal à tout le monde... Je veillerai à ce qu'il parvienne aux parents de Lulu. À ce propos, je ne t'ai pas encore remercié d'être allé chez eux. Quand ils verront ta photo, ça les fera changer d'avis...

Apparemment, elle ne savait rien de la noyade. À moins que le noyé ne soit pas le bon. Ou que la mort de Wasach lui soit complètement indifférente. Il voulut s'en assurer.

— Tu suis toujours des cours pour te convertir chez ce rabbin ? Il s'appelle comment, déjà ?

— Baruch Wasach. J'espère que tu leur as dit que je suis des cours... Encore que, d'après Lulu, ça ne les convaincra pas. Mais il va leur rendre visite.

— Ah, tout de même, coupa Boulay. Il est de nouveau le bienvenu chez ses parents...

— Non, je parle de Wasach. J'ai demandé au rabbin de rencontrer les parents de Lulu pour leur parler. Il est très gentil, tu sais ; il est même marrant, pas du tout comme on imagine les rabbins... Tu vas rire...

Non, il n'allait pas rire. Rire ! C'était même la dernière chose à laquelle il pensait... Il s'apprêtait à le lui signifier, avec ménagement, que déjà elle récidivait :

— Tu vas rire... Le comte qui s'est fait poignarder à Venise, Alexandre Truc-machin... (Il l'entendit qui disait : « Oui, c'est mon beau-frère... Le mari de ma sœur. C'est un as ! Merci, Roland, non, non c'est mon exemplaire, je veux le garder... ») Allô ! Pierre... Excuse-moi, je parlais à un collègue qui me rendait le journal. Tu m'écoutes, Pierre ? Je t'assure, plus je regarde le journal...

Elle hésitait.

— Oui ? fit Boulay.

— Tu vas dire que moi aussi je crois aux fantômes...

Il n'écoutait plus. Irait-il chez elle pour lui annoncer la mort de Wasach ou la ferait-il venir au Quai ? La dernière fois qu'elle s'y était présentée, c'était pour signaler un vol dans son magasin, elle avait claironné sur l'air de j'ai-failli-attendre : « Je suis madame Bernadette Verbogen, belle-sœur du commissaire général Pierre Boulay ! Veuillez m'annoncer au commissaire général... » Il hésitait : Charybde ou Scylla ? Machinalement, il prononça :

— Tu disais ?

— Tu me promets de ne pas rire ? Plus je regarde la photo, plus j'ai moi aussi l'impression de voir un fantôme...

Le sort en était jeté : la montagne irait à Mahomet. Au Quai, il aurait toutes les peines du monde à la faire décamper...

— Tu es au magasin ? demanda-t-il. Je suis chez toi dans une demi-heure.

— C'est très gentil de ta part. Mais je suis une grande fille... Je sais bien que ce n'est pas vrai puisqu'il n'est plus de ce monde. N'empêche que j'aurais juré que c'était lui !

— Écoute, Bernadette, j'ai eu une matinée plutôt chargée... Tu parles de qui, tu parles de quoi ?

— Du comte qui a été poignardé ! La semaine dernière quand je suis allée voir le rabbin, je suis arrivée en retard. Il habite rue des Écouffes, alors, pour circuler là-bas... Bref, j'abrège... En ouvrant la porte cochère — j'aime bien « porte cochère »... pour un rabbin, tu saisis ? —, en ouvrant la porte cochère, comme j'étais pressée j'ai bousculé un type qui sortait de la maison. Du coup il a fait tomber ses clés, et quand il s'est redressé — il était très bien d'ailleurs, galant et tout, il m'a dit pardon madame alors que c'était ma faute ! — je n'ai rien remarqué puisque je n'avais jamais vu sa photo. Mais aujourd'hui, je jurerais que c'est ton mort. Si un autre avait raconté cette histoire dans le journal, je te promets qu'ils m'auraient entendue...

Avec n'importe qui, Boulay aurait raccroché, disant poliment, ou moins poliment, qu'il en prenait bonne note. Comme famille oblige, il ne pouvait joindre le geste à la parole, et qu'il retenait la parole, voilà qu'à la place, doucement, toute petite d'abord, floue, un peu folle, une idée fit son chemin. Et si, par ces hasards extraordinaires qui vous font rencontrer un ami dont nulle statistique n'aurait jamais osé vous annoncer la proximité, Bernadette avait mis dans le mille ? À savoir qu'Alexandre de Feltes, qu'on faisait passer pour mort, était toujours en vie ! Les flics de Venise avaient certifié sa mort sur la seule foi de son épouse — aujourd'hui disparue ! — et personne, ici, à en croire le rapport, n'avait ouvert le cercueil pour identifier le cadavre. Alexandre avait pu avoir certaines relations avec ce Wasach dont lui, Boulay, ne savait rien. Quant au parchemin et au montage autour, ils auraient eu pour objet de cacher l'essentiel... Dans ce cas, ce diable de Fix avait raison ! Alexandre ou quelqu'un d'autre avait mis à mort le rabbin pour l'empêcher de révéler que le comte était en vie ! Il allait en avoir le cœur net. Et pour cela, il fallait que Bernadette vienne ici reconnaître les photos, confirmer et signer qu'elle avait bien vu, récemment, Alexandre de Feltes... Alors, sans entrer dans les détails, surtout pas de détails ! il lui dit qu'il était pressé, qu'il devait partir en mission, mais qu'auparavant il aimerait vérifier un point avec elle.

— Oui, ici, au Quai. Tant pis pour tes clients, insista-t-il, tu viens tout de suite... Quoi ? C'est bientôt Noël... Ça ne te prendra pas longtemps. Tu sautes dans le premier taxi. Tu demandes le commissaire principal Boulay, « principal », pas « général » ! Moi je préviens les policiers de garde pour qu'ils te fassent monter chez moi directement, sans que tu aies à attendre.

— Pierre, c'est sûr, je me suis trompée... Je ne veux pas te faire perdre ton temps...

— Bernadette, sois chic. Tu prends ton taxi, on voit tout ça ici. Et puis j'aurai plaisir à te voir...

Goebbels ne disait-il pas qu'un mensonge, pour être crédible, doit être gros comme ça ?

Au fond de lui-même, il reconnaissait qu'il était injuste envers sa belle-sœur. C'est lui, Boulay, qui était trop sec, qui manquait de sensibilité et de patience... qui ne supportait pas les formules toutes faites, ou celles qui ne veulent rien dire, les redites... D'autant qu'on pouvait faire confiance à Bernadette : une fois décortiqué, les scories éliminées, le propos, ramené à sa juste proportion, devenait recevable. Il rouvrit le journal. Pour la première fois il regarda la photo d'Alexandre de Feltes avec l'attention qu'il avait prêtée jusqu'alors à son propre portrait. Le document n'était pas d'une netteté absolue. Qui sait comment Varga se l'était procuré ! Bon... Le journaliste avait eu raison de le préférer à la photo d'identité. Le photographe, un amateur, avait dû surprendre Alexandre de Feltes, si bien que ses traits marquaient cet étonnement que le lecteur pouvait plaquer sur le visage de la victime au moment où la mort l'avait frappé.

— Je ne vous dérange pas, patron ?

Pav avait entrouvert la porte. Il paraissait tout content.

— J'attends quelqu'un, répondit Boulay. Le genre de femme que je ne conseille à personne de faire patienter... C'est important ?

— J'avais laissé ma carte à Vabres, le type qui garde le manoir... La comtesse vient de m'appeler. Elle est de retour. Elle est revenue sans se douter de rien — c'est ce qu'elle prétend — et le gardien lui a appris que nous la cherchions. Elle a été étonnée de voir dans les journaux du coin de grands articles sur l'assassinat de son mari. Elle m'a demandé s'il y avait des éléments nouveaux... où en était l'enquête... J'ai dit que nous reprendrions contact, qu'elle ne doit pas quitter le château sans nous en informer ou sans laisser ses coordonnées...

Donc elle était revenue... Ce qui égratignait la thèse de Boulay sur l'identité de la victime. Mais pas sur le fond, parce que, de toute manière, il n'était pas prévu que la « veuve » disparaisse définitivement.

Dès qu'il vit Bernadette, Pav fila. Avait-elle, pour la circonstance, puisé dans son prêt-à-porter, ou osait-elle se promener en cette tenue en des temps et lieux ordinaires ? Pantalonnée d'un beige tirant sur le kaki, le buste empaqueté dans un dolman rouge festonné de boutons dorés, elle marchait d'un pas cadencé, coiffée d'une toque de cosaque, les yeux pointés sur l'horizon, « dans le bureau de mon beau-frère, merci, laissez-nous », précédant — et laissant le planton, penaud et subjugué, fermer la porte sur elle. Un court instant, Boulay crut, à la voir avancer vers la fenêtre entrouverte — le ciel avait des échappées de soleil et le froid s'était dissipé —, qu'elle allait se planter là pour un discours à la nation.

— J'ai toujours plaisir à te voir, Bernadette... Viens t'asseoir à la table, nous serons mieux.

Il écartait le gros dossier posé devant elle.

— Pierre, ne va pas imaginer des choses. Je ne crois pas aux fantômes...

— Évidemment... Je veux simplement faire une sorte de test, puisque tu es la seule personne qui a eu l'intelligence de remarquer la photo du journal. Je dois te dire autre chose encore... Non, non, tout à l'heure. Regarde, j'ai ici deux photos d'identité d'Alexandre de Feltes. Dis-moi si tu es absolument sûre que c'est bien cet homme que tu as bousculé en te rendant chez ton rabbin...

Il observa sa belle-sœur, tout étonné de la voir examiner en silence les deux photos qu'il avait sorties du dossier. Elle reprit en main la première et, après un long moment, fit non de la tête.

— C'est bizarre, hésita-t-elle. Tu es sûr que c'est le même ? C'est vrai qu'il ressemble au comte dans le journal, mais ce n'est pas lui ! Comment dire ? — ces photos-là ne collent pas avec l'homme que j'ai vu... Je regrette de te décevoir, mais tu comprends bien qu'en mon âme et conscience je ne voudrais pas supporter...

Il était temps de l'arrêter.

— Tu fais bien... Moi aussi je m'aperçois qu'il y a une différence entre la photo prise sur le vif dans le journal, où le type semble faire une grimace, et les photos d'identité. N'en parlons plus.

Il rapprocha le dossier pour y ranger les documents avec les autres photos, derrière les paperasses contenues dans des chemises de couleur.

— Et là, questionna-t-elle, qui c'est cette mousmée ? Je peux voir ?

— Cette mousmée, comme tu dis, c'est Isabelle, née de Montclair de Brines, comtesse de Feltes, ex-épouse du comte Alexandre...

Il faisait un effort pour être gentil, se préparait à lui annoncer la mort de son professeur. Cependant elle avait saisi la photo d'Isabelle de Feltes et, ce faisant, découvrait le cliché noir et blanc qui se trouvait dessous.

— Ah, là, tu vois, par contre, là c'est lui. C'est tout à fait lui !

Cette photo, Boulay la connaissait. Il savait pertinemment de qui elle était. Si Bernadette disait vrai, toute l'affaire risquait de prendre une autre dimension. Il savait... Pourtant, comme s'il en voulait la preuve écrite, il retourna le cliché noir et blanc que Pav, par routine, avait fait prendre par l'un de ses hommes quand il s'était rendu avenue Kléber dans l'immeuble des assurances La Vie, dont Alexandre était administrateur. Derrière, quelqu'un avait noté : « Geoffroy de Feltes — le frère aîné et président de la société. »

À première vue, les deux frères ne se ressemblaient pas ; cependant ils avaient certains traits, peut-être aussi des manières en commun. Le photographe de la Crim avait saisi Geoffroy de Feltes alors qu'il ramassait un objet tombé du bureau (une gomme ? un crayon ?). Son geste devait être identique à celui dont Bernadette avait été le témoin lorsque l'homme avait laissé tomber ses clés ! Sur la photo d'Alexandre, dans *France-Soir,* on lisait la même contrariété, l'irritation provoquée par une situation inattendue, légèrement humiliante. Il semblait furieux qu'on le surprenne dans une attitude qui n'était pas à son avantage. Sans doute ceux qui connaissaient les deux frères ne pouvaient-ils pas se tromper. Mais la jeune femme, qui n'avait jamais vu que Geoffroy ramassant ses clés, l'avait confondu avec son frère que le journal montrait dans une pose similaire.

Bernadette n'avait pas remarqué l'effet que sa trouvaille avait sur le commissaire.

— Je ne sors jamais sans mon agenda, continua-t-elle comme si de rien n'était. Là, tu vois, c'est noté — lundi 26 novembre à dix-sept heures : « RV Baruch ». J'ai dû arriver avec dix minutes de retard... De toute manière j'aurais attendu puisqu'il avait ce visiteur.

Il lui fit jurer de garder le silence... Encore qu'elle

n'avait pas l'air de se rendre compte de l'importance de son témoignage. Imaginait-elle, elle aussi, une relation entre la présence, rue des Écouffes, de l'homme à la clé et la mort de Baruch Wasach — que Boulay venait de lui annoncer ? Le policier ne s'était pas attendu à sa réaction, sinon il lui aurait appris la nouvelle plus doucement. Effondrée sur une chaise, Bernadette n'en finissait pas de sangloter. Le fier dolman dont elle avait déboutonné le haut s'était affaissé, tombant de ses épaules qui ne le retenaient plus. Elle n'était plus qu'un tout petit être, vulnérable, muet, cachant de ses mains nerveuses les larmes qui coulaient, et pour qui le policier éprouva une très grande pitié. Il ne lui demanda rien, plus rien, et la fit conduire à son domicile par une voiture de service. Avant de retourner chez le juge, il prévint sa femme que sa sœur pouvait avoir besoin d'elle. Qu'elle ferait bien de la rejoindre dans son deux pièces du Kremlin-Bicêtre.

Le comte Geoffroy de Feltes, lui, résidait boulevard Saint-Germain, tout au bout du boulevard, dans l'un des beaux et grands immeubles que la République, représentée par l'Assemblée nationale voisine et le ministère des Affaires étrangères qui en occupe une partie, laisse à la disposition des citoyens ordinaires mais fortunés. Dans le hall d'entrée démultiplié par un jeu de miroirs fixés sur le marbre, le gardien ne dissimula pas sa morgue aux deux visiteurs qui, sans avoir rendez-vous, prétendaient monter chez M. de Feltes alors qu'il n'était pas même huit heures du matin !

— Je ne peux pas vous annoncer à cette heure-là ! assura-t-il avant d'être confronté à la carte tricolore que Pav lui glissa sous le nez.

— Vous n'annoncez personne, articula ce dernier,

vous n'informez personne et surtout pas M. de Feltes. Il habite à quel étage ?

Boulay en faisait-il une affaire personnelle ? Ou familiale, parce que sa belle-sœur l'avait mis sur la piste ? Toujours est-il qu'il avait décidé d'interroger lui-même le président des assurances La Vie. La veille, il avait obtenu du juge, chez lequel il était retourné dès le départ de sa belle-sœur, une commission rogatoire aux fins de perquisition, avec ordre de s'en servir seulement au cas où les premiers soupçons s'avéreraient. Sur quoi il avait convoqué l'équipe pour répartir le travail. La descente chez Leblanc fut remise au dimanche suivant, à l'heure où l'affluence de la clientèle exercerait sur le traiteur la plus grande gêne. En revanche, on s'occuperait de la comtesse dès le lendemain et, comme le capitaine Pavleski devait rester à la disposition du commissaire principal, Plissonnier irait au manoir. Accompagné, cette fois, du lieutenant Véronique Boudard. « Pas question, avait dit Pav, que tu te présentes seul chez la comtesse... » Il avait ajouté, railleur : « Ni *ailleurs*, en Normandie. »

Ce type-là est sardonique. Il est sardonique ! se répétait Plissonnier, ce jeudi matin 6 décembre, alors qu'ils roulaient en direction de Falaise. Et justement parce que la Véronique qu'il lui avait fourguée était une personne généreusement sexy, amusante, compétente... Le partenaire, ou la partenaire rêvé(e). Mais pas quand cet *ailleurs* était miné. Jamais elle n'accepterait de ne voir en Martine que l'indicatrice émérite de la Crim à Monteil. Et d'abord elle se rappellerait sa bête chanson, « ma Normandie qui m'a donné l'amour » !

Plissonnier était-il amoureux ? Il ne savait pas très bien. Il était, pour le moins, entiché de Martine. Craignant qu'elle ne découvre le pot aux roses, il avait inventé une histoire au terme de laquelle, étant promu officier de police pour avoir brillamment réussi le concours de la PJ, il venait lui annoncer la bonne nouvelle... Mais saurait-il éloigner sa collègue de stage le temps de débiter son discours ? Au fur et à mesure qu'ils approchaient de Monteil, il prévoyait le sourire que Véronique dérocherait à la serveuse. Fiasco garanti ! Rester dans les antiquités, cette fois encore ? Si la plastique de Véronique pouvait provoquer des exclamations admiratives des spécialistes de l'art dorique, elle risquait de susciter... *ailleurs* des réactions contraires. En particulier, chez une personne que l'assiduité forcée au « Trou normand », sous la férule obsédante de M. Robert, rendait peu encline à étudier l'influence de Pythagore sur la Vénus de l'Esquilin. Alors, se rappelant que « celui qui prend la fuite n'a pas à craindre d'être vaincu », Plissonnier se mit en tête d'inventer les raisons pour lesquelles il fallait, impérativement, éviter Monteil. Et comme il tenait le volant, seul maître à bord après Dieu, il bifurqua à la hauteur d'Argentan. Grâce à quoi le lieutenant Véronique Boudard découvrit le charme désuet et un peu longuet de la départementale 916.

Au cinquième étage, Pav plaça la carte tricolore à la hauteur de l'œil serti dans une belle et forte porte en bois laqué, qui s'ouvrit bientôt sur Geoffroy de Feltes. À force d'avoir scruté les photos, Boulay vit devant lui une figure familière. L'homme était rasé, peigné et bien qu'en robe de chambre — d'une belle soie rouge tachée de noir —, ne portait guère les marques de la nuit. Il affichait la surprise, et sourit à Pav.

— Voyons si ma mémoire est bonne, capitaine Pavleski, n'est-ce pas ? Que me vaut votre visite de si bon matin ? Ah, j'ai lu l'interview dans le journal... Intéressant. Mais je vous reconnais ! fit-il en se tournant vers Boulay. Vous êtes le policier, le commissaire principal qui s'occupe de la mort de mon frère. Entrez, vous prenez le petit déjeuner avec moi ? Non ? Vous faites bien, il ne me reste plus grand-chose... Il y a du nouveau ?

Ils pénétrèrent dans un salon aux fenêtres hautes, cintrées et à double battant, deux fois grand, mesura Pav, comme son appartement. Il y avait de tout. Des sofas, de longs et larges guéridons. Une forêt de plantes vertes, un massif de pivoines qui demandait à être changées. Des plumes de paon et d'autruche dans des vases de Chine, des statuettes d'ivoire et des figurines de jade. Une cage avec un perroquet empaillé, une autre avec un volatile qui voletait, une télévision et ses satellites électro-optiques, un tourne-disque à manivelle et son pavillon, une bibliothèque, des rangs d'éléphants, des nids d'œufs en marbre, rouges, verts, jaunes, des bonbonnières, un crucifix moyenâgeux dont le bois doré était mangé par les vers, des masques africains et indiens, des bronzes et des cristaux, des fleurs aux pétales de pierre, des poupées aux robes fanées, un piano à queue et un traîneau. Deux boules de cristal sur la cheminée, des cannes, des parapluies, des épées. Une hallebarde, aussi, et même un petit canon en bronze, enfin, un moyen canon...

Pav croyait entendre sa femme se plaindre d'avoir à épousseter tout ça... Il sortit son bloc-notes pour consigner les réponses de Geoffroy. Boulay, lui, scrutait le bric et le broc, silencieux, incapable de comprendre comment ce fouillis d'objets hétéroclites pouvait donner une impression d'harmonie et de cohérence.

— J'ai été surpris par votre interview, dit Geoffroy de Feltes en s'asseyant dans un fauteuil de cuir noir aux formes aérodynamiques qu'il fit pivoter avec élégance en direction des deux hommes. J'ai lu que vous exerciez une surveillance aux défilés de citrouilles...

— Halloween...

— Je me suis demandé, continua-t-il, si je devais prendre certaines précautions. Comme revenir en taxi jusque chez moi, alors que j'aime bien marcher, la nuit, du pont de l'Alma jusqu'à mon appartement. Je connaissais l'existence du parchemin que j'ai moi aussi tenté de déchiffrer, mais je ne soupçonnais pas celle d'un Vengeur persévérant dans son entreprise. Dont le dessein serait de s'en prendre aux de Feltes... Je ne veux pas que notre histoire, celle des De Feltes, s'arrête selon le bon ou le méchant plaisir du meurtrier.

— Vous vivez seul dans cet appartement ? Vous n'avez jamais été marié ?

— Je n'ai jamais pu m'y résoudre. Aujourd'hui, à quarante ans passés, il n'est peut-être pas trop tard pour perpétuer le nom de mon frère... Je dois y penser... Où en est l'enquête ? Je suppose que vous n'avez pas tout dit dans l'interview ?

— On reprend tout de zéro, répondit Boulay. À ce propos, pouvez-vous m'indiquer quelles sont les personnes qui fréquentaient ces soirées un peu spéciales et costumées organisées au château familial ?

— Ah, vous savez ça ? — Geoffroy avait rougi. — Vous croyez vraiment qu'il y a un rapport ? J'aimais beaucoup mon frère... mais nous n'avions pas du tout la même conception de la vie. Je n'ai jamais mis les pieds à ces réunions, c'est pourquoi je suis incapable de vous renseigner.

— Et Wasach, vous le connaissez ?

C'était la méthode Boulay. Passer d'un sujet à l'autre, sans laisser à l'interlocuteur le temps de s'y retrouver. Il aurait pu être plus précis : demander d'emblée ce que Geoffroy traficotait chez le rabbin Wasach le lundi 26 novembre à dix-sept heures dix quand Bernadette l'avait vu sortir de la porte cochère... Mais il aimait jouer au chat et à la souris. Ou à l'araignée... observer le moustique qui s'empêtre dans la toile. Pour se défendre, il prétendait que cette stratégie était pleine d'enseignements.

Le comte n'avait pas détecté la toile d'araignée. À moins qu'il ne se soit préparé à la question.

— Wasach ? Non... Je vous l'ai dit, je ne connaissais pas les fréquentations de mon frère. C'est un sujet que nous n'abordions jamais.

— Je vous parle de Baruch Wasach, rue des Écouffes. Ça ne vous dit toujours rien...

— Wasach, le rabbin ? Vous n'allez pas me dire... Je suis allé chez lui la semaine dernière. Un homme plein d'astuce, qui connaît la Bible sur le bout des doigts... Il est vrai que c'est un soixante-huitard... Mais vous faites fausse route, ce n'est pas le genre. J'en donnerais ma main au feu...

— Pourriez-vous nous dire, reprit le policier, pourquoi vous vous êtes rendu chez Baruch Wasach ?

— Bien sûr. Je vous ferai remarquer, cependant, que cela ne regarde que moi...

Boulay resserra le filet.

— Eh bien non, monsieur de Feltes. Nous sommes concernés, nous aussi, parce que Baruch Wasach est mort.

— Il est mort ! Ce n'est pas possible... Excusez-moi. Je devrais être le dernier à sortir ce genre d'âneries. Vous connaissez aussi bien que l'assureur que je suis les statistiques sur les morts inopinées. Il avait quel âge ?

— Je ne pense pas, monsieur de Feltes, que son âge ait la moindre importance. Baruch Wasach est mort noyé, hier matin, mercredi 5 décembre, et sans doute assassiné. Je vous repose ma question : que faisiez-vous chez lui le 26 novembre dernier ?

Geoffroy de Feltes avait pâli. Il réalisait que les deux policiers n'étaient pas venus chez lui simplement pour faire le point sur l'enquête.

— Vous n'allez pas, s'indigna-t-il, imaginer une relation entre ma visite et sa mort... Il est mort noyé, dites-vous ? Au mois de décembre ! Je le connaissais à peine. Pourquoi ces questions ?

— Vous ne m'avez pas répondu, continua Boulay, imperturbable. Pourquoi vous êtes-vous rendu chez Baruch Wasach le 26 novembre dans l'après-midi ?

— Justement, je suis allé chez lui pour lui demander...

Pav, qui notait les réponses du comte, leva la tête, étonné du silence qui suivit.

— Pour lui demander quoi ? interrogea Boulay.

— J'essaie de... m'initier à la Cabale. Alors je suis allé lui demander conseil.

— Quel conseil vous a-t-il donné ?

— Il m'a indiqué les titres de deux ou trois livres. Pour commencer.

— Et qui vous a fourni le nom et les coordonnées de ce rabbin ?

— Qui ? Je ne sais pas trop. J'ai dû demander autour de moi...

— Et vous ne vous rappelez plus qui, ironisa le policier. Je suppose que si je vous demande où vous étiez hier entre cinq et sept heures du matin vous me répondrez ici, dans votre appartement ?

— Bien sûr ! Où vouliez-vous que j'eusse été à cette heure ?

Boulay se dit, sans raison valable — mais il respectait ses intuitions —, que l'usage du subjonctif, spontanément venu, devait traduire la vérité ! Il réprima un sourire. Préméditer un subjonctif lui semblait au-dessus des forces du commun.

— Monsieur de Feltes, dit-il en se levant, voulez-vous nous autoriser à faire le tour de votre appartement ?

L'autre se rebiffa.

— Là, vous allez trop loin ! Je n'ai rien à cacher, j'ai répondu à toutes vos questions. Je considère votre manière de vous introduire chez les gens comme tout à fait abusive. Je vous prie de me laisser. J'ai à faire.

Il s'était mis debout à son tour et faisait face à Boulay. Les deux hommes, de la même taille, se toisaient du haut de leur autorité. Commissaire principal contre P-DG. L'un et l'autre avaient l'habitude de commander, l'un et l'autre entendaient être obéis. Mais on remarquait, chez le second, comme une faille qui ne s'était pas refermée. Il avait élevé la voix un peu plus qu'il ne le fallait. Et son hésitation de tout à l'heure n'avait pas été gommée par sa réponse passe-partout sur la Cabale. Surtout, il était peu vraisemblable qu'il ne se souvienne plus qui, il y a dix ou quinze jours à peine, lui avait recommandé Wasach ! Enfin, le début de l'entretien avec Geoffroy de Feltes, si sûr de lui, ne collait pas avec les hésitations du personnage dans la seconde partie de ce qu'il convenait d'appeler un interrogatoire. Si l'habileté ou la roublardise devaient expliquer son assurance, comment l'homme avait-il pu se laisser troubler si facilement par la suite ?

D'un autre côté, le policier ne possédait pas le moindre petit début de motif pour expliquer le meurtre du rabbin, si meurtre il y avait ! ce dont il se plaisait à douter de nouveau.

Il sortit de sa poche l'ordre de perquisition établi par le juge Le Clec.

— Lisez, commanda-t-il. Si je les appelle, les spécialistes seront là dans un quart d'heure. Je crains qu'ils le soient encore demain matin, occupés à démonter chacun des bibelots de ce salon... Je ne veux jeter qu'un coup d'œil dans votre appartement, permettez-moi de le faire en votre présence et j'espère que, dans un premier temps, nous pourrons en rester là !

— Je suppose qu'il ne sert à rien de protester, répondit Geoffroy de Feltes après un instant de réflexion. De vous dire que tout cela est insensé. J'ignore totalement ce qui provoque votre démarche. Je cède à la raison du plus fort. Suivez-moi... À moins que vous n'estimiez, ajouta-t-il avec cynisme, que c'est à vous de m'indiquer les espaces autorisés de mon appartement.

Boulay voulait confronter les propos du suspect — à ses yeux, Geoffroy de Feltes resterait suspect jusqu'à preuve de son innocence — à son comportement. Et pour cela, son appartement de célibataire, l'appartement intérieur, celui qui n'était pas ouvert aux réceptions comme le hall de gare où il les avait fait entrer, constituait un témoignage précieux. En particulier, l'homme avait affirmé qu'il ne se rendait jamais aux soirées costumées. Certes, les locations ne laissaient pas de trace, mais un P-DG fortuné devait disposer de sa propre garde-robe pour des parties de ce genre. Il avait parlé de l'affection qu'il portait à son frère. Là encore rien n'était absolu, mais un portrait du frangin dans un cadre pouvait confirmer la sincérité de son propos. Qui avait dit : « Le désir de l'inconnu embellit l'univers » ? Le verbe convenait rarement à l'univers d'un flic, mais le désir n'en était pas diminué pour autant.

Il n'y avait pas de portrait d'Alexandre. Mais pas, non plus, de *bautas* ou autres déguisements. Pas même un vieux loup dans un tiroir. Rien ne traînait dans les tiroirs. Les appartements de Geoffroy étaient d'une sobriété monacale. Pav songea à l'Escurial. À Philippe II qui logeait dans une pièce toute simple hors de l'extravagante et colossale forteresse qu'il avait fait construire. Apparemment, Geoffroy de Feltes avait empli le grand salon de tous les objets dont il avait vidé les pièces qu'il habitait en célibataire. La chambre à coucher ne comportait qu'un lit, monoplace... et, dans le cabinet de travail attenant, une simple chaise placée devant une table en bois blanc jurait avec le luxueux bureau de P-DG qu'il possédait avenue Kléber. Au mur, il n'y avait qu'un crucifix. Boulay s'arrêta devant les rayonnages — de bois blanc, eux aussi. La Bible, Ancien et Nouveau Testament, y voisinait avec Teilhard de Chardin, saint

Augustin, Étienne Gilson, Bergson, Maritain, Édith Stein... d'autres auteurs qu'il ne connaissait pas. Sur une planche, s'alignaient plusieurs livres sur le Bienheureux Bernardin de Feltre, d'autres sur saint Bernardin de Sienne. Les dossiers, posés de côté, devaient contenir les notes correspondantes ou des photocopies. Plus bas, une dizaine de volumes portaient des titres sur la Cabale. Des livres bourrés de marque-pages. Qui, à n'en pas douter, avaient été achetés et lus bien avant que, le 26 novembre dernier, Bernadette vît Geoffroy de Feltes rue des Écouffes ! Ostensiblement, Boulay se saisit de l'un de ces ouvrages, un tome du Zohar en français, le feuilleta lentement, déclarant à son hôte, rougissant, mais qui ne baissait pas les yeux :

— Je ne sais pas pourquoi vous vous êtes rendu chez Wasach. Néanmoins, je ne crois pas que vous l'ayez tué. Je conseillerai à monsieur le juge de ne pas vous mettre en examen. Mais c'est lui qui décidera. Il est entendu, cependant, monsieur le comte, que vous ne quittez pas Paris sans mon autorisation.

12

Quand, ce vendredi matin, le rabbin Théodore Fix s'installa à son bureau, il sortit d'abord un lourd manuscrit sur lequel il travaillait depuis trois ans. En fait, il n'y travaillait plus vraiment car, laissant les impondérables par intermittence l'emporter, il avait remisé le dossier dans un tiroir qu'il n'ouvrait plus qu'occasionnellement. À sa femme qui le pressait, il disait que la retraite approchait ; qu'il pourrait alors se consacrer entièrement à l'écriture. Il hésitait sur le titre : *La Méthode des Talmuds* ? *Le Talmud pour tous* ? Il aurait bien aimé *Le Talmud à Troyes*, en hommage à Rabbi Chelomo ben Itshak, dit Rachi, le plus grand des commentateurs du Talmud qui, au XIe siècle, habitait la capitale champenoise. Mais sa femme avait ri. « À Troyes ! Ça rappellera *Trois Hommes dans un bateau* », avait-elle dit. Elle avait le calembour facile. Il lui revenait à l'esprit au moment de compléter, au chapitre quatre, intitulé « Herméneutique », l'article sur « la *guezéra chava* ou l'analogie par consonance ». « La *guezéra chava*, se mit-il à écrire, n'est pas loin du *jeu de mots*. Certes, on imagine mal qu'une règle de droit puisse être déduite par un... calembour ! C'était pourtant, dans l'Antiquité, un mode de communication ou de dialogue courant. Le Talmud *(Avoda Zara 10 b)* rapporte ainsi qu'un des empereurs Antonins, sans doute

Marc Aurèle, envoyait à Rabbi Yehouda, le Patriarche — qui lui répondait de la même façon —, des objets dont les noms, par leur seule consonance, constituaient des messages. Un plant de laitue pouvait signifier *tue-les* (traduction libre) ! C'est dire que l'interprétation n'était pas toujours facile ; d'ailleurs le jeu de mots faillit coûter la vie à une fille de l'empereur. Erreur dans l'interprétation, erreur dans l'audition : le Talmud limite les dégâts en excluant toute analogie qui n'aurait pas été transmise par tradition rabbinique. Sans doute, plus qu'une règle de déduction, la *guezéra chava* était-elle un instrument mnémotechnique. »

Il sourit. Lui qui avait toujours refusé à Le Clec de mêler le Talmud à la recherche policière, voilà qu'elle l'amenait à affiner, ou à compléter, ses définitions talmudiques ! Il referma le dossier, ouvrit le carnet orange. À spirale. Il achetait toujours des carnets à spirale, laissait libre la page de gauche pour corriger ou annoter le feuillet de droite. Là, il couchait une réflexion, une étude, un propos lu ou entendu qui, pensait-il (avant de le rayer, bien souvent), méritait d'être retenu. Il avait des carnets de toutes les couleurs, depuis qu'il y a dix ans il avait commencé le système ! Quand Fix était venu le voir, le carnet orange était presque neuf. Avec la mort de Wasach, les questions qu'il avait à poser à Le Clec et celles qu'il gardait pour lui, il lui en faudrait un autre d'ici peu. Il aurait dû acheter le gris qui restait chez le marchand. Mais il n'aimait pas le gris. Il nota sur une nouvelle page : « Alexandre de F a eu moins de chance que la fille de Marc Aurèle ! Parce que l'assassin était dur d'oreille ? Les recherches pourraient être circonscrites, de ce fait. Cependant il (ou elle ?) pouvait être assis loin de W — qui aurait mieux fait, ce jour-là, d'oublier son latin. »

Dix jours ! Il lui restait dix jours pour découvrir le meurtrier. Fix ne cessait d'y penser... alors qu'il avait son sermon à préparer ! Et tant d'autres choses à terminer avant le début du chabat. Il n'aimait pas monter en chaire, comme on dit, le vendredi soir. Les gens étaient fatigués. Il voyait les paupières qui se fermaient, la lutte héroïque, si vite perdue, contre le sommeil. Et il y avait ceux qui ne suivaient pas, d'autres qui n'y comprenaient rien... Qui ne comprendraient jamais rien. Cette fois au moins, le sujet s'imposait : Hanoukka, la fête des Lumières, commençait dimanche soir. « Bon... Mais ça fait trente ans que je leur parle de Hanoukka... Du miracle de la petite fiole d'huile pure qui brillait dans le Temple purifié le 25e jour de Kislev, pendant huit jours d'affilée, jusqu'au 2 Teveth. De la révolte de Judas Maccabée contre les Séleucides. En 165 ! En 165 avant Jésus... »

Il retenait mal les dates de l'Histoire, celle-là, cependant, à force de la répéter chaque année, il la savait aussi bien que son numéro de matricule pendant son service militaire ! Il allait remettre à sa place le traité *Avoda Zara* dans lequel il avait vérifié la référence concernant Marc Aurèle et sa fille, le rouvrit, feuilleta...

Non ! sa mémoire ne l'avait pas trompé. En 8a, le Talmud parlait de la toute première fête des Lumières. Il se mit à chantonner... « *Tanou rabanan* : Les maîtres ont enseigné — Adam, le premier homme, vit que le jour diminuait toujours davantage. Il se dit : Malheur à moi ! Parce que j'ai péché, voilà pourquoi, peut-être, tout s'obscurcit devant moi, que l'univers revient au tohu-bohu initial. C'est là la mort dont le Ciel me punit. Alors, pendant huit jours, il se mit à jeûner et à prier. Quand, au commencement de Teveth, il vit que le jour reprenait, éclairant toujours davantage, il se dit : C'est la loi de la nature ! Aussitôt il institua huit jours de fête. »

Le premier homme célébrant Hanoukka ! La fête des Lumières comme fête universelle... L'idée est belle. Bon sujet de sermon... Mais, déjà, il ne pensait plus à son sermon. Pesta parce que sa tasse de café était vide. Se leva. Marcha de long en large. Il avait l'œil vif, soudain, pesta encore, cette fois parce que la ligne de Le Clec était occupée... Sur la pile de journaux entassée sur la cheminée, il se saisit de l'interview de Boulay, relut le texte signé Beniamino Da Costa. Se fâcha parce que la femme de ménage, une fois de plus, faisait hurler l'aspirateur en laissant ouverte la porte de son bureau. Il cria, elle ferma le battant. Il recommença le numéro du juge, récidiva.

— Le Clec ? Enfin ! Je ne te dérange pas ? Oui, c'est ton principal collaborateur... Non, je ne viendrai pas aujourd'hui. Veille de chabat, trop court. Et j'ai mon sermon à préparer.

— Tu veux un coup de plume ? fit le juge. Tiens, je te propose la crainte du gendarme. C'est un bon sujet.

— Et tu seras le Juge suprême... Non merci ! Je me charge de mon laïus. Ce que je voudrais par contre, c'est que tu me rappelles la date de l'anniversaire de Mme Andrieu... Comment, tu ne sais pas qui est Mme Andrieu ? Fatal oubli ! Tu veux toujours que je t'enseigne le Talmud ? Eh bien, le Talmud dit qu'oublier c'est pécher...

Il leur arrivait de jouer ainsi de longues minutes, de se renvoyer la balle... Le Clec appelait ça « tennis de câbles ». D'autres fois, ils échangeaient des propos, pas toujours amènes, par fax. Ce qui permettait à l'un et à l'autre de griffonner des rébus. On n'était pas si loin, en somme, de Marc Aurèle et de la *laitue* !

— Je parie, reprit le rabbin, que tu te rappelles qui est Martine... parce qu'elle a vingt ans. Mais que tu n'as jamais songé à Madame sa mère ! Mme Andrieu. Si, si, relis le rapport de ce jeune policier stagiaire...

— Tu aurais oublié son nom ?

— Un point pour toi... donc, j'aimerais que tu jettes un coup d'œil sur la fin de son rapport et que tu m'indiques la date d'anniversaire de Mme Andrieu, qui coïncidait avec cette fameuse soirée habillée, ou déshabillée, chez les de Feltes.

Le Clec ne mit pas longtemps avant de répondre.

— Voilà. Je regarde... Tu as le temps de lui envoyer des fleurs. Plus de six mois, le 16 juin !

— Dans son rapport, le jeune inspecteur en question...

— Le lieutenant de police Bertrand Plissonnier...

— Merci ! M. Plissonnier suggère de demander au traiteur les dates de ses livraisons au manoir. Sans te commander, pourrais-tu en obtenir communication ? Et bien sûr, la liste des invités... Je te laisse. On se voit lundi après-midi...

— Tu n'as besoin de rien d'autre ? fit Le Clec. Peut-être l'âge du capitaine ou la pointure de ses bottes ?

Quelquefois, pensa le juge, Fix était vraiment déconcertant.

À l'heure où les pensées de Théodore Fix allaient « au jeune inspecteur » dont le nom lui avait échappé, celui-ci, toujours accompagné de sa collègue de stage, rendait compte à Boulay et à Pavleski de leur tournée en Normandie. Car le vendredi matin, lorsque « messieurs les assassins » le voulaient bien, le commissaire principal avait pour habitude de rassembler ses hommes, une équipe après l'autre, pour dresser le bilan de la semaine. La séance tenait lieu de brain-storming. La prestation de Plissonnier s'insérait dans ce cadre et, pour la circonstance, elle se révélait aussi peu glorieuse que celle de Boulay lui-même.

À l'intention des deux stagiaires, ce dernier expliquait qu'un renseignement, parvenu au service à la suite de son interview, avait permis d'apprendre que « le comte Geoffroy de Feltes, le frère d'Alexandre du même nom », avait rendu visite à un rabbin dénommé Wasach, dont la mort accidentelle, quelques jours plus tard, allait se montrer suspecte.

— L'enquête sur la mort du rabbin, précisa-t-il, n'est pas de notre ressort. La seule chose qu'on a essayé de voir, hier matin, avec Pavleski, ce sont des preuves objectives qui auraient établi un rapport entre sa mort et celle d'Alexandre de Feltes. Concernant Venise, nous savions que les alibis du frangin étaient inattaquables. Il était à Paris pendant toute la durée du Carnaval. Quant au rabbin, rien ne nous assure, pour le moment, que l'homme ait bien été assassiné. Geoffroy semblait tout prêt à nous dire pourquoi il s'était rendu chez lui. Mais quand nous lui avons annoncé sa mort, rien n'allait plus. Il a perdu les pédales et la mémoire, et s'est mis à bafouiller. Comme s'il voulait couvrir quelqu'un ! Un peu maigre, malgré tout, pour l'accuser d'entrave à la justice. Cela dit, il nous a surpris. Pas vrai ? — Le commissaire s'était tourné vers Pav. — Ce type qui doit être immensément riche vit comme un pauvre, mais en le cachant ! Pas par radinerie. J'ai l'impression qu'il doit faire une fixation sur son ancêtre Bernardin. Qu'il s'identifie au Bienheureux. En même temps, il étudie le Zohar, la Bible, le zen, que sais-je encore... À moins qu'il n'ait opté pour l'ascèse et la chasteté — ce qui reste d'ailleurs à vérifier — par opposition à son frère. C'est le boulot des psychologues. Moi je n'y comprends rien !

— Pourquoi, demanda Véronique, vouloir lier les deux affaires ? Il peut y avoir une histoire A, celle de Venise, et une autre, B, indépendante, à laquelle serait mêlé Geoffroy de Feltes...

— Il y a un phénomène de juxtaposition, répondit Boulay sans sourciller. Le rabbin est mort, rayé du registre, le matin qui a suivi mon interview. Comme s'il y avait eu un risque, ou une certitude, qu'il découvre dans le journal un fait ou un propos lié au meurtre de Venise. Alors on l'aurait réduit au silence en le noyant...

— Parce qu'il est mort noyé ? Noyé où ? Dans sa salle de bains ? Et l'autopsie, elle donne quoi ?

Les questions venaient de Plissonnier, peu disposé à laisser Véronique prendre la tête du peloton.

Boulay raconta. Il n'évoqua pas ses relations familiales avec « le témoin » qui avait reconnu Geoffroy devant le domicile du rabbin. Il ne dit rien sur l'autopsie qu'on avait différée. Surtout, il garda le silence sur le rôle de Théodore Fix. Si on se mettait à raconter à la PJ qu'il avait recours à l'arme secrète du Talmud pour lutter contre la pègre et les fantômes, le commissaire principal Pierre Boulay apparaîtrait bientôt à la une du *Canard*. Moins flatteur qu'un portrait dans la presse quotidienne !

— Nous sommes en plein brouillard, confirma-t-il. D'autant que si l'autopsie corrobore le meurtre, elle ne nous apprendra rien sur le meurtrier ! Alors, on inverse le jeu. On a quand même l'air d'avancer un peu avec le retour de la cardinale, et on exploite ce filon en vue de se rapprocher de l'autre.

— Le hic, intervint Plissonnier, c'est que la comtesse jure ses grands dieux que son mari faisait les invitations ! Que tout le monde était costumé, masqué, et que le jeu consistait à ne pas se connaître. Que les invités étaient surtout des relations d'affaires. On l'a cuisinée pendant plus d'une heure, on n'en a rien tiré.

— Et, compléta Véronique, quand Bertrand osa suggérer que ces soirées finissaient en partouzes, elle a réagi comme l'aurait fait la reine d'Angleterre. Victoria, la vraie, pas la mère de Charles...

— Et comment elle explique son départ ? Elle était où ? interrogea Boulay.

— Elle dit qu'elle était à Paris, tout simplement, dans le XVIe où elle possède un pied-à-terre. Qu'elle n'allait pas faire ses confidences à VV (c'est comme ça qu'elle appelle Victor Vabres, le gardien du manoir) qui, la sachant à Paris, l'aurait dérangée à tout bout de champ. On ne lui a pas demandé si elle partageait ce logis avec quelqu'un et avec qui, parce qu'elle nous aurait envoyés sur les roses. Voilà des mois qu'elle n'a rien entendu sur l'enquête. Et à Venise (elle les a appelés par téléphone) on lui a affirmé que le dossier était clos et que le commissaire avait pris sa retraite... Elle ne pouvait deviner que nous voulions la voir.

— Et du côté du village ? interrogea Boulay. Vous avez tenté d'obtenir quelque chose de plus maintenant que les journaux ont étalé toute l'histoire ?

— Il faudra que je retourne à Monteil, se hâta de répondre Plissonnier en jetant un méchant regard à son chef de stage. Nous ne pouvions nous y rendre à deux, dans une voiture de la PJ, alors que j'y suis connu comme antiquaire. Je reprendrai la voiture banalisée. À moins de cracher le morceau...

— Alors, conclut Boulay, je vous souhaite, je... nous souhaite bonne chance. Vous me laissez parce que j'ai ma réunion avec Verbois et les autres.

Le commandant Verbois planchait, c'était le cas de le dire, sur une affaire de faux euros. Avec des ramifications en Suisse. Mais Verbois croyait dur comme fer que l'argent devait servir à alimenter les caisses de l'ETA.

Plissonnier fut le premier à partir. Dans le couloir, il sortit son portable. Tard dans la nuit il avait appelé Martine. Elle avait raccroché sans dire un mot et seul le morse monotone de la ligne occupée lui répondit ensuite. Lui s'obstina dans l'idée que la ligne était en dérangement. Il était maintenant onze heures et demie, l'heure où elle prenait son déjeuner, avant l'arrivée des poids lourds. Il appela « Le Trou normand », reconnut la voix traînante de M. Robert.

— Allô, j'écoute...

— Je voudrais parler à Martine.

— À Martine ? Ne quittez pas...

Ce fut à nouveau Robert. La gouaille ne trompait pas.
— C'est de la part de qui ?
— De Bertrand.
— De Bertrand qui ?
— Dites-lui simplement que c'est Bertrand...
— Eh bien, reprit la voix au bout d'un moment, Mlle Martine dit qu'elle ne connaît pas de Bertrand. Vous en cherchez peut-être une autre ?
Il l'entendait qui riait. Il éteignit son cellulaire.

Ici, on savait s'habiller commun. Le jean rapiécé voisinait avec le training — de chez Balmain. Chez les hommes, les cravates étaient rares et les chemises, couleur d'automne, tiraient sur un rose dilué. Seules les jupes écossaises des petites filles rappelaient qu'on se trouvait, ce dimanche, avenue Victor-Hugo. Passé onze heures, tous les âges et tous les habits étaient présents hors de et chez maître Leblanc. Alors par quel mystère deux flics — l'un coiffé en brosse, maigre avec de longues jambes, l'autre baraqué avec une tignasse épaisse, sans signe distinctif aucun — ni chaussures cloutées ni moustaches — attiraient-ils, en pénétrant dans la boutique, le regard des braves gens ? Ils faisaient pâlir, aussi, et là, on le comprend mieux, M. Leblanc. Il n'osa demander ce qu'il pouvait servir à ces messieurs. Baissant la voix, il dit seulement qu'il était très occupé, comme ces messieurs pouvaient le constater.
— Demain, si vous voulez ? Je serai à votre entière disposition. Aujourd'hui, voyez vous-même...
— N'ayez aucune crainte, répondit Pavleski. — Il le dit un peu trop fort. — Nous n'avons que deux ou trois questions à vous poser et, si vous y répondez rapidement, vous pourrez revenir à vos blabas... Qu'ai-je dit ? — Il rit. — À vos babas... Vous pourrez revenir à vos babas au rhum !

Dans la pâtisserie, le brouhaha avait changé de tonalité. Quelques clients, cela suffit pour donner corps et gonfler une rumeur, avaient senti que les choses ne tournaient pas rond ou, pour user de la terminologie du maître, que la crème avait tourné. Celui-ci ne cachait pas son irritation, s'empressait de pousser les deux hommes de l'autre côté de la porte, dans le couloir menant à son bureau.

— Vous faites exprès de venir un dimanche ! se fâcha-t-il. Vous voulez me déconsidérer auprès de ma clientèle. Mais elle me fait confiance, ma clientèle ! Soyez-en assurés. J'ajouterai — il prit un air entendu — que certains de mes clients, que je ne nommerai pas, seront informés de votre manière d'agir. Et que vous aurez à en rendre compte.

M. Leblanc était resté debout. Il n'invitait pas davantage les visiteurs à prendre place. Plissonnier, qui n'avait pas pardonné la résistance des chaises maigrelettes du bureau efféminé, s'assit sur l'une d'elles, en en soulevant l'arrière, imperceptiblement. Cette fois, sa lourde carcasse fit craquer les pieds de devant, sous les franges de velours... Il ne s'excusa pas.

— On ne se rend pas compte, fit-il en se redressant et en mettant le siège de côté, comme les choses peuvent être fragiles... Tout a l'air solide et, brusquement...

Pav enchaîna, sans manifester, lui non plus, le moindre remords. D'une voix à peine audible, cette fois, il prononça :

— Vous n'auriez pas dû, monsieur Leblanc, prévenir Isabelle de Feltes de notre passage.

— Mais je n'ai jamais rencontré cette dame, je vous ai dit...

Quand il vit que Plissonnier s'était assis, imité par Pavleski — il s'empara d'une autre chaise —, croisant ostensiblement une jambe sur l'autre dans une posture signifiant qu'il prenait ses aises et son temps, le traiteur changea de figure. Ses yeux clignaient, au bord d'un tic qu'il ne contrôlait pas. Enfin, la colère fit place à la résignation. Avec, dans la voix, comme une gêne qu'il ne parvenait pas à dissiper.

— Je vous promets, je n'ai jamais vu la comtesse de Feltes ! Et d'abord — il reprenait un brin d'assurance — je ne dirai plus rien hors de la présence de mon avocat.

Le capitaine de police avait sorti de sa veste une paire de menottes. Il se mit à jouer avec les bracelets comme on le fait avec un casse-tête.

— Fort bien, bluffa-t-il. Nous allons de ce pas au commissariat. Vous pourrez y faire connaissance de Mme Isabelle de Feltes et, aussitôt après, appeler votre avocat.

— Mais je ne peux pas quitter mon magasin maintenant... Et qu'est-ce que vous faites avec ces menottes ? C'est insensé ! Nous sommes dans un pays libre... Nous sommes encore dans un pays libre ! Vous n'avez pas le droit de m'arrêter.

— J'ai tous les droits, asséna Pavleski d'une voix assurée, s'agissant d'un individu accusé de complicité de meurtre, d'entrave à la justice et tutti quanti... Je reconnais que la chose n'est pas agréable, surtout si vous deviez être placé en garde à vue, mais je ne veux pas être accusé, moi, de négligence, si l'idée vous venait, tout à l'heure, de faire un tour aux Philippines...

Le traiteur était devenu blanc. Il se laissa tomber sur son fauteuil.

— Complicité de meurtre... Mais je n'y suis pour rien ! J'ai lu l'interview de votre chef dans le journal. Je ne pouvais pas savoir. Vous n'allez pas me mêler à tout ça...

Ce fut au tour de Plissonnier d'intervenir :

— On ne vous veut pas de mal, monsieur Leblanc. On ne veut surtout pas priver votre clientèle de vos petits-fours. Nous vous demandons deux choses. Ou trois... Vous répondez et, aussitôt, vous rejoignez votre magasin.

L'homme avait l'air abattu. Coudes sur la table, ses mains, plaquées contre ses tempes, soutenaient la tête.

— Je n'y suis pour rien, répéta-t-il. Allez-y, je vous dirai ce que je sais. Mais je ne sais rien !

Pav rangea ses menottes.

— Je veux savoir, dit-il, pourquoi vous avez informé Isabelle de Feltes de notre passage. Je souhaite connaître les dates des livraisons que vous avez effectuées au château, disons ces trois dernières années. Enfin, vous allez nous dire comment s'appelle la jeune personne qui vous a fait des compliments sur les petits macarons à la pistache qu'elle mangeait, la nuit, au château...

— Je ne pouvais pas faire autrement ! éclata le traiteur. Mme de Feltes voulait que je fasse une livraison pour une soirée en souvenir de son mari. Samedi prochain, justement ! Mais je ne l'ai jamais vue. Elle m'a juste téléphoné. Alors je l'ai rappelée pour lui dire que vous étiez passés, que vous aviez posé des questions sur le comte et leurs soirées. Et que, dans ces conditions — vous voyez que je ne veux être mêlé à rien ! —, je préférais m'abstenir. Elle m'a dit que ce n'était pas grave, qu'on remettrait ça à une autre fois... Pour les dates, il faut que je voie avec notre comptable. Laissez-moi votre numéro de fax, je vous les envoie demain, demain matin.

— Et la jeune fille ? insista Plissonnier.

— Je vous jure que je ne sais pas son nom...

— Mais elle est revenue acheter vos petits macarons... Elle y est accro. Je la comprends... Qui se passerait de vos macarons nappés de pistache ? Allons, monsieur Leblanc, ce serait tellement dommage... Vous êtes un honnête homme et, sans doute, cette personne également. Elle ne saura même pas qui nous a mis sur sa piste...

— Vous me le promettez ?

— Nous n'avons qu'une parole. La preuve, c'est que dans un instant, nous filons par la porte de service... Ni vu ni connu...

Leblanc hésitait, finit par murmurer :

— Elle est déjà passée...

— Et vous ne lui avez pas demandé son nom ? menaça Pavleski. Pourtant vous nous l'aviez promis, monsieur Leblanc, ce n'est pas bien...

— J'ai essayé, j'ai dit : « Et pour Mademoiselle, ce sera ? Mademoiselle comment ? » Elle m'a répondu : « Deux, comme d'habitude ! » C'est tout. Je ne pouvais pas quand même insister et lui demander son passeport !

— Et vous ignorez vraiment où elle habite ?

— La seule chose que je sais, c'est qu'elle arrive presque tous les dimanches, en training bleu clair, au retour du jogging. Tôt, juste après neuf heures. Elle achète deux croissants, quelquefois quatre, et une tartelette au citron. Venez dimanche prochain, je vous la désignerai. Je ferai un clin d'œil. De toute manière, avec ce que je viens de vous dire vous la reconnaîtrez.

— Dimanche prochain, dit le juge à Fix, ce sera l'ultime délai. Au-delà, tu le sais, je ne pourrai pas repousser l'autopsie. — Les deux hommes venaient de parcourir le rapport que Pavleski avait déposé ce lundi, avant le déjeuner. — Alors, continuait Le Clec, en admettant que cette jeune personne se pointe chez le traiteur, ce qui n'est pas garanti, en admettant toujours qu'elle ait quelque chose à dire et qu'elle veuille le dire, il sera trop tard ! Ce n'est pas de ce côté que viendra le secours...

— Bien sûr... Il nous faut exploiter les données que nous connaissons déjà. On ne peut pas compter sur le miracle. D'ailleurs le Talmud l'interdit.

— Tant de choses restent inexplicables dans cette

affaire, reprit Le Clec. Parce qu'à force de penser à l'autopsie d'un malheureux qui, peut-être, s'est noyé sans l'intervention de personne, tu l'admettras ! nous oublions l'essentiel : l'assassinat d'Alexandre de Feltes qui, lui, est une certitude. Tu m'as obligé à tout relire. J'ai passé mon dimanche à revoir ce qu'avaient écrit les Italiens. Ils disent, par exemple, que la Maria, la vieille femme au genou malade — tu te souviens ? — est absolument sûre d'avoir entendu, l'année précédente déjà, des voix qui sortaient d'une tombe. Je pourrais ne pas la croire. Penser qu'elle délire. Cependant, si j'ai bien compris, parce que j'ai relu également le compte rendu que Boulay a pondu sur l'entretien qu'il a eu avec toi... même le Talmud ne rejetterait pas ce cas de figure.

— C'est exact... Mais il ne perd pas pour autant le sens des réalités concrètes. Et c'est toujours à ces réalités-là qu'iront ses préférences. Notre affaire me rappelle ce qui est arrivé à l'un de nos tout premiers maîtres, Yehouda ben Tabaï. Il avait condamné à mort un faux témoin, mais son arrêt souffrait, disons... d'un vice de forme. Alors, toutes les nuits, il se rendait sur la tombe de cet homme pour lui demander pardon. Et les gens entendaient une voix dans le cimetière. Ils étaient persuadés, raconte le Talmud, que c'était celle du mort. Yehouda ben Tabaï leur expliqua que c'était sa voix à lui, suppliant le mort de l'absoudre. Et comme on ne le croyait pas, il lança à la foule : « Vous en voulez la preuve ? Je vais mourir... Demain, vous n'entendrez plus de voix au cimetière... » Et il en fut ainsi !

— Tu veux dire que la Maria a pu entendre des voix mais que c'étaient celles de gens bien vivants qui s'étaient rendus au cimetière ? À minuit ! En hiver ! Et en plein Carnaval !

— Je ne suis encore sûr de rien... Il faut d'abord que j'examine quelques documents, dont les dates de livraison des petits-fours...

— *Pfuit, pfuit...* — Le Clec soufflait sur l'allumette, projetait un nuage de tabac en direction du rabbin. — J'ai l'impression, dit-il, que tu répands autour de toi un écran de fumée, *pfuit...* Comme la colonne de nuée des Hébreux dans le désert... Soit parce que tu ne sais rien et que tu veux donner l'impression de savoir quelque chose, soit parce que tu en sais trop...

— C'est exactement ça, sourit Fix. J'en sais à la fois trop et pas assez... Mais tu n'es pas mieux loti et Boulay non plus. Encore que vous, vous pourriez faire bouger les choses. Revenons à la règle de juxtaposition qui, je l'ai souligné, se confond dans certains cas avec le principe de causalité. Tout porte à croire que vous avez raison, qu'Isabelle de Feltes a quitté le château dès qu'elle a été informée par le traiteur du retour de la police. Au bout de huit mois, alors qu'elle était certaine, on le lui avait confirmé par téléphone à Venise, que le dossier était clos ! Elle a pu paniquer et prendre le large pour quelques jours. Afin de réfléchir à sa façon de présenter les bals masqués, le choix des invités, etc. Mais vous resterez dans le domaine conjectural tant que vous n'aurez pas établi la liaison causale de son retour au manoir...

— Elle ne pouvait tout simplement pas rester absente éternellement !

— Ce n'est qu'une hypothèse puisque dès l'abord, vous admettez qu'elle est seulement partie pour différer sa rencontre avec les policiers. Or, vous n'en savez rien ! Je peux très bien supposer qu'à la suite de l'information transmise par le traiteur, elle s'est rendue à Paris ou ailleurs dans un but précis, lequel, étant atteint, lui a permis de revenir ! Idem pour les flics de Venise. Ils considèrent que le passage dans le Ghetto du personnage masqué d'une *bauta,* à une heure du matin, dans la nuit du jeudi au vendredi, se juxtaposait au départ, une heure plus tôt, de la forme aperçue dans le cimetière du Lido. Faut-il considérer pour autant que les deux faits répondent à la règle de la juxtaposition ? Nous en savons beaucoup, mais pas assez... Il n'y a pas de miracle !

Ce en quoi le rabbin Théodore Fix avait tort... Il aurait dû, au moins, l'espérer. Il eut l'air de se présenter le lendemain, mardi, à quinze heures douze, noterait la télécopieuse, sous la forme d'un appel d'Addo Biasini à son « ami Piero », accompagné de plusieurs feuillets faxés au « Commissaire principal Piero Boulay ». Biasini avait eu l'idée d'enquêter dans les hôtels de Venise et auprès des compagnies d'aviation pour voir qui, samedi ou dimanche matin, les 24 et 25 février derniers, donc le jour et le lendemain de l'assassinat d'Alexandre de Feltes, avait quitté Venise de façon impromptue. Il ne prétendait pas que la liste était exhaustive et obtenir quelque chose de vraiment complet prendrait trop longtemps. Mais, avait-il déclaré à Boulay : « *Meglio un uovo oggi che una gallina domani*... Tu comprends ce que je dis, Piero ? Un œuf aujourd'hui, c'est mieux qu'une poule *domani*... » Boulay était alors occupé par l'affaire des faux billets. C'est à peine s'il écouta, c'est à peine s'il regarda les fax qu'il fit apporter à Pavleski. Lequel Pavleski se leva si brusquement qu'il renversa le Coca posé devant lui ! Parmi la douzaine de noms, scintillait en lettres de feu celui de Victor Vabres. Et le document précisait, sur la même ligne : « Samedi 24 février, 14 h 45 par le vol 370 d'Alitalia. Destination Paris. »

13

— Mine de rien, la comtesse vous a roulés dans la farine, la belle Véro et toi. Elle raconte qu'elle ignore le nom des invités, mais commande des petits-fours à Leblanc pour une nouvelle partouze ! *In memoriam* d'Alexandre, qu'elle dit ! Touchant. Dommage qu'on ne puisse pas lui mettre le grappin dessus aujourd'hui.

Pavleski se tut, voua son attention au poids lourd, avec sa longue remorque. Finit par le dépasser. C'est Boulay qui avait donné l'ordre de s'en tenir à Vabres. « Vous le tenez bien fort, avait-il intimé à Pav & Pli, si fort que la comtesse se verra bien obligée de nous faire ses confidences. » Partis à l'aube, enfin presque, pour échapper aux encombrements du périph, les deux policiers n'allaient pas tarder à arriver à Monteil, avant même que l'église du village, la petite église « à l'arc brisé » que Plissonnier accusait de redents et autres trilobées, sonne les neuf heures.

— On se fait une halte chez le père Robert ? plaisanta Pavleski. Il a peut-être une armoire normande à revendre...

— Non, mais si tu le permets, on s'arrête un instant au domicile de Martine, je te montrerai...

Et avant que le capitaine ne détourne son regard de

la route qui tournait, pour voir si l'autre, une fois de plus, ne le charriait pas, Plissonnier expliqua :

— Elle sait qui on est... et refuse de me parler au téléphone parce qu'on l'a trompée. C'est de la faute à Vabres ! Dans le bled, ils avaient tous leur mot à dire après l'interview du patron et, au bistrot, Vabres a dû faire son malin, raconter que deux flics s'étaient déjà présentés au château ! Et peut-être un peu plus, le calva aidant ! Avant de l'interroger, ce serait bien de connaître ce qu'il a débité. Et tu as entendu le patron ? Il veut savoir comment on a réagi à Monteil...

En faisant référence à Boulay, le jeune policier neutralisait les réticences de sa duègne de capitaine qui, le sourire rengorgé, assurément envieux, avait décrété : « Pas question de confondre enquête et conquête. » En fait, Plissonnier ne croyait pas que le gardien était pour quelque chose dans les bouderies de Martine. Mais l'hypothèse tenait, si bien que l'autre ne pouvait lui interdire de surprendre la dame au saut du lit. Il ne voulait pas la perdre. Qu'elle ait eu l'intelligence de deviner qu'il était flic, allant des effets (les révélations des journaux sur la mort du comte) aux causes (les questions d'un beau et jeune antiquaire sur les livres du château) n'était pas pour lui déplaire. Il appréciait aussi qu'elle ait réagi avec la dignité d'une fille offensée.

Quant à Pav, fatigué de s'être levé trop tôt, qui pensait le plus grand mal du brouillard de décembre et des remorques attachées aux poids lourds, il ne dédaignait pas l'idée d'un arrêt avant de passer à l'offensive. Il resta dans la voiture, garée impasse de la Charantonne, pendant que Roméo, à défaut d'échelle, grimpait l'escalier quatre à quatre. Sans être tout à fait sûr de lui. Sans être tout à fait sûr d'elle.

— Lettre recommandée !

Il le cria à travers la porte, avec l'accent de Marseille, alors qu'il cherchait les intonations normandes !

Elle ne se méfiait pas ; il put sans peine glisser son pied entre le chambranle et la porte qui s'ouvrait. C'était inutile, elle n'avait rien tenté pour la refermer. Il fut soulagé de la voir seule. Alors, avant qu'elle ne parle, avant de lui sourire et pendant qu'il se tenait sur le palier, devant elle, il dit :

— Je t'ai menti et je te demande pardon. Je ne suis pas brocanteur, facteur non plus... Et il n'y a pas de lettre recommandée. Je peux entrer ? S'il te plaît...

Elle le regardait, incrédule, qui refermait la porte.

— C'est vrai, je suis flic. Tu as dû le deviner. Ou plutôt j'étais flic quand je t'ai invitée au cinéma. Mais je l'ai oublié quand nous nous sommes aimés. Ce n'est pas le flic qui te téléphonait le soir. Qui a essayé, sans résultat, de te téléphoner depuis trois jours.

Elle se laissa embrasser et, sous le peignoir qui l'enveloppait, il sentit son corps consentir au repentant.

— Je ne peux pas rester, dit-il en caressant ses cheveux bouclés. On m'attend en bas. Je t'appelle cette nuit. Tu me répondras, cette fois ?

Il fut troublé de la voir qui, d'un revers de doigts, essuyait une larme. Doucement, il posa son index sur ses lèvres. Ne rien dire maintenant. Surtout, ne rien dire. Il l'embrassa encore, aima ses lèvres fraîches et, avant que l'ardeur ne l'emporte, trouva refuge sur le palier. Il s'arrêta, arracha son regard à la ceinture légère, en tissu clair, qui par une boucle, une simple boucle, retenait la cotonnade, dévala les escaliers jusque dans la rue. Des escaliers de bois, mangés par l'eau de Javel comme ceux de la maison de sa grand-tante... Au diable l'eau de Javel ! Son cœur était à la douceur, son âme à Martine, mais son nez, hélas, et l'âcre goût dans sa gorge lui rappelaient sa gentille tante Séverine. Ce qui lui fit penser à la vieille dame de Courcelles-sur-Yvette. « Demain, demain je finis à dix heures... »

— Elle n'était pas là, lança-t-il en s'asseyant dans la voiture. Tant pis, on fera sans.

Il alluma une cigarette. Il allumait toujours une cigarette, après une forte émotion. Il n'allait pas l'expliquer à Pavleski... Misérable Pavleski ! Il lui en voulait, plus encore maintenant que l'autre matin, de lui avoir imposé la présence de Véronique. Sans elle, il aurait tout raconté à Martine. Enfin, il aurait essayé...

Cette fois, ils s'étaient garés devant la grille. Comme de vrais flics, sûrs de leur droit. Et de leur impunité.

— Je vais prévenir Mme la comtesse, dit Vabres en les faisant entrer.

— Ne la dérangez pas tout de suite, c'est un peu tôt. En attendant — la voix de Pavleski était susurrante —, on peut aller chez vous. Il fait bougrement frisquet...

Se méfiait-il ? Était-il sûr de lui ? Vabres était insondable, comme au premier jour. Ils furent surpris par l'agréable chaleur de la pièce, par l'ombre claire dont les bûches qui brûlaient dans la cheminée tachetaient les murs.

— C'est ma femme, dit le gardien, comme pour excuser un luxe superflu. Elle a toujours froid.

Voilà des années que Plissonnier avait oublié qu'une cheminée était faite pour brûler du bois ! Que ces espèces de consoles en marbre froid pouvaient bruire, laisser bruire et craqueter. Il s'approcha de l'âtre, défit sa veste de cuir, écouta le feu chanter en regardant le reflet sur ses mains tendues. Il s'en voulait de tracasser VV qui, après le bonheur de retrouver Martine, lui accordait celui d'un feu de cheminée.

Sur la lourde table de bois passée au brou de noix, quelqu'un avait posé un pichet en étain. Carrément laid, arthritique, dont le vide révéla à Pavleski qu'il avait soif. Ils auraient dû s'arrêter au « Trou normand ». Pressé d'en finir — il avait vraiment soif —, il attaqua d'emblée :

— Vous étiez au Carnaval. Vous nous l'avez caché...

La réplique fusa, tranchante, comme si l'évidence la commandait :

— Je n'ai rien caché. M'avez rien demandé.

— On a passé une heure avec vous. Ce n'était pas pour prendre le thé...

— Vous vouliez voir Mme la comtesse. Elle n'était pas là. Vous m'avez interrogé sur les réceptions, je vous ai dit ce que je savais.

— Eh bien on va se rattraper, maintenant. Vous étiez à Venise depuis quand ?

— Un jour avant, le 22 février.

— Et vous êtes reparti ?

— Le samedi 24.

— Vous êtes allé au Carnaval pour trois jours ? s'étonna Pav. Pour en repartir juste après l'assassinat de votre patron ! Et sans demander à sa femme si elle avait besoin de vos services en ces instants difficiles ?

— Savais pas qu'il était mort. La veille, M. le comte m'avait dit de retourner au château. J'ai appris ce qui s'était passé en arrivant ici.

Le bougre avait fignolé sa ligne de défense. Pav ne disposait pas d'éléments suffisamment précis pour le mettre dans l'embarras. Il fit signe à Plissonnier qui, lentement, se leva. De sa forte stature, il dominait le gardien, assis.

— Ton patron a été poignardé entre onze heures dix et onze heures quinze. Et, comme par hasard, tu as pris l'avion à quatorze heures quarante-cinq ! Et tu ne savais rien ? Tu veux nous faire gober ça ?

— Il faudra bien, puisque c'est la vérité.

— Alors pourquoi, interrogea le stagiaire comme s'il en avait connaissance, n'as-tu pas prévenu l'hôtel de ton départ ? La veille ? Comme on le fait chez les gens bien élevés ? Parce que tu es quelqu'un de bien élevé, n'est-ce pas ?

— M. le comte pouvait changer d'avis. Ça n'aurait pas été la première fois. J'ai attendu à l'hôtel toute la matinée et, comme il ne m'a pas appelé, j'ai fait mes bagages et je suis parti.

Il n'était pas idiot, le Victor... Qui, à l'hôtel, dix mois plus tard, pourrait se souvenir s'il était resté ou non dans sa chambre ?

— Tu allais souvent au Carnaval ?

— Quand M. le comte me demandait de l'accompagner ou de le rejoindre.

— Et quand il te laissait ici, il te ramenait une jolie poupée de Venise, en souvenir... Elles sont ravissantes... Tu aimes bien les poupées, mon grand ?

Plissonnier, qui ne trouvait pas prise sur et contre le gardien, cherchait à lui faire perdre contenance. Plutôt rustique, genre costaud, Vabres devait mal supporter qu'on le soupçonne de goûts efféminés... Alors il avait pris sur l'étagère l'une des figurines qui, avec l'œuf au plat de Dalí et le pichet sur la table, constituaient les seules décorations de la pièce. Une petite figurine rouge, avec une *maschera* blanche, comme on en voit chez tous les marchands de souvenirs de Venise. Vabres ne dit rien mais, pour la première fois, le policier crut voir passer dans ses yeux comme un signe de quelque chose...

Ce n'était somme toute qu'une impression. Pas de quoi en faire un plat. Et puis Plissonnier pensait surtout à Martine. Est-ce que Martine aimait les poupées ? Sur son sofa, il y avait la grande poupée en tutu... Ridicule. « Poupée de cire, poupée de son... », la chanson (de qui, la chanson ?) gratta sa mémoire. « Poupée de cire... » Et pourquoi pas ? Il saisit sur l'étagère une poupée un peu plus grande, au masque d'endive triste, habillée d'une robe noire. Une poupée morne. Qui n'était pas seulement sans vie... on aurait dit une poupée vénéneuse. Le genre d'objet qu'on n'avait pas envie de prendre en main.

Cette fois, Vabres réagit.

— Vous allez les abîmer ! Ce sont de vieux souvenirs. C'est à ma femme... Vous n'avez pas le droit...

Sous le tissu, à l'endroit du cœur et des membres, il y avait, quand on la regardait de près, les mêmes traces que sur le front, des petits trous... des trous minuscules. Ignorant les protestations du gardien, il tendit la figurine, visiblement l'œuvre d'un artisan malhabile, à Pavleski en lui montrant les pores qui trouaient la cire, avant de cueillir, derrière des santons colorés, une autre poupée, blême, habillée de gris celle-là. Là encore, sous le tissu triste, il distingua trois petits trous. À la hauteur du sexe.

— Tu ne nous as pas dit que tu pratiquais l'acupuncture, grimaça Plissonnier avec dégoût. Tu répondras qu'on ne te l'a pas demandé...

— Seulement, enchaîna Pav, sur des poupées, l'acupuncture ça s'appelle de la sorcellerie ! Ce qui va beaucoup intéresser M. le juge. Parce que de la tentative d'homicide par aiguilles interposées à l'application sur l'original d'une grosse épingle, cette fois, genre poignard — tu vois ce que je veux dire ? —, il n'y a qu'une différence relative. Disons que l'une mène à l'autre. Je dirais même que les petits trous que voici sont le signe patent de la préméditation.

— Je vous ai dit que c'est à ma femme. Elle a acheté ces trucs aux Puces. Jamais vu qu'il y avait des trous. Faut être vicieux pour les trouver.

— Eh bien, justement, nous on est des vicieux... Allez, lève-toi. — Pavleski asséna sa main sur l'épaule de Vabres. — On va faire un tour dans ta maison. Tiens, regarde, tu sais lire : ça s'appelle une commission rogatoire à fin de perquisition. Fais voir, t'as de jolies mains, tu sais...

Les menottes claquèrent en se refermant sur les poignets du gardien.

Vabres ne disait rien, faisait bouger ses paluches, remuait les doigts, visiblement étonné de leur emprisonnement. Il n'avait pas l'air inquiet, seulement malheureux de ne plus en avoir l'usage. L'albatros, songea Plissonnier, l'albatros qu'avaient pris les hommes d'équipage... Mais il n'y pouvait rien. Les réactions du gardien n'étaient pas prévisibles... pas plus que ne l'étaient, il le craignit un instant, celles de l'épaisse créature qui venait d'ouvrir la porte et qui, voyant les mains menottées de Vabres, se mit à gueuler : « Mais qui c'est ces deux-là ? Qu'est-ce qu'ils t'ont fait ? Je vais te les... » Quand elle comprit qui étaient « ces deux-là », elle dit : « Vous allez le laisser tranquille, n'est-ce pas ? Il n'a rien fait. Pourquoi vous lui mettez des menottes ? »

Vabres fut le premier à répondre.

— Tout ça à cause de tes poupées, lança-t-il à la femme.

— Les poupées ?

Il espérait qu'elle comprendrait. Qu'elle parlerait de sa collection de poupées... Pavleski avait remarqué le regard soutenu de l'homme, ses yeux plissés. Il le battit de vitesse avant qu'il n'explicite.

— Vous êtes sa femme ? Nous sommes désolés pour vous. Il paraît que c'est vous, dit le policier en désignant les figurines dévêtues, qui leur avez planté des épingles...

— Bien sûr que c'est moi !

— Que c'est beau, s'extasia le policier, l'esprit de sacrifice de l'épouse aimante... Que ce soit toi ou elle, continua-t-il avec une indifférence manifeste, quelle importance ? Madame ici présente vient de reconnaître que les petits trous ont été faits, ici, dans votre maison.

C'est l'essentiel. Quant au coup de poignard, ce n'est certainement pas Madame qui l'a donné !

Et comme elle ouvrait la bouche...

— Toi, la ferme, suffit comme ça ! tonna l'époux. L'écoutez pas, ajouta Vabres en direction des policiers. Dit n'importe quoi.

La femme se laissa tomber sur le tabouret, devant la cheminée. Son lourd tablier gris, plissé entre ses fortes cuisses. On aurait dit ces grosses pierres dans le lit des rivières, érodées, usées par l'eau. Elle ne savait quoi faire... regardait son homme avec, dans ses yeux marron, cette note de tendre reproche que l'épagneul témoigne à son maître qui lui a filé une taloche.

— Vous vous mettez là, dit le policier, inquiet de la voir si près du tisonnier, en la forçant à s'asseoir à la table. — Il se ravisa. — Non... Je ne vous veux pas ici. Vous allez remettre cette convocation à votre patronne — il lui tendit un pli. Elle viendra nous voir lundi. Et vous aussi. À quatorze heures toutes les deux. Et je vous conseille de ne plus débiter de sornettes, sinon vous allez vous retrouver en prison vous aussi.

— Mais vous n'allez pas l'amener, supplia-t-elle. Pas comme ça ! Je vais lui préparer des choses...

— On lui laissera le temps de prendre ce qu'il faut. Filez, maintenant. Et ne remettez pas les pieds ici avant cet après-midi.

Il ne savait pas très bien, en la renvoyant, s'il voulait se débarrasser d'elle ou de son chagrin.

Et la tournée commença. Précédés par Vabres, les deux policiers montèrent l'escalier intérieur vers l'ancienne mansarde, à mi-étage, transformée en chambre à coucher. Éclairée par une lucarne à même le toit, elle jurait avec la pièce du bas ; des abat-jour roses, une tapisserie figurative aux couleurs claires donnaient à l'ensemble un cachet presque joyeux. Sur l'une des tables de nuit, il y avait des fleurs. Des fleurs artificielles, mais des fleurs quand même. Télé et vidéo étaient installées là, entre le bas du lit et la balustrade en bois. Le couloir ainsi aménagé dans l'archaïque penthouse conduisait, à droite, vers un cabinet de toilette qui ne révéla pas de secret. À gauche, fermé par un rideau, un réduit avait été transformé en garde-robe. Et là, dans la partie où les habits de Victor étaient rangés et soigneusement suspendus, une longue robe noire détonnait. La portait-il avec le chapeau à forme conique, noir lui aussi, posé sur le rayon du haut, derrière deux casquettes ? Habit de sorcier ? Travesti pour Venise ? Pour accueillir les mystérieux invités des soirées masquées ?

— C'est quoi, ça ? interrogea Pavelski.

Vabres regardait ses mains prisonnières, ne disait rien.

— T'as pas entendu ? Le capitaine t'a causé... Tout à l'heure tu diras encore qu'on ne t'a rien demandé !

— J'ai rien à dire. — L'homme était redevenu impénétrable. — Sinon que vous vous trompez.

Mais c'est de retour dans la pièce du bas, dans la salle austère où les bûches finissaient de brûler, que les policiers firent la découverte la plus intéressante. Dans la grande armoire normande, derrière deux bouteilles de calva, un voile sombre couvrait des pelotes de crin et de laine percées d'épingles, un collier de dents ocre — Pavleski crut reconnaître des crocs de renard —, des tablettes avec des signes mystérieux bordant des étoiles à six ou cinq branches — « J'ai dû voir ça chez les francs-maçons », se rappela Plissonnier —, du charbon de bois troué de clous. Bref, l'attirail classique du sorcier des riantes campagnes de France. Et d'ailleurs.

— Ça vient des feux de la Saint-Jean ? demanda Pav en montrant le bois cramé.

Il n'obtint pas de réponse. À genoux, il sortit du bas de l'armoire d'autres pelotes, des vieux journaux, encore du bois de la Saint-Jean. Et c'est alors qu'il vit, tout au fond, deux petites formes blafardes.

— Toi qui as des gants, tu veux bien t'occuper de « ça » ?

Plissonnier se baissa pour retirer, nues (avant que Mme Vabres ne les habille de noir ?), deux poupées de cire. Mâles. L'une petite, maigre, presque filiforme et chauve, l'autre plus forte, avec sur le crâne une touffe d'herbes séchées. Des épingles trouaient les yeux, la bouche, le cœur. Beaucoup d'épingles... Les deux policiers se regardaient. Ils ne souriaient pas. Voilà des millénaires que le fronton du temple de Delphes recommande : « Connais-toi toi-même ! » Mais on a beau être sûr — comme le sont, disent les sondages, un peu plus de la moitié des Français — que la sorcellerie est une arnaque, on n'éclate pas forcément de rire quand on se re-connaît dans un modèle réduit, vacillant au reflet des flammes mourantes de la cheminée, avec une épingle dans le ventre plantée...

Pavleski sut rompre le silence avec des mots qui, pour une fois, trouvèrent grâce aux oreilles du stagiaire.

— Ça n'a pas marché ! dit-il à Vabres. On est de retour chez toi, les yeux grands ouverts, le cœur vaillant. Et nous, tu vois, on n'a pas besoin d'aiguilles pour t'épingler. Nous, on fait que chanter : Des p'tits trous, toujours des p'tits trous et puis un grand trou... Et M. le juge dira comme nous que tu as assassiné d'un coup de poignard le comte Alexandre de Feltes, à Venise, le samedi 24 février 2001, entre onze heures dix et onze heures quinze.

— Je n'aurais dû l'interroger que demain. C'est vraiment pour te faire plaisir que je me le suis fait amener tout à l'heure...

Le Clec racontait à Fix l'interrogatoire du gardien :

— Le dénommé Victor Vabres, qui, nous l'avons appris à la suite d'un fax de la police italienne, était présent à Venise au moment de l'assassinat du comte, a regagné Paris aussitôt après... Si bien que le capitaine Pavleski et le lieutenant... Tu te rappelles son nom ? Très bien ! donc le lieutenant Plissonnier...

— Je peux voir leur rapport ? coupa Fix.

— Non, imagine-toi qu'il faut leur laisser le temps de rédiger... En attendant, je te résume.

Il parla des poupées percées, des aiguilles que « le bonhomme avait plantées dans un petit Pavleski et un minuscule Plissonnier ». *Pfuit...*, faisait la pipe. Il regarda ses notes, grommela que c'était vraiment « parce que tu as insisté. Ah oui, ils ont trouvé une robe noire et un chapeau assorti, mais dans ses affaires à lui ! pas à sa femme ».

— Tu peux me rappeler l'heure à laquelle Vabres a quitté Venise ?

— Quatorze heures quarante-cinq. C'est en tout cas celle qui était annoncée pour le vol. Je ne sache pas qu'il ait été retardé...

— Et tu ne peux rien obtenir de plus du gardien ? Il jure qu'il était à l'hôtel au moment du crime ?

— C'est même la seule chose qu'il est prêt à dire. Quand je lui demande s'il a un alibi, qui a pu le voir, samedi matin, dans sa chambre d'hôtel, il répète qu'il est innocent. Ils le disent tous...

— Et le chapeau, il était comment ?

— Quel chapeau ?

— Avec la robe noire...

— Ça, mon cher, je n'en sais rien. Tu es tout à fait sûr que ça a une importance ?

— Je vais partir, dit Fix. — Il s'était levé. — Il faut que je vérifie un détail. Demain tu auras le compte rendu des deux policiers ? Tu vas interroger la veuve ? Toujours sans te commander, peux-tu vérifier si elle est intervenue pour empêcher la garde à vue du gardien. Tu m'as bien dit qu'il a quitté Venise avec l'avion de quatorze heures quarante-cinq ?

— Exactement... Et si tu veux connaître le numéro de son siège, ironisa Le Clec en le menaçant du tuyau de sa pipe, pour tenter une *guematria*, je le demande à la compagnie d'aviation !

Comme on le pratiquait à Babylone, comme le pratiquaient les Grecs et les gnostiques, il arrive au Talmud — ainsi qu'à ses épigones en tous siècles et en tous lieux — de chercher une correspondance, une *guematria*, entre un mot et la valeur numérique attribuée à chacune de ses lettres. Et vice-versa ! Un système épatant qui permet d'obtenir tout ce qu'on veut... Le propos de Le Clec n'était pas innocent : il traduisait son exaspération. Fix posait des questions sans queue ni tête — c'était à proprement parler le cas concernant le chapeau —, insistait pour connaître un détail sans importance, se faisait répéter des chiffres qu'il avait déjà notés et prenait des airs mystérieux !

Le magistrat n'avait pas tort et Fix ne se sentait pas à l'aise, loin de là, dans le rôle qu'il assumait. En sa qualité de simple citoyen, il estimait pouvoir, ou devoir, prendre certaines initiatives que la République refuse à ses serviteurs de la magistrature et de la police. Si Le Clec avait deviné son dessein, s'il avait soupçonné le rabbin de vouloir jouer, sur le terrain, à l'apprenti flic, il aurait aussitôt mis le holà en lui refusant toute information. C'est pourquoi, pour dérouter son informateur, Théodore Fix, le plus rationnel et le plus cartésien des rabbins, se donnait des airs de voyante extralucide. Le Clec ne s'était pas aperçu du camouflage. Déçu, invoquant le seuil d'incompétence, il considérait que le talmudiste était incapable de remplir la mission pour laquelle il s'était proposé. Se sentant coupable de l'avoir embarqué dans cette galère, il se pliait aux caprices du rabbin qui, loin de le détromper, profitait de la situation.

Avec Boulay, ça n'avait pas marché. Fix se méfiait du policier. L'avant-veille, en prenant un ton badin, le premier avait remarqué : « C'est fou le nombre d'aliments en conserve pour chiens... Vous croyez qu'à la campagne aussi, tiens, chez les de Feltes... ils leur donnent des conserves ? » L'autre avait dit que non, « parce que la comtesse ne supporte pas les chiens ». Mais à peine avait-il répondu qu'il dardait un regard appuyé sur le questionneur. « Vous me demandez ça pourquoi, monsieur le rabbin ? » Il s'en était sorti en disant : « Comme ça... » avant de parler météo ! Depuis, il l'évitait, craignant que le policier ne devine sa façon de raisonner.

Que Boulay raisonne juste, il en avait eu la preuve le matin même en se rendant boulevard Jourdan, sonner au domicile d'Anne Benveniste — dont l'adresse figurait dans le premier et long rapport que les Italiens avaient adressé à Paris. La concierge dit que les Benveniste avaient déménagé, jura qu'elle ignorait leur nouvelle adresse. Et le billet de cinquante francs qu'il lui avait tendu — maladroitement, rougissant comme un adolescent à son premier amour ou son premier péché — ne l'avait pas éclairé pour autant. Elle l'informa pourtant, le billet empoché, « qu'*une inspecteur*, elle m'a montré sa carte, parce qu'elle était très jolie et que je ne voulais pas croire qu'elle était de la police », était déjà venue. « Elle cherchait Hanna, Anne, comme elle disait. Mais qu'est-ce qu'elle a fait, une si gentille jeune fille, vous le savez, vous ? »

Ce que le juge venait de lui apprendre sur le gardien du château incitait Fix, de façon plus pressante encore, à mettre la main sur Hanna Benveniste. Le plus vite possible. On était mercredi, déjà, et la journée était presque finie. Et il n'allait pas, sûrement pas, se laisser faire par la « Véro », dont Pavleski ne cessait de parler dans ses rapports et qu'il croyait pouvoir identifier avec « *cette inspecteur* qui était si jolie ».

— Bonjour, chérie !

Fix n'avait pas enlevé son pardessus. Penché sur le téléphone, il cria : « Tout va bien ? » avant d'interroger : « Comment s'appelle ta copine de la porte d'Orléans, oui, la femme du rabbin ? » Il éprouvait quelque remords à n'avoir jamais cherché à rencontrer son jeune collègue. Il n'avait pas le temps... les malades qu'il fallait voir, les visites qui n'en finissaient pas, les cours à préparer et à donner. Les enterrements. Quelques mariages, aussi... Et les divorces ! Toujours plus de divorces, des infidélités conjugales avec les drames qui s'ensuivaient... le problème des enfants. Sans parler des réunions assommantes, inutiles, avec son conseil d'administration ou le Consistoire. Et tant de livres qu'il n'avait pas lus ! Finalement, l'autre aurait pu être le premier, prendre l'initiative de faire connaissance d'un ancien !

Sa femme avait répondu quelque chose depuis la cuisine.

— Comment ? cria-t-il. Je t'entends mal... Muryel ? Non, pas elle ! Son mari... C'est quoi son nom de famille ? Azoulay, tu dis ? Tu me donnes son numéro ?

— Ton humble servante a les mains dans la farine... — Elle avait ouvert la porte qui donnait sur le couloir pour se faire entendre. Et maintenant, il ne l'entendait que trop. — Alors, continua la voix, si tu veux des beignets, et si tu ne veux pas te faire honnir par tes petites-filles, ta Grandeur fera l'extrême effort de regarder elle-même dans le carnet d'adresses sous la lettre A.

Ses petites-filles ! Il avait complètement oublié qu'elles venaient allumer les bougies de Hanoukka... Après, il y aurait les cadeaux, les jeux de la toupie traditionnelle qui n'en finiraient pas et les inévitables beignets. Il adorait Isabelle et Myriam, sept et six ans. Il supportait même leur père — et son gendre. Mais comme disait l'un de ses amis, un grand-père connaît deux moments de bonheur. Lorsque ses petits-enfants arrivent. Et lorsqu'ils partent. Et ce soir, il aurait hâte de les voir partir... Ah, on décrochait !

— Je peux parler au rabbin Azoulay ? demanda-t-il.

— Il est à la synagogue. C'est de la part de qui ?

— Il reviendra quand ? C'est très urgent...

— Il a une fête communautaire. C'est Hanoukka, vous savez, la fête des Lumières... — Il avait la voix aiguë et chantante des pieds-noirs. — Il ne rentrera pas avant dix ou onze heures. Peut-être même à minuit. Qui le demande ?

— Vous êtes madame Azoulay ? Vous connaissez ma femme... Je suis Théodore Fix.

— Le mari d'Élisabeth ? Comment va-t-elle ?

— Je vous remercie, elle va très bien. Mais...

— Faites-lui toutes mes amitiés...

« Tu te calmes, tu te calmes... » Il prit dans la boîte cubique, près du téléphone, l'une des petites feuilles de couleur, en fit une boule avec sa main droite, lentement, lentement...

— Bien sûr... Madame Azoulay, je vous en prie, dites à votre mari...

— Il sera ravi de vous connaître...

— Vous êtes tout à fait aimable. Peut-être pouvez-vous me renseigner vous-même... Vous connaissez les Benveniste qui habitent boulevard Jourdan, pas très loin de chez vous ? Ah, ils ont déménagé... Et vous ne savez pas où... Non, rien de grave... Dites-lui, je vous prie... Vous ne savez pas où il est ? Non, je parle de votre mari ! C'est ça, dites à votre mari de me rappeler. Dès qu'il rentre. À n'importe quelle heure. Vous avez mon numéro, n'est-ce pas, oui... celui de ma femme. Exactement. C'est très important...

Il l'assura derechef qu'Élisabeth lui rendait toutes ses amitiés et, lâchement, exploita un instant d'accalmie pour raccrocher. Les premiers effluves des beignets arrivaient à lui. On avait pris ça aux Russes, qui l'avaient pris aux Scythes, qui l'avaient pris aux Sarmates, puis aux Goths, aux Huns, aux Khazars... Toujours et partout la même peur à l'approche du solstice d'hiver. Alors on cuisaient des « soleils chauds » qui deviendraient des *blinis*, des *latkess*, des beignets. Pour le rendre jaloux et faire revenir l'astre qui partait... Devant la fenêtre il prépara les quatre bougies qu'il allumerait tout à l'heure. Une lumière de plus, chaque soir, depuis la première. Jusqu'à la huitième, dimanche soir... « En souvenir des miracles », dit la bénédiction qu'on récite alors... Ah ! les miracles ! Le miracle s'accomplirait-il, dimanche soir, pour la dernière lumière ?

Tout ce petit monde était parti un peu après dix heures. Il avait eu tort, une fois de plus ! de croire qu'il n'avait pas le temps... Isabelle et Myriam avaient allumé les bougies, chanté les bénédictions. Coquettes, fines, si belles aux reflets de la flamme. Tous avaient repris en chœur les refrains de la fête. Ils avaient mangé, joué... Il en avait oublié Alexandre et Geoffroy, Vabres et la comtesse. Même Wasach ! Son gendre, chercheur au CNRS, s'était mis en tête de lui faire un exposé sur les soufis « qui sont des doux, ceux-là. Rien à voir avec les sunnites, les wahhabites ou les chiites. Ils ne feraient pas de mal à une mouche ». Pourquoi, s'était-il demandé en évitant de s'en s'ouvrir au conférencier, la douleur infligée à une mouche serait-elle la plus basse sur l'échelle des souffrances ? Les deux femmes s'étaient assises comme toujours sur le petit canapé... Pour parler... Il ressentait encore dans ses jambes ces légers tressaillements que lui procurait l'alcool, sans doute parce qu'il en prenait rarement. Mais il n'avait pas su résister à Isabelle, femelle jusqu'au bout des ongles, à sept ans !

minaudant sur ses genoux : « Fais-nous l'Indien, s'il te plaît. » Il avait dit non, elle avait insisté : « Juste cette fois, grand-père... Pour Hanoukka ! » Et la petite, bien sûr, s'y était mise aussi.

— Laissez grand-père tranquille, avait rouspété leur mère.

Elles ne le laissèrent pas.

Alors il but un petit verre de Cointreau, se cacha le visage avec les mains, fit « un, deux, trois » et les regarda, en faisant les gros yeux. Elles avaient peur et riaient en même temps. Et elles l'applaudirent comme s'il était un authentique Fratellini. Comme quoi, même une allergie peut faire rire. Le Talmud ne disait pas le contraire, qui affirmait que « rien dans le monde ne fut créé inutilement ». Il le disait à propos des mouches, justement ! D'autant que, les médecins le juraient, cette grosse traînée rouge sang qui barrait son front, comme si on l'avait enduit de peinture, chaque fois qu'il buvait une goutte d'alcool, était sans danger. On lui avait expliqué que, l'alcool étant vasodilatateur, l'acné, ou la couperose dont il était atteint, devenait visible sous l'effet de la boisson. Cela ne le dérangeait pas car il n'aimait pas l'alcool.

Minuit déjà... Élisabeth était partie se coucher. Il s'était mis au Talmud. Sans cesser d'épier le téléphone. Il reprit le passage sur lequel il peinait depuis trois nuits. Comment faisaient ceux qui, en plus de leur tâche habituelle, prétendaient apprendre chaque jour une page, recto-verso, le *daf yomi* ? C'est vrai qu'ils le terminaient au bout de sept ans, mais le Talmud, Fix en était convaincu, ne tient pas la route sur une piste de course ! Le téléphone, enfin !

— Comment, oui, c'est moi... non, il n'est pas tard ! Je vous entends à peine, que dites-vous, vous avez mal à la tête ? Vous changez de poste ! Bien... je ne quitte pas... Voilà, là ça va mieux ! Vous disiez « elle n'était pas mal la fête ! ». Ah ! ah ! Je n'avais pas compris. Moi, c'est demain, la fête ! Oui, au Centre communautaire... Je vous remercie de m'avoir rappelé. C'est très important, sinon je ne vous aurais pas dérangé à cette heure. Je dois parler aux Benveniste, à l'une de leurs filles. Ah ! ils n'en ont qu'une... oui, Hanna. Je m'étais dit que vous la connaissiez puisqu'elle mange cachère. Non, ce n'est pas pour un mariage... Pas à minuit, tout de même !

Azoulay était gentil, serviable... Embarrassé aussi, parce qu'il avait promis à M. Benveniste de ne communiquer à personne ni sa nouvelle adresse ni son numéro de téléphone.

— Albert Benveniste... est traumatisé, expliqua-t-il. Il était tout jeune quand ses parents ont été déportés. Parce que leur nom figurait sur le fameux fichier juif. C'est la seule personne que je connais qui n'a ni CCP ni compte en banque. Il s'est débrouillé, je ne sais comment, pour obtenir le téléphone sous un autre nom. Il a la phobie de figurer sur une liste, et je l'ai vu pâlir quand je le blaguais en lui disant qu'il figurait certainement sur la liste très exclusive des gens qui ne sont sur aucune liste ! Il s'est marié sur le tard, d'abord il n'a pas voulu avoir d'enfants et maintenant il n'a plus qu'un souci, c'est de marier sa fille pour avoir des petits-enfants. Et voilà que cet été, au retour de la synagogue, il a trouvé dans sa boîte aux lettres un article à la gloire d'Arafat. Ça n'a pas arrangé les choses... Alors, quand il y a eu le coup de Ben Laden, il a complètement disjoncté. Il a fallu l'hospitaliser et, quand il est sorti, il a déménagé. Je veux dire qu'il a déménagé physiquement... Je dois être l'un des rares à qui il a confié son nouveau numéro de téléphone et son adresse. Je ne doute pas de votre discrétion, mais je ne me sens pas autorisé...

— Je ne vous le demande pas ! dit Fix. Je ne veux surtout pas l'effrayer. Mais je dois de toute urgence parler à sa fille. Pouvez-vous me rendre ce service, j'insiste, c'est de la première importance, de demander à Hanna de venir me voir demain ? Si vous tombez sur le père, racontez-lui que c'est pour un mariage... Non, ce n'est pas une bonne idée, elle ne voudra pas l'écouter...

— Laissez-moi faire, répondit Azoulay, si elle n'est pas en vacances — elle part dès qu'elle peut... vu l'atmosphère pesante de la maison —, je me débrouillerai. En tout cas je vous promets de faire le maximum.

Fix était fatigué, le Cointreau peut-être. Un café ne servirait à rien. Il ne l'empêchait jamais de s'endormir. Le chauffage central commençait à faiblir et le froid s'installait. Il est gentil, le jeune Azoulay. Mais comment fait-il pour supporter sa bavarde de femme ? Bah, je l'ai peut-être mal jugée... Tant pis, je n'avancerai pas, cette nuit. Et Fix referma le traité Sota du Talmud de Babylone.

Il allait se lever. C'était amusant, avec Azoulay. J'avais compris qu'il avait mal à la tête ! Ça arrive quand on parle au téléphone et qu'on ne voit pas la réaction de l'autre. Et...

Fix resta songeur, sa fatigue glissait, filait... Il ne la sentait plus. Il sortit son petit calepin orange. Se mit à écrire.

« C'était par téléphone ! Baruch avait dû parler du Messie à la porte de Rome. Dans une conférence ou à la radio... Et on lui a téléphoné pour lui demander si le Messie venait aussi à Venise. Il a sorti quelque chose dans le genre "Bien sûr ! Parce que *Veni vidi vici*... Je suis venu, j'ai vu, j'ai vaincu" ! Puis il a éclaté d'un gros rire et l'autre n'a pas insisté. »

Il referma le carnet. Le rouvrit et, sur la page suivante, nota : « Si Az. parvient à joindre Hanna, j'aurai une coudée d'avance sur Boulay ! »

Puis il revint à la page précédente, ajouta, en soulignant d'un gros trait :

« L'assassin sait que si Baruch lit l'interview de Boulay il se rappellera la réponse qu'il lui a faite. Et à qui il l'a faite ! »

14

Fix veillait à ne pas se retrouver seul dans son appartement avec une visiteuse et, comme il aimait sentir la présence de sa femme, il appliquait cette règle avec méticulosité. Souvent, le conseil demandé faisait appel au bon sens, à l'écoute, à un simple sourire. Ou concernait des questions justement féminines, liées aux lois conjugales. Alors, il chargeait Élisabeth de recevoir à sa place. « Je gagne sur tous les fronts », remarquait-il. Mais, aujourd'hui, il la voulait en réceptionniste « et sans états d'âme, s'il te plaît ».

— Je vais mettre un petit tablier blanc et ferai une jolie révérence, comme ça...

Elle joignit le geste à la parole, avec sur les lèvres l'expression compassée d'une servilité à toute épreuve.

— Je t'en prie... La personne que j'attends doit avoir l'impression de se présenter devant un tribunal ; il faut un tantinet l'intimider. Alors tu la fais attendre au salon, comme si c'était, disons... la salle d'attente de ton dentiste, sans te sentir obligée de lui demander la recette de la tarte aux kiwis. Il est même inutile de lui dire qu'il ne fait pas très beau, mais que le ciel se dégagera sûrement. Et passé cinq minutes, tu l'introduis dans mon bureau.

Elle haussa les épaules, lui tira la langue et sortit.

Le jeune Azoulay était plus que serviable : efficace.

« J'ai réussi à dénicher Hanna, lui avait-il annoncé. À Paris-V, où elle est censée étudier. Ne me remerciez pas, j'aime bien le Quartier latin. La cour de la Sorbonne, ses couloirs... Elle était très intriguée... Je ne le suis pas moins, d'ailleurs ! Remarquez, elle ne s'est pas laissé démonter. Comme je n'ai rien pu dire sur l'objet de votre... convocation, elle m'a demandé si vous étiez un agent secret et si le Mossad se mettait à marier les filles contre leur gré... Elle m'a promis d'être chez vous à quatorze heures. » Fix s'était confondu en remerciements, sans donner les explications que son collègue espérait...

— Je vous sais gré d'être venue, mademoiselle. Veuillez vous asseoir.

Et comme Hanna lui tournait le dos, Fix en profita pour adresser un clin d'œil à sa femme qui restait surprise, malgré tant d'années d'une commune complicité, de sa mutation. Il avait troqué sa kippa de couleur contre un bonnet noir qui tenait de la toque et, sur sa chemise blanche, enserrée dans un gilet sombre, un large nœud papillon, noir lui aussi, ajoutait à la sévérité du personnage. Sans elle, sans l'expression solennelle du visage, lui dirait-elle plus tard, elle l'aurait volontiers pris pour un garçon de café. La table derrière laquelle Fix était installé avait également changé d'apparence. Au lieu des monticules de livres d'où dépassaient mille papiers, il n'y avait qu'une bible. Une bible... d'apparat, avec une forte reliure argentée, cadeau d'un paroissien reconnaissant — et dont Fix avait cru ne jamais avoir l'usage.

— M. Azoulay m'a informée que vous souhaitiez me voir de toute urgence. Alors j'ai accouru sans me changer...

Hanna semblait dire que rien, pas même un jean déchiré sur un collant rouge, ne pouvait l'empêcher de rendre service. Mais ses yeux trop brillants sous les paupières qui battaient trop vite indiquaient que sa curiosité n'aurait pas supporté un détour par sa garde-robe.

— Je souhaite, mademoiselle, que vous me parliez d'une question importante, grave. Votre témoignage a orienté une enquête de police...

— Mon témoignage ? s'étonna-t-elle. Mais je n'ai jamais eu l'occasion de témoigner...

— Il y a dix mois, vous avez assisté à un meurtre. À Venise...

L'indication avait fusé, nette, précise, et Hanna était abasourdie. Pour elle, l'affaire appartenait à un passé révolu. Elle lui paraissait totalement étrangère. Et sans le moindre rapport avec les préoccupations qu'elle prêtait à son questionneur.

— Je croyais pouvoir oublier tout ça... Le commissaire de Venise me l'avait promis. Mais d'où savez-vous que j'étais sur le lieu du meurtre... que je n'ai pas vu d'ailleurs ? Je ne l'ai raconté qu'à ma mère... peut-être encore à une amie.

— Le 24 février, en plein carnaval, vous avez vu, place Saint-Marc, avancer un baldaquin sous lequel était installé un personnage déguisé en prélat.

Fix, qui voulait maintenir la tension, n'avait pas répondu à sa question. Peut-être, aussi, se laissait-il griser par son rôle de voyante extralucide. Ou de gourou, qui s'accordait davantage avec sa fonction.

— Je ne sais plus la date exacte, c'était un chabat matin...

— Pouvez-vous m'indiquer, continua-t-il, dans quelle direction ce personnage regardait ? Selon le mouvement du corps, le regard portait-il en avant ou dans votre direction ?

— Il était masqué, vous savez. Je ne me rappelle pas...

— Vous le pouvez ! Voyez-vous, mademoiselle Benveniste — il fit un geste en direction des in-folio derrière lui —, le Talmud rapporte que lors de l'interrogatoire d'un témoin, dans une affaire de meurtre comme la nôtre, le tribunal demanda à un témoin de décrire exactement la queue des figues poussant sur l'arbre dont l'une des branches avait servi à porter le coup mortel ! Étaient-elles de telle espèce ou de telle autre...

— Je ne voudrais pas m'engager, mais j'ai eu l'impression que l'homme...

— La victime ?

— Oui, que la victime me regardait. J'ai peut-être eu tort...

Hanna s'en souvenait bien, en vérité. Elle avait été flattée d'attirer l'attention du type en rouge. Elle s'était même dit, après coup, que, grâce à sa présence, il avait emporté dans l'autre monde une autre image que celle du fantôme aux yeux morts... Elle n'osait le dire au rabbin. Et peut-être craignait-elle de s'impliquer dans une affaire qui ne la regardait pas.

— Et qui était avec vous, ou autour de vous ? demanda Fix.

— Il y avait une grosse femme déguisée en libellule. Celle-là je m'en souviens bien... Des déguisements classiques, un homme habillé en pingouin...

— En pingouin ?

— Oui. Et puis un autre qui venait du Moyen Âge... c'est lui qui a couru chercher un médecin. Une sorte de Bourgeois de Calais avec l'accent anglais. Ah ! et aussi Harry Potter...

— Vous voulez parler de ce jeune garçon qui est devenu enchanteur ou sorcier... Avec une robe noire et un chapeau pointu ?

— Justement, ce qui m'avait frappée, c'est que ce n'était pas un jeune garçon. On voyait que c'était un adulte...

— Il s'est adressé à vous, il vous a parlé ? Dans quelle langue ?

— Il ne m'a pas parlé... Vous savez, mon souvenir est très vague.

Ce qui m'a étonnée, au contraire, pensait Hanna, c'est qu'il soit resté immobile, qu'il n'ait pas bougé après le meurtre. Comme s'il s'était transformé en statue...

— Vous me disiez que c'était un adulte ?

— Oui, comme la libellule... Je vous explique : une libellule, c'est tout fin, tout léger. Je ne l'aurais pas remarquée si ce n'avait été une grosse dondon... Vous me suivez ? C'est la même chose pour Harry Potter. Vous avez parlé d'un jeune garçon... Et c'est bien l'histoire d'un jeune garçon que raconte le livre. C'est comme ça qu'on le voit sur la couverture. Mais, à côté de moi, c'était un adulte déguisé en Harry Potter. Il n'était pas gros, mais il avait quelque chose de massif. Sous le loup — il portait un loup —, on voyait une forte mâchoire...

— Et vous êtes sûre qu'il était déguisé en Harry Potter ?

— C'est ce à quoi il m'a fait penser. Cela dit, je ne sais pas s'il y a un modèle déposé...

Elle sourit et Fix fut tenté de l'imiter. Il résista.

— Donc, si j'ai bien compris, résuma-t-il, le prélat venait sur votre droite, mais il tournait légèrement la tête, regardait dans votre direction, c'est-à-dire qu'il vous regardait, vous, mais il pouvait aussi bien fixer l'un des personnages que vous avez évoqués...

— C'est... effectivement possible.

On la sentait hésiter. L'idée que le malheureux s'était plu à en reluquer une autre l'indisposait.

— Et le fantôme, donc l'assassin, où était-il pendant que le baldaquin approchait ?

— Il venait de l'autre côté de la Piazzetta, face à moi...

— Donc le cardinal qui regardait dans votre direction ne pouvait pas le voir ?

Elle approuva d'un signe de tête. La curiosité qui l'habitait avait fait place à de la gravité. Comme si l'interrogatoire du rabbin la rendait un peu responsable de la tragédie, parce qu'en la lorgnant la victime n'avait pu, de ce fait, apercevoir l'assassin et s'en protéger...

— Et, continuait Fix, vous avez reconnu le fantôme qui était venu frapper à la vitre du restaurant ?

— Je n'ai jamais dit que c'était un fantôme. Il en avait l'air... Mais il faisait nuit et il était dehors, dans la rue ! Ensuite il a disparu. Ce dont je suis sûre, c'est qu'il avait les mêmes yeux morts et qu'il portait lui aussi un masque jaune. C'était le même déguisement, le bâton aussi...

— Cependant, vous ne pourriez jurer que, sous la *bauta*, il y avait la même personne... C'est ça ? Je vais vous demander encore un effort, mademoiselle. Souvenez-vous. Vous m'avez parlé d'un individu déguisé en Harry Potter. Ce qui vous a frappée, c'est qu'au lieu d'être un enfant le personnage était « massif ». C'est bien le terme dont vous avez usé ? Venons-en maintenant au meurtrier à la *bauta*. Vous l'avez vu qui partait après son forfait. Vous l'avez vu boiter... Diriez-vous, là encore, dans ce cas précis, que c'était un homme « massif » ? Sa claudication le gênait-elle pour avancer ?

— Il boitait, c'est certain... Mais il était agile, il avançait vite. Il ne lui a pas fallu beaucoup de temps pour disparaître sous les arcades. Vous connaissez la place Saint-Marc ? Elle est bordée d'arcades des deux côtés...

— Je vois très bien la scène, mademoiselle... Je m'interroge seulement sur la corpulence du personnage que vous avez vu fuir. Était-il massif ? Est-ce que l'homme était gros ?

— Ah non, il n'était pas gros.

— Ç'aurait pu être un jeune garçon, comme le Harry Potter du livre ?

— Non, il était plus grand...

— Et une femme ? Une femme qui se serait coiffée d'une *bauta* ? Imaginez une femme, qui boite, qui s'aide d'un bâton pour fendre la foule. Sous le masque, une légère gaze noire ne la gêne pas pour voir...

Hanna resta silencieuse. Fix ne dit rien de plus, attendant qu'elle réponde.

— C'est possible, fit-elle enfin. Cela correspond davantage, maintenant que vous m'y faites penser, à n'importe qui d'autre...

— Mademoiselle Benveniste, dans cette pièce, il y a vous, moi et la bible posée sur le bureau. Je ne vous demande pas de prêter serment et vous n'êtes pas en face d'un tribunal. J'aimerais toutefois que vous réalisiez le caractère solennel du moment...

— Croyez que...

— Permettez-moi de finir ! L'homme qui a été assassiné n'est pas la seule victime de ce forfait. Quand Dieu s'adresse à Caïn après le meurtre d'Abel, il lui dit — ce sont les paroles de la Tora : « *Les sangs* (au pluriel !), *les sangs* de ton frère crient vers moi. » Et quand les Sages du Talmud siégeaient pour juger un meurtrier, ils citaient cette phrase, conjurant les témoins d'être conscients que l'individu soupçonné avait versé *tous les sangs,* c'est-à-dire les sangs de tous ceux dont la victime aurait pu être l'ancêtre, génération après génération. Inversement, en cas de condamnation, leur témoignage pouvait provoquer la mort non pas d'un... individu, mais d'un *homme,* donc de l'humanité entière puisque celle-ci était issue du seul *Adam.* Toutes proportions gardées, je vais vous demander d'assumer votre rôle de témoin, de vous lever, et de me confirmer que les réponses que vous avez faites sont exactes ou, pour être tout à fait précis, vous paraissent exactes. Que vous ne gardez pas par-devers vous le moindre détail de la scène qui pourrait modifier l'image qui ressort de vos descriptions. Je vous prie de me le confirmer avec les sentiments qui seraient les vôtres si vous vous teniez devant un *sanhédrin* pour prêter serment...

Il se leva à son tour, posa la main sur la bible, comme pour s'associer à son propos.

— Je promets, dit-elle, en le regardant droit dans les yeux, que je ne garde aucun secret et qu'à moins d'avoir été influencée par vos questions, les choses se sont bien déroulées comme je l'ai dit. Mais vous ne m'avez toujours pas expliqué...

— Eh bien, je vous remercie, mademoiselle. — Il lui sourit, pour la première fois. — Maintenant, si vous le voulez bien, nous pouvons prendre un café.

— Je ne voudrais pas vous déranger... Cependant pourriez-vous me dire quel rôle vous jouez, pourquoi c'est vous...

— Vous ne me dérangez pas... Au contraire. Ma femme se joindra à nous pour le café. Ah, c'est notre secret, pas un mot devant elle ! Dites-moi, Hanna, vous permettez que je vous appelle Hanna, vous étudiez quoi ?

Et c'est ainsi que Hanna Benveniste repartit sur le coup de quinze heures sans en savoir plus sur ce drôle de rabbin avec son nœud papillon noir. Elle se promit de cuisiner le petit Azoulay... Ce sera plus facile, pensa-t-elle.

Quant à Fix, il paraissait d'excellente humeur à Élisabeth, turlupinée quand même, oh, juste ce que dame Nature exigeait, par l'effet produit sur son mari par cette jeune personne qui ne savait pas recoudre un jean. Alors quand il lui dit que, samedi soir prochain, il n'était plus tout à fait sûr de la déposer à la gare comme prévu — elle devait partir à Strasbourg, assister dimanche à la fête de Hanoukka de ses petits-enfants d'Alsace, chez qui il la rejoindrait pour les vacances d'hiver —, elle demanda :

— Et samedi soir, tu te débrouilleras sans soubrette ?

Il rit. L'embrassa. Mais elle se rappellerait plus tard

que son baiser s'était prolongé... Comme si le rire cachait une émotion, une tendresse retenues.

— Dis-moi, reprit-il, la corde de ma jeunesse alpine existe toujours ? J'ai promis de la prêter au plus jeune des Le Clec. Elle est au grenier, c'est ça ?

Ils possédaient une chambre de bonne au septième, sans eau ni électricité. Ils n'y avaient jamais entrepris les travaux nécessaires pour la louer et s'en servaient comme d'une remise. Surtout pour les vieux livres, des romans qu'il ne relirait plus, mais que ni lui ni sa femme n'avaient le cœur de céder. Elle dit oui, la corde était toujours accrochée près de la fenêtre.

— Remarque, ajouta-t-elle, je ne sais pas dans quel état elle est ni si elle peut toujours servir. Il ferait aussi bien de s'en acheter une neuve...

— Je monte, fit-il, puis je file chez le juge. Tu seras surprise, quand je te raconterai... La clé du grenier est où ?

— À sa place ! Ça fait vingt-cinq ans qu'elle est au même endroit.

Il avait anticipé son agacement, la provoquant comme s'il éprouvait le besoin de sa réprimande. Parce qu'il s'en voulait de lui mentir... Mais le temps manquait pour aller courir les magasins spécialisés. Et cette corde lui rappellerait sa jeunesse. Les escalades dans la forêt de Fontainebleau ! Et les tartines, à quatre heures, avec une grosse barre de chocolat... De toute façon, si elle l'avait vu prendre la clé, elle lui aurait demandé ce qu'il allait fabriquer au grenier. Il aurait dû mentir, là encore. Elle aurait pu, aussi, le surprendre dans les escaliers, la corde sur l'épaule... Elle l'aurait toisé sans ciller, en demandant, toujours impassible, si l'ascension n'était pas trop risquée...

Apparemment, la corde n'avait pas souffert du temps... elle ! Saurait-il encore, ne serait-ce qu'un peu, tenter une escalade ? Pour la dépoussiérer, il secoua par la fenêtre la lourde pelote de chanvre, se dit qu'on devait fabriquer plus léger, aujourd'hui, et sortit de l'immeuble.

Depuis qu'il avait acheté une voiture d'un jaune criard — le marchand avait été étonné par ce client peu soucieux de la marque du véhicule pourvu qu'il soit jaune ou orange « avec peut-être des traits noirs comme un zèbre ? » avait-il précisé —, il la repérait du premier coup d'œil, sans avoir à noter sur un bout de papier, qu'il ne retrouvait jamais, où il l'avait garée ! Il planqua la corde dans le coffre, pressa le pas jusqu'au métro. Le vent s'était levé, le soleil ne réchauffait plus rien, se cachait derrière la clarté blafarde des après-midi de décembre. Il n'aimait pas l'hiver, le froid le martyrisait. Pourtant il chassa l'idée d'un taxi dans la rue bouchonnante. De Saint-Sulpice à Cité, le métro prenait moins de sept minutes.

Par chance, Le Clec ne lui inspirait pas le même genre d'inhibition qu'Élisabeth. En présence du juge, qui ne pouvait soupçonner son état d'esprit, la tromperie paraissait tonifiante... La botte secrète grâce à laquelle il l'emporterait tout seul !

— Alors, ta *guematria* ? Ça avance ? Parlons sérieusement. *Pfuit...*, fit la pipe. On est à trois jours de la *deadline*, puisqu'il faut bien s'européaniser à l'américaine. Dans l'après-midi de demain commence chabat et, comme je te connais, tu ne voudras rien faire. Tu es allé jusqu'au bout... Personne ne peut rien te reprocher. Tu ne crois pas qu'on devrait avancer l'autopsie ? Pense un peu à la famille qui n'a pas encore pu enterrer ce malheureux...

— Je ne cesse d'y penser, soupira Fix. Et souvent je me demande si j'ai le droit de me mêler de tout ça. Mais il me reste une petite chance, une dernière vérification. Dimanche matin, je t'appelle chez toi. Si j'ai un empêchement, je t'envoie un fax. À sept heures, avant de partir pour l'office ! Tu n'oublieras pas de regarder l'appareil en te levant ? C'est sûr ?

— Promis, je regarderai. Mais pas de rébus, cette fois ! Tu m'informes clairement de ce qu'il en est !

— À ce propos, demanda Fix, tu devais me raconter comment la comtesse a réagi. Est-elle intervenue pour empêcher l'arrestation de Vabres ?

— J'ai posé la question à Pavleski. L'épouse Vabres attendait dehors. Effondrée, elle pleurait. Quant à Isabelle de Feltes ci-devant de Montclair de Brines — tu reconnaîtras que je n'oublie pas la moindre particule —, elle faisait mine de la consoler. Elle lui conseillait d'être « raisonnable »... Des mots qui ne veulent rien dire. À aucun moment elle n'est intervenue auprès des policiers pour leur demander de surseoir. Elle n'a rien dit concernant Vabres, comme si elle admettait le fait que le bonhomme était le meurtrier de son mari. Cela dit, personne n'a trouvé de motif qui expliquerait son acte. Et le Vabres en question est tellement renfermé sur lui-même qu'on ne sait pas ce qui a pu se passer dans sa tête. Alors, pour tenter de le comprendre, on enquête sur son activité de sorcier. On a envoyé une stagiaire dans le coin, voir pour qui ou contre qui il plantait des épingles et prononçait des sorts.

Fix, qui s'était assis, jouait avec un presse-papier en marbre garni d'un petit globe en bronze.

— Ce n'est pas très prudent, dit-il, de laisser ces choses-là à proximité de tes visiteurs...

Puis, comme si cet objet contondant l'y faisait penser, il demanda une photocopie du parchemin où on voyait la trace de sang, « simplement une photocopie de la photocopie, puisque l'original doit être à Venise ».

— Tu n'y penses pas ! Je n'ai pas le droit de te communiquer une pièce de l'instruction.

— Tu ne me communiques aucune pièce... Le texte

a paru dans l'interview de Boulay. J'ai une dernière vérification à faire, je te l'ai dit, vraiment la dernière... Tu me l'as rappelé : je n'ai plus le temps d'entreprendre autre chose !

— Peux-tu m'expliquer ce que tu veux faire de cette photocopie alors que tu en connais le texte par cœur ?

— Je te le dirai dimanche... C'est promis. — Il prit un air embarrassé. — Quand j'étais jeune, j'ai un peu étudié la graphologie : elle peut révéler certains détails...

— Irène ! — Le Clec avait actionné la touche de l'interphone avant de hausser les épaules. — Apportez-moi le dossier de Feltes. Merci !

La secrétaire entra.

— Non, ne partez pas, vous allez nous faire une photocopie de cette pièce-là...

— Telle quelle, s'il vous plaît, précisa Fix. Je veux dire : sans que vous l'agrandissiez. Format cent pour cent ! Vous êtes tout à fait aimable.

Le Clec ne disait rien, mais le regard qu'il portait sur son ami, sur ce malheureux ami auquel il voulait bien consentir un dernier caprice, se passait de commentaire.

Mon cher Yves,

Si ce fax te parvient, c'est que je dois être dans une situation embarrassante. Au poste de police (de Vernon ?) ou, ce qui me déplairait encore davantage — mais serait plus significatif — retenu contre mon gré au manoir de la comtesse. Je compte sur toi, d'abord pour excuser mon incartade, et surtout pour me sortir de là le plus tôt possible... Afin de me faire pardonner je t'indique d'ores et déjà pourquoi, et précisément la nuit dernière, j'ai tenté de (dans l'hypothèse « poste de police ») ou réussi à... pénétrer dans le domaine de Feltes.

Fix était fourbu. La veille, ç'avait été au tour de sa communauté d'organiser la traditionnelle fête de

Hanoukka. Il n'avait pu échapper ni au rallumage des bougies ni aux cantiques qu'il avait déjà chantés à la maison. Il avait dûment félicité Mme Ben Gaska pour ses beignets, résistant à l'envie de lui dire qu'ils étaient trop gras et qu'il ne s'étonnait plus de l'énormité de son anatomie. Souriante madone, sa femme l'avait calmé — à grand renfort de pincements sur le bras — tout le long du discours présidentiel. Quand l'orateur en vint à Judas Maccabée et qu'à son exemple « vous, mes chers enfants, saurez allumer la flamme de l'espérance qui déjà brille au bleu du firmament étincelant », il se mit à applaudir, pour forcer la péroraison, jusqu'à acculer le président de sa communauté, les bras en V, à cet ultime questionnement : « Veilleur, où en est la nuit ? » Impulsé par d'ostentatoires Loubas, la salle répondit : « Machia'h, Machia'h, Machia'h... » sur un air qu'il serait malséant de qualifier d'endiablé. Mais au lieu de susciter son « Messie », cet appel au Messie ne changea rien au répertoire de la chorale : Haendel, comme à chaque Hanoukka, célébrait « Judas Maccabée... le héros du jou-ou-ou-our... ! — Chante sa gloire, célèbre sa valeur... » reprenaient les chanteurs accompagnés par une guitare qui, pour attester sa présence, reprit, seule, les dernières notes de l'oratorio. Suivit la partie théâtrale : quatre (longues) scènes, préparées par les élèves de Fix, qu'il ne pouvait pas ne pas acclamer. Et quand, après moult compliments aux organisateurs de cette si belle soirée, il avait pris le bras d'Élisabeth pour partir, l'aimable et bavarde Mlle Amélie, née Bloch et restée Bloch, demanda « si Monsieur le rabbin voulait bien la déposer, juste derrière la tour Montparnasse, dans ma maison de poupée ». Ensuite, ils avaient tourné un bon quart d'heure avant de trouver à se garer. Bref, il était rentré trop tard pour se mettre devant son ordinateur et c'est avec effroi, ce vendredi matin, qu'installé devant son Mac il voyait tourner les aiguilles de la pendule sur la cheminée. Tant de choses restaient à faire avant que le début du chabat, à seize heures déjà ! en ce jour le plus court de l'année — il ne le savait que trop ! —, ne lui interdise le moindre ouvrage. Il avait demandé à sa femme de ne lui passer personne « sauf Le Clec, si par hasard il téléphonait, et sois gentille, je n'ai vraiment pas le temps (il faut que je termine un truc important) de m'apporter un café ».

Dès le début de cette affaire, je me suis laissé guider par deux idées : les règles de Rabbi Yichmael (cf. la guezéra chava *— tu te rappelles ?) et la vieille morale biblique.*

La huitième des treize règles de Rabbi Yichmael énonce que les caractéristiques d'un élément n'ont pas pour objet d'indiquer une donnée particulière qui le concerne, mais l'ensemble dont il provient. En extrapolant : la nouvelle lune (notamment) dont le parchemin fait mention éclaire un tableau d'ensemble qui devait être familier à son auteur. Certes, les phases de la lune déterminent le calendrier hébraïque. Mais que l'auteur du parchemin s'y réfère d'emblée au lieu d'écrire « 1er Adar » exigeait pour le moins qu'on y réfléchisse. Or, la nouvelle ou la pleine lune accompagnent les histoires de fantômes, de sorcières, de vampires, de Dracula... j'en passe et des pires. Quand tu m'as confirmé que l'anniversaire de... Mme Andrieu avait bien lieu à la nouvelle lune la plus proche du solstice d'été, et que les dates des livraisons de Leblanc, selon l'état qu'il a fourni, coïncidaient, à deux ou trois jours près, avec celles du solstice et de l'équinoxe d'hiver, j'ai eu la preuve d'avoir vu juste. Internet m'a été d'un grand secours. J'y ai découvert une sorte de secte, avec un grand prêtre, qui prétend représenter la plus vieille religion du monde, parce qu'elle associe le culte de la Lune et du Soleil.

Généralement, les livraisons du traiteur avaient lieu le samedi... pour le « sabbat » cher aux sorcières ! La vengeance juive, le cimetière juif, le Ghetto et ses mystères appartiennent à un même fonds, alimenté par une fantasmagorie antisé-

mite, plus ou moins consciente, qui intègre aux messes noires et autres cérémonies du même type, des étoiles à cinq ou six branches et des lettres hébraïques. Toi qui, naguère, avais interdit la mise en vitrine des Protocoles des Sages de Sion, *tu aurais dû te souvenir de ses premières pages, de la scène dans le cimetière juif de Prague, à minuit, quand sortent des tombes les fantômes des douze tribus d'Israël. Les précurseurs du KGB qui avaient fabriqué les* Protocoles, *pour détourner la colère de leurs compatriotes sur les juifs, connaissaient bien ces délires antisémites.*

Fix hésita. Le temps courait si vite. Il s'arrêta néanmoins, fit tourner son siège de manière à se retrouver devant son bureau et dans son carnet orange nota : « L'inspecteur italien avait raison : Hebrei avec un H, c'est du latin. Mais si la comtesse l'a écrit, c'est parce que sa mémoire avait enregistré l'inscription *latine* (il souligna "latine") qui figure sur la pierre au-dessus du charnier des pestiférés de 1631. Donc elle connaît le cimetière. Si B. avait emporté le livre comme je lui ai proposé, il aurait vu la photo ! » Il ferma le carnet et, d'un mouvement tournant, retourna à son ordinateur.

J'en viens à la Bible : elle proclame le caractère insupportable de l'infidélité conjugale. Bien sûr, je parais ringard, dans le Paris libéré... Mais ne t'y trompe pas. L'infidélité est rarement innocente, elle laisse des traces. Et en fin de compte, toutes ces traces, qui ne sont pas immédiatement décelables, forment une tache indélébile. Le Talmud considère que l'adultère est la conséquence d'un « esprit de folie » qui a « pénétré » le couple. Il évoque le « ver dans le fruit », une désagrégation progressive des individus. Ceux-là peuvent rechercher à réparer, ou à légitimer leur inconduite en se plongeant dans le culte du mal, du Molekh biblique et autres messes noires... Si, me disais-je, le meurtre d'Alexandre de Feltes a pour origine l'infidélité conjugale, sa femme, bien davantage que quelque cocu occasionnel, devenait le suspect numéro un.

Ce que nous avons appris de la présence à Venise de VV, puis de son départ précipité, m'en a fait douter un instant. Mais outre le fait que j'imagine difficilement le gardien du manoir, tel qu'il m'a été décrit, susceptible de mettre au point un montage sophistiqué, avec parchemin d'époque, pour assassiner, sans motif apparent de surcroît, le maître qui l'emploie, je suis arrivé à la conclusion que Vabres n'était pour rien dans cet assassinat. J'ai eu la confirmation (je crois avoir damé le pion à l'ami Boulay !) qu'en son habit de sorcier VV se trouvait à l'endroit même de l'assassinat d'Alexandre de Feltes parce que c'est là qu'il devait recevoir de son maître, qui en ignorait la véritable teneur ! le parchemin qui, je te le rappelle, ne portait pas, sur l'extérieur visible, le nom de son destinataire. Vabres a dû se dire (l'a-t-on aidé ? peut-on l'en blâmer ?) que la police ne le croirait pas et que, personne ne pouvant la prouver, il valait mieux nier sa présence sur le lieu du crime.

Voilà pourquoi, ce samedi soir, je confie ces notes à mon télécopieur. Le calendrier indique que nous sommes juste après l'apparition de la nouvelle lune ; c'est aussi le dernier samedi avant le solstice d'hiver. Je suis persuadé que si la comtesse s'est passée du foie gras de Leblanc, elle n'a pas pour autant renoncé à sa cérémonie, mais que, pour échapper à une surveillance de la police, le culte a lieu ailleurs. Et puis ce samedi soir, c'est mon dernier délai pour t'apporter la preuve de sa culpabilité. T'avouerai-je que les confidences de la jeune Martine m'ont mis en appétit ? Sans doute me suis-je laissé influencer, aussi, par Umberto Eco... Dans la bibliothèque fermée aux vieux livres sans couvertures dont elle a parlé et que j'ai hâte de découvrir, je trouverai, entre autres, parce que ça ne court pas les rues et qu'on n'a pas dû l'acheter pour la circonstance, le codex sur vélin du XV*e siècle dont on a arraché la page pour fabriquer le faux de Beniamino ! C'est pourquoi je t'ai demandé une photo du manuscrit, une*

photo au format, sur laquelle devraient apparaître les traces du déchirement. Je vais faire coïncider les déchirures ! Cette pièce devrait suffire à confondre la comtesse.
À bientôt. À très, très bientôt, j'espère !
Ton ami Théodore Fix, qui te demande pardon de t'avoir gâché ton dimanche.

Il ne data pas. Le fax s'en chargerait. Il imprima le texte et ajouta à la main :

Si par extraordinaire (un accident de... voiture est vite arrivé) je devais disparaître, tu trouveras dans mon carnet sur mon bureau, dans le premier tiroir droit, les notes complètes. Pas le temps de rédiger + que ce fax. Tu trouveras aussi dans le carnet (avec une couverture orange) l'adresse d'Hanna Benveniste. Elle te racontera. Salut !

Il glissa les feuilles dans son tiroir, sous une pile de dossiers. Jamais Élisabeth ne le questionnait sur ses activités rabbiniques et il n'y avait pas de raison qu'elle ouvre le meuble. Cependant, l'exception confirmant la règle, il préférait mettre son texte à l'abri d'un regard. Samedi soir, il programmerait son fax pour sept heures du matin. Mais il espérait bien en retirer ces pages, dans la nuit, à son retour de... mission.

Samedi soir ! Il ne pouvait s'empêcher d'y penser. En attendant... il allait parler de quoi, cette fois dans son sermon ? La lecture biblique de ce chabat 15 décembre raconte l'histoire de Joseph se faisant reconnaître par ses frères après avoir fait cacher sa coupe dans le sac du plus jeune. Il ne dit qu'en ces temps de terrorisme, le texte de Zacharie, fixé pour le chabat de Hanoukka, convenait davantage à l'actualité. Il expliquerait la vision du prophète, celle du candélabre d'or, nourri par deux oliviers, suivie des instructions données à Zorobabel, le chef militaire de l'époque : « Ni par la puissance, ni par la force, mais par mon esprit, dit L'Éternel-des-Armées. » Encore que les choses ne sont pas aussi simples. Moi, j'ai le beau rôle ! Celui du discoureur de gauche, généreux, pacifiste. Sur le terrain, rien n'est facile. Ni à Sion, ni à Kaboul. Il referma sa bible, jeta quelques notes sur le bristol qui lui servait de pense-bête.

Il avait juste le temps d'avaler un morceau et de préparer les six bougies sur son candélabre à lui... Il resterait deux bougies à allumer, samedi soir, dimanche soir... Saurait-il durant ce chabat, si différent des autres qui le protégeaient, qui l'isolaient des soucis quotidiens, saurait-il vaincre l'inquiétude, et aussi l'impatience qui l'habitaient ?

15

Pas plus que le rabbin Théodore Fix, le lieutenant de police Plissonnier ne sut résister, ce samedi-là, à l'impatience. Qu'il tenta de tromper avec *Les Jolies Choses*, titre prémonitoire à sa nuit normande. Pour dire vrai, il avait cherché un film, n'importe lequel, qui se terminerait aux alentours de vingt et une heures pour arriver à Monteil après le service de Martine. Pav — mais oui, Pav, en pleine crise de bonté ! — avait été d'accord pour aller seul, dimanche, chez Leblanc. Plissonnier avait espéré un long week-end quand, patatras ! le capitaine fut mis à disposition du commandant Verbois, qui pensait en finir avec le gang des faux euros. Tant pis pour dimanche ! Un p'tit bout de paradis jusqu'à l'aube valait quand même un aller-retour sur la Suzuki. Malgré une météo désastreuse.

Jolies Choses... tu parles ! Suicide et jalousie. Pas de quoi vous rendre gai. Le vent fouettait son visage, la pluie se faisait grêle, la grêle se faisait neige. Plissonnier prêta davantage attention à la route devenue glissante. Après Verneuil, la circulation ralentit. Un autre, en amont, avait dû être moins attentif. Il se faufila entre les voitures qui, maintenant, roulaient au pas, ralentit encore, pesta contre la bourrasque froide et fut contraint de mettre pied à terre. Il pensa à la vieille dame. À cause de la Clio jaune citron, arrêtée sur sa droite. Elle était occupée par un drôle de petit homme avec un nœud papillon, coiffé d'un béret basque ! Il tambourinait sur son volant avec l'air excédé de celui qui est pressé. La vieille dame l'avait accueilli, vêtue d'une robe de ce même jaune criard. Pour effacer les ans... Quant au fantôme, il ne s'était pas manifesté. « C'est bizarre, avait-elle dit, il a dû vous voir arriver. » Il la soupçonnait d'avoir inventé son fantôme pour parler à quelqu'un au téléphone. Elle avait sorti un joli service. Du Limoges avec des fleurs. Thé vert et savarin. Délicieux. « Je l'ai cuit pour vous », avait-elle dit. Il était resté pour regarder les photos. Pauvre petite vieille ! Elle l'avait supplié de revenir. « À cause du fantôme... » Il n'avait pas osé refuser.

Il était plus de onze heures quand il traversa en trombe les rues de Monteil. Avant de monter chez Martine, il se débarrassa du caoutchouc qui dégoulinait. Elle le guettait, courut à sa rencontre dans l'escalier et se blottit entre ses bras sans se soucier de la pluie qui mouillait ses cheveux, son visage. Le petit appartement dans lequel, tendrement enlacé, il la poussait, était merveilleusement chaud et Martine était belle. Elle riait d'être heureuse. Sur la table, deux chandelles rouges faisaient briller le col d'une bouteille de champagne en son seau. Le fumet qui s'échappait du coin cuisine augurait d'un tête-à-tête savoureux. Il lui sut gré d'avoir préparé à dîner et de ne pas les forcer à ressortir. Ils avaient tant de choses à se dire. Ils se les dirent longuement, avant de s'attabler et s'aimèrent, longtemps, en se mettant au lit. La lingerie de Martine resta au tapis. De soie d'azur, cette fois, qui évoqua à Plissonnier la flore et l'ornithologie. Il l'appela « mon bel oiseau bleu », « mon bleuet ». Et encore : « mon canard sauvage ». Il se réveilla, sans se souvenir d'avoir vraiment dormi, une minute avant que le cellulaire ne sonne. Sans bruit il ramassa ses habits, s'habilla dans le couloir. Sur le point de partir, il permit au rayon de lumière qui s'échappait de la porte d'éclairer le visage joli de Martine sur l'oreiller en boule. Il éteignit, enfin, refermant l'appartement avec les clés qu'elle lui avait données. Le café brûlant, juste avalé, ne l'empêcha pas de frissonner en s'asseyant sur la selle encore trempée. Dans le matin qui brouillait la nuit, la clarté trouble des lampadaires lui fit regretter d'avoir abandonné ses études d'histoire. Plus particulièrement celle des Rois fainéants dans leur litière. Alors, pour chasser le cafard, stimulé par ses fesses mouillées, il se mit à chanter, envieux : « Le bon roi Dagobert a mis sa culotte à l'envers. » La pétarade de la Suzuki imposa le silence au bon saint Éloi.

Il fit un détour par le manoir. Dans le bourg, avait dit Martine, on racontait que le gardien était un vrai sorcier. Même les arbres l'écoutaient. On les voyait, devant sa maison de bois, qui, au petit matin, en hiver, traçaient dans le ciel le nom de ses victimes — que le curé d'avant, on le jurait, mais lui c'était un vrai curé, en soutane et tout, avait exorcisées. Alors, puisqu'on était en hiver et au petit matin — il ne le savait que trop —, Plissonnier s'en allait observer le trait des arbres sous le vent. Une note à ce sujet dans un rapport annexe ne pouvait qu'améliorer cet autre rapport susceptible de confirmer son avancement. Il s'arrêta sur le terre-plein devant l'entrée du château, là même où, quatre jours plus tôt, Pav et lui étaient descendus de voiture. Le ciel grisaillait ; il ne voyait pas grand-chose. Il convint cependant qu'en écartant les nuages blanchis par l'aube naissante, la pointe des sapins noirs pouvait donner l'impression, à qui le voulait, de tracer quelques contours, avant que le vent ne fasse table rase en délayant le message dans le ciel plombé. Il remonta en selle. Il allait atteindre la départementale quand son phare éclaira une carrosserie jaune. Jaune citron... La voiture était blottie sous les fourrés. Il s'arrêta. L'instinct du flic ! Lentement, il fit marche arrière, s'aidant de ses pieds pour tenir l'engin en équilibre. C'était bien une Clio B. « La » Clio. Pourquoi stationnait-elle à proximité du manoir ?

Et pourquoi pas, finalement ! Dictée par le bon sens, cette réflexion finit par l'emporter. Elle l'emporta, aussi, parce que la bourrasque reprenait, que le stylo et le carnet qui jamais ne quittaient le policier étaient profondément enfouis sous la veste de cuir qu'il aurait dû, pour relever le numéro d'immatriculation de la voiture, déboutonner sous une pluie battante. Et puis, s'il voulait être à l'ouverture chez le marchand de macarons, il lui fallait foncer. Ne plus perdre une minute ! Après tout, sa mission était d'interroger la fille au training bleu. Pas de verbaliser les voitures en stationnement douteux.

C'était bien Théodore Fix que le policier avait aperçu, du côté de Vernon, bloqué dans sa Clio et de fort mauvaise humeur. Le rabbin arriva à Monteil bien plus tard que prévu, se gara en hâte, sous un bosquet, avant même d'arriver au manoir. Afin de dissimuler la voiture au cas où la châtelaine rentrerait plus tôt qu'il ne le prévoyait. Il défit son nœud papillon qu'il abandonna sur la banquette, prit dans le coffre sa bonne vieille corde, un gros anorak, et se mit en marche dans l'intention de franchir le mur. Il évita la grille, longea l'enceinte, sûr que plus loin, au fur et à mesure qu'il avancerait dans le sous-bois, loin des allées fréquentées, il trouverait une brèche ou, pour le moins, un endroit où l'escalade serait plus aisée.

Heureusement, la pluie se faisait moins agressive ; le froid, en revanche, l'incommodait. Il perçait ses gants de laine, le forçait à se moucher, ce qui retardait sa marche. Une marche qui n'en finissait pas, autour d'un mur toujours aussi haut, garni de tessons de verre et parfaitement entretenu. Il tenta sa chance, là où le sol formait un remblai, alors que les éclats de verre étaient moins apparents. Mais il avait préjugé de ses forces. D'abord la corde ne voulut s'accrocher à rien, ensuite, quand par miracle elle fit mine de tenir, ses pieds glissèrent maladroitement sur la surface lisse et mouillée du mur. Il allait renoncer quand, brusquement, il tomba sur une porte étroite, en fer ! Le genre de découverte qui n'arrive qu'en rêve. Ou qui vous fait croire aux miracles. Encore aurait-il fallu qu'elle soit ouverte, parce que Fix ne s'était pas équipé d'un jeu de clés — qu'il aurait été bien en peine de se procurer. Avec une coupable légèreté, il en convint, il s'était dit qu'en cassant un carreau du rez-de-chaussée, il pourrait entrer dans la demeure. À sa grande stupéfaction, la porte en fer n'était ni verrouillée ni fermée à clé ! Elle s'ouvrait sans grincer.

Certes, comme d'autres, le Talmud affirme : « Aide-toi, le Ciel t'aidera » ! Mais allez savoir si le Ciel y était pour quelque chose ! Qu'une enceinte, en soi difficile à franchir, coiffée de bouts de verre et autres gracieusetés pour empêcher toute intrusion, s'ouvre aussi simplement que la caverne d'Ali Baba, parce qu'une porte annexe n'était pas fermée à clé, tenait de la bouffonnerie. Et si, après une courte hésitation, Fix entra quand même, c'est bien parce que le comique de la situation était le plus fort. Pour un peu, il en aurait oublié le froid et même la pluie qui reprenait de plus belle.

Il fut surpris, de nouveau surpris, de voir allumée une lampe au bout du chemin qui, sur sa gauche, conduisait au manoir. Un piège ? Droit sur les oubliettes ? Ayant refusé de céder à la raison, il n'allait pas consentir à la peur qui, maintenant, le taraudait ! Quand, au-dessus de sa tête, il entendit crier une chouette, il ne put s'empêcher d'ébaucher un mouvement de recul. Une chouette ? Il était incapable d'identifier le chuintement qui se répétait. Mais la présence d'une chouette complétait le tableau de manière idoine ! Il avança sans bruit, s'abritant derrière les troncs mouillés ; redoublant d'attention, il se faufila par la porte en bois entrebâillée. À l'intérieur, la chaleur était oppressante et, n'osant l'enlever, il se borna à déboutonner son anorak. Une lumière, une très faible lumière, tremblotait plus loin. Grâce à ses Reebok, il avançait sans bruit. Il entendait maintenant, toujours plus précise, une voix qui déclamait et comme l'écho d'un murmure. Le chœur étouffé d'une tragédie grecque ? Décidément, on ne fermait jamais les portes dans cette maison !

Le parfum pénétrant, tenace, de térébinthe, de musc et de pourriture, l'atteignit avant que le spectacle ne se présente à ses yeux. S'il avait vu juste concernant l'existence d'un culte satanique, si la date correspondait elle aussi, il dut admettre qu'il avait méjugé de l'importance donnée au lieu. Le manoir servait de sanctuaire à la secte et c'était là, et pas ailleurs, que la cérémonie devait avoir lieu ! Vêtue d'une cape de satin noir, le capuchon rabattu sur le front, Isabelle de Feltes — ce devait être elle — officiait devant une douzaine de bipèdes des deux sexes. Celui de la personne étendue nue, par terre, sur un tissu noir en forme de croix, n'offrait pas le moindre doute. Un coq noir, décapité, reposait sur son ventre, l'affublant d'un organe monstrueux. Agenouillé près d'elle, un servant barbouillait ses seins du sang qui suintait de la crête arrachée à la volaille. La tête recouverte de cagoules noires ou blanches, vêtus d'habits qui semblaient à Fix extravagants, les assistants formaient cercle autour de la femme en croix, tandis que, debout, à sa tête, un ciboire à la main, sous de gros cierges noirs et courts, la comtesse, en imprimant à sa voix les accents d'une profonde souffrance, ânonnait : « Aman, Lucifer et Alconor ! Vous qui, dans le feu du Soleil et le sang de la Lune, avez montré votre justice, nous vous en conjurons : que les misérables qui maintiennent en prison notre frère Victor, le serviteur d'Aglofos, soient contraints de vous obéir. Ou qu'ils tombent dans le fin fond des enfers, suivant la volonté toute-puissante de Satan. »

Fix allait rebrousser chemin, n'éprouvant plus que la hâte angoissante de retrouver sa Clio, quand il entendit marcher derrière lui ! Ses arrières étaient coupés, il lui fallait, sur-le-champ, trouver où se refugier. Une pièce semblait se dessiner en face, légèrement plus loin et en diagonale. Il s'engouffra, laissant la porte entrebâillée — c'était bien son tour ! — pour voir venir. Et il vit. Il vit une forme, elle aussi cagoulée, secouer un parapluie mouillé, qui avançait dans le couloir pour rejoindre l'assemblée. Alors il entendit une voix de femme — il crut reconnaître celle de la comtesse. « Je salue, annonçait-elle, notre frère Étienne, serviteur de Dracula, qui vient prendre part à cette messe. Une messe clandestine, réduite comme au temps des martyrs, à laquelle n'assistent cette fois que les plus fidèles de nos servants. Notre sœur Gisèle, servante de Lilith, peut maintenant vaquer à son service. » Aussitôt, un être corpulent, portant fusil en bandoulière, sortit du sanctuaire pour se diriger vers le parc. L'être traînait la patte, plus exactement il boitait. Fix ignorait de quel « service » il pouvait s'agir. Une immolation par chevrotines ? Le diable serait homme de progrès ! Il s'apprêtait à suivre sœur Gisèle, bien décidé à filer sans demander son reste, quand, en se tournant, son regard happa, provenant du dehors, la vague lueur d'un reflet ténu sur la porte grillagée d'une armoire. La bibliothèque ! La bibliothèque pour laquelle il avait risqué sa peau. Il aurait dû s'en souvenir : les confidences de Martine à ce jeune lieutenant de police dont le nom lui échappait précisaient que la bibliothèque était en face de la salle à manger, la salle qui servait de chapelle satanique !

Dire que le rabbin hésita serait exagéré. L'instinct livresque fut le plus fort. Et l'arrivée de frère Étienne, le

« service », quel qu'il fût, de sœur Gisèle, montraient bien que l'assemblée du diable n'en avait pas fini avec la crête du coq ! Il se dépêcherait, c'est tout, et partirait tout de suite après. Mais au premier rayon de sa lampe-torche sur l'armoire ouverte, Fix comprit qu'il s'était fourvoyé. Il s'était trompé sur toute la ligne ! Il n'y avait pas là la moindre chose qui ressemblât à un parchemin ou à un vélin. Ni rouleaux ni codex. Pas même, à première vue, une édition princeps ! Seulement de vieux bouquins, en mauvais état (« sans couvertures », avait dit Martine) et sur n'importe quoi : l'architecture, l'industrie, la mode, aussi. Une pile de cahiers et des plastiques pour les couvrir. Plein de plastiques de couleur. Et des romans. De Pierre Benoit, d'Anatole France... D'autres encore. Quelques frères Tharaud, du Drumont. Il était trop déçu pour apprécier la présence des *Protocoles des Sages de Sion* qui confirmait sa théorie des revenants dans le cimetière juif, à minuit... Encore que *L'Histoire du ghetto de Venise*, sur le même rayonnage, n'était pas sans signification. Mais il en aurait fallu davantage pour que des jurés, pas nécessairement au fait de la règle talmudique de la juxtaposition, y voient une preuve de culpabilité ! Il remarqua une bible qui portait les marques d'une lecture récente. La Bible du Rabbinat français ! Que diable venait-elle faire ici au lieu des dizaines d'éditions courantes ? À côté, il y avait un livre sur le lévirat et une revue scientifique qu'il ne connaissait pas, consacrée au même sujet. « Combien de fois j'ai dû expliquer dans mes cours, y compris aux adultes, que le lévirat n'a aucun rapport avec la tribu de Lévi ; que l'institution vient du mot latin *levir* qui signifie beau-frère ! » Il allait refermer l'armoire et disparaître quand l'idée lui vint. Mais bien sûr... Vite, il prit la bible en main, l'ouvrit là où une feuille blanche en guise de marque-page était serrée : Deutéronome, chapitre 25 ! Quelqu'un avait souligné d'un trait d'encre bleue (il fit la grimace : il détestait qu'on annote un livre autrement qu'au crayon...) ce verset : « Si des frères demeurent ensemble et que l'un d'eux vienne à mourir sans postérité, la veuve ne pourra se marier au-dehors, à un étranger ; c'est son beau-frère qui doit s'unir à elle. Il la prendra donc pour femme, exerçant le lévirat à son égard. » Tous les éléments se mettaient en place ! Il comprenait tout, absolument tout. Même le silence du frère... Si Geoffroy de Feltes avait raconté pourquoi il s'était rendu chez ce pauvre Baruch — que sa belle-sœur lui avait recommandé ! — pour discuter de la loi du lévirat, on l'aurait accusé d'avoir commandité l'assassinat de son frère !

Il était temps de déguerpir. D'autant que si Martine avait vu juste, le spectacle risquait de se poursuivre — sous une autre forme qui ne serait pas davantage à son goût — ici même, dans la bibliothèque. En passant, il jeta un dernier coup d'œil sur l'assemblée satanique et, en moins de deux, se retrouva dans le parc. Il ne vit personne, ne se dissimula plus, reprit la corde qu'il avait cachée dans un buisson et, lorsqu'il eut atteint la porte en fer, poussa un soupir de soulagement. Qui lui resta dans la gorge : la lourde était bouclée ! Il essaya encore, poussa, la tira à lui, en vain. Sa lampe torche le montrait : quelqu'un avait fermé la porte à clé. Et à double tour. Il se rappela le rapport du jeune lieutenant : Gisèle, c'était le nom de la femme de Vabres, celle qui « s'était cassé la guibole », avait-il dit. C'était elle, « sœur Gisèle, la servante de Lilith » ! On avait dû l'autoriser à participer à la prière adressée à Aglofos et consorts en faveur de son mari ; elle avait laissé la porte ouverte pour le retardataire qu'on attendait. Puis elle était partie « vaquer à son service » : boucler la porte, tout simplement !

Les exercices de corde lisse ne réussirent pas mieux du dedans que du dehors. Ils n'avaient pour effet que de fatiguer Fix qui, mis à part les quelques brasses accomplies de temps en temps dans la piscine de la tour

Montparnasse, avait perdu l'habitude des exercices physiques. Le vent soufflait fort, il tombait un mélange d'eau et de neige et chaque essai énervait un peu plus l'ancien grimpeur des rochers de Fontainebleau. Il se calma à l'idée que la troupe qui avait dû passer dans la bibliothèque finirait par décamper. Il tenterait de se faufiler avec les autres. Il veilla à proximité immédiate de la sortie, sous l'auvent que formaient les branches superposées d'un sapin et qui le protégeaient — symboliquement — de la pluie. Il y était bien depuis deux heures quand les lumières dans le jardin le forcèrent à se terrer un peu plus. Il était transi, ses pieds n'étaient que glace et le torturaient. Les petits satans et autres adeptes de Dracula sortaient du manoir, précédés par Gisèle. Ils couraient sous la pluie, vers la sortie. Il n'avait pas d'autre choix que se coucher dans la gadoue pour ne pas être découvert. « Bon courage », cria l'un. « Oui, bon courage », reprit une autre à l'adresse de la gardienne qui, pressée elle aussi, visiblement embarrassée par son parapluie ouvert et le fusil qu'elle trimballait, eut quelque mal à refermer la porte. Mais elle la referma. À double tour, de nouveau.

Fix n'avait rien pu tenter et, avec le cliquetis fatal du pêne pénétrant la gâche, le désespoir se glissa en lui. Dans la meilleure des perspectives, Le Clec lirait son message un peu plus tôt que huit heures. Il ne serait pas là avant dix heures et demie, bien après les pneumocoques qui, il y a deux ans, avaient cloué le rabbin sur un lit d'hôpital. Si seulement il avait été moins vieux jeu, s'il avait écouté ses enfants qui, depuis des mois, le pressaient d'acheter un portable. Mais l'idée d'être dérangé pour un rien, placé sous surveillance permanente, le mettait hors de lui.

Le réveil de sa passion anticellulaire lui fut salutaire. Il n'allait pas se laisser faire ! Ni par ses enfants ni par personne. Et certainement pas par un mur ! Il allait systématiquement contourner la propriété en longeant son enceinte. Il trouverait bien une sortie. Sinon la trouée qu'il avait espérée de l'extérieur, du moins une caisse, ou un escabeau... un arbre sur lequel il grimperait facilement afin d'atteindre le faîte du mur. Il se mit en marche, fouetté par le vent, par la neige fondue, peinant à porter la corde alourdie par l'eau de pluie. Le domaine était vaste. Beaucoup plus qu'il ne l'avait soupçonné. Il y voyait à peine. Il faillit tomber plus d'une fois, finit par tomber vraiment, quand la fatigue l'exposa aux racines des grands arbres qui dépassaient du sol. Il dut se rendre à l'évidence : Vabres faisait bien son travail. La place était dans un ordre impeccable, imprenable et, pire, infranchissable. La corde mordait son épaule ; elle ne servirait à rien. Il l'abandonna sous un buisson. Ah, si Boulay le voyait ! Il dirait qu'il ne l'avait pas volé... N'empêche qu'il n'était pas si malin, Boulay ! Il aurait dû regarder de plus près les livres de Geoffroy quand l'autre lui avait dit que, depuis la mort de son frère, il songeait « à perpétuer le nom des De Feltes » ou quelque chose de ce genre... Et quand la comtesse était revenue au château, dès le lendemain de la mort — suspecte — de ce pauvre Baruch, il aurait dû se douter de quelque chose.

Tandis qu'il marchait — et trébuchait —, Fix avait reconstitué le scénario. La comtesse qui connaissait bien les tendances de Geoffroy à un retour spirituel — comme d'autres retournent à la nature et se mettent à tondre des moutons pour filer la laine... — le serinait de « perpétuer le nom de son frère », comme dit la Bible des anciens Hébreux, par l'application du lévirat. Les Évangiles, eux, n'en font pas même mention et l'Église n'en a pas voulu. Alors elle avait téléphoné à Baruch pour lui demander conseil, peut-être même pour fixer rendez-vous à son beau-frère. Baruch avait dû reconnaître — et le dire — la voix ou la manière de parler de celle qui, quelques mois plus tôt, lui avait posé cette drôle de question sur le Messie à Venise (et à laquelle il avait répondu par un calembour qui l'amusait toujours !). Tout cela n'avait alors pas d'importance pour Isabelle de Feltes, puisque le dossier était classé ! Mais quand elle apprit que deux flics étaient passés chez Leblanc, elle se dit qu'ils pouvaient être amenés, aussi, à interroger Wasach. Et s'il se mettait à raconter que c'était une femme qui l'avait interrogé sur le Messie à Venise... tout son montage risquait de s'écrouler. Alors elle avait résolu de monter la garde autour du rabbin... Ce qu'elle faisait quand parut l'interview de Boulay. Elle y découvrit que l'autre lui avait répondu par un jeu de mots, qu'il s'était moqué d'elle, et sa fureur fut totale... Si jamais l'interview tombait sous les yeux de Wasach, elle était perdue, parce que les soupçons se porteraient sur elle, évidemment ! Si l'on découvrait en plus que, ses sollicitations aidant, son beau-frère envisageait de l'épouser... la suite était connue. Seulement la suite ! Le reste, ce que lui, Fix, venait de comprendre, Boulay ne le savait pas...

L'idée d'en remontrer au commissaire principal lui donna de nouvelles forces. Il lui fallut bien une heure pour atteindre l'entrée principale. Il examina le portail, comprit qu'il serait vain, dans l'état de harassement et de nervosité où il se trouvait, de tenter l'escalade. Il contourna la maison en bois des gardiens. Le toit qui faisait saillie sur l'arrière formait un abri. Et l'espace compris entre la maisonnette et les arbres contre le mur d'enceinte pouvait le cacher au regard de qui passerait dans le parc. En attendant Le Clec ! Alors, malgré le froid et le vent normand, trempé, physiquement épuisé, il s'assit sur un tronc coupé et presque sec. Un robinet le narguait... Comme s'il n'y avait pas assez d'eau ! pensa-t-il. Mais il sentit qu'il avait soif. Il but lentement, s'étonna que l'eau froide ne lui donne pas plus froid encore. Sa montre marquait six heures. Il ne pouvait ni s'empêcher de trembler ni résister à l'étrange engourdissement qui allait effacer les minutes sur le cadran... car, lorsque les premières lueurs du jour le surprirent, il aurait juré ne pas avoir dormi... Les *tephillin*, la mini-Tora sertie dans les boîtiers noirs que chaque matin il attachait sur son bras et fixait sur son front lui manquaient. Il savait par cœur l'essentiel de la prière matinale. Lentement, dans l'aube qui s'éveillait à la lumière normande, il prononça : « *Adon olam* — Maître du monde qui régnais avant que rien ne fût créé... À toi je confie mon âme, au coucher, au lever... » Hélas ! la chaleur de l'âme n'a pas d'effets immédiatement décelables sur le corps douillet des hommes des villes, gâtés par le chauffage central...

À l'avant, quelqu'un avait ouvert et refermé une porte. Il se recroquevilla, sans avoir le courage de se jeter à terre. Puis, ne sentant rien venir, il risqua un regard. Une grosse femme, Gisèle sans doute, toujours armée de son fusil, s'éloignait, traînant le pied, boitant, en direction du manoir. Il se dit que l'ami Victor étant retenu ailleurs, et même détenu, la chaumière devait être vide ! Il y trouverait, ne fût-ce que quelques instants, un peu de chaleur. Il n'aurait pas davantage de scrupules à priver la dame d'une gorgée de café chaud. Il n'hésita plus, entra dans la maisonnette. Ses murs n'étaient pas de pain d'épice, ni ses fenêtres de sucre d'orge, mais jamais depuis son enfance à l'écoute des contes de Perrault logis ne lui parut plus accueillant. Il n'y avait pas de café non plus mais, dans la cheminée, le feu brûlait si joyeusement qu'il en oublia son malheur. Il approcha ses mains du feu, doigts écartés, la paume, le poignet, le dos, se caressant aux flammes. L'eau gouttait par terre de ses habits trempés. Il resta longtemps devant l'âtre généreux, plus longtemps que la sagesse ne l'y autorisait.

Il connaissait ces lieux pour avoir lu leur agencement

dans l'un des rapports de police. Il savait qu'en haut — il en voyait le bout, défait — il y avait un lit. Il se souvenait, surtout, qu'une remise contenait des habits. Des habits secs... C'était, bien sûr, de la dernière imprudence. Mais sur l'homme des villes, les gâteries du feu produisaient leur effet. Et il saurait être rapide. Malgré la fatigue, ragaillardi par l'idée d'avoir chaud dans un gros pull sec et que, dans un pantalon sec, l'étoffe glacée ne lui collerait plus aux jambes, il bondit dans les escaliers, songeant qu'à cette heure Le Clec avait dû trouver son fax et réveiller Boulay jurant (il ne croyait pas si bien dire) contre les apprentis sorciers ! L'odeur âcre de l'espace non aéré lui arracha une grimace. Sans plus. Il se mit nu, se frotta le corps vigoureusement avec une serviette de bain, une serviette moelleuse, merveilleusement épaisse et douce, et préleva sur les rayons le linge et les habits quand... Quand ses yeux tombèrent sur la robe noire accrochée dans la penderie et sur le chapeau pointu de sorcier, posé, au-dessus, sur une planche.

Il se rappela l'histoire de Joseph lue la veille dans la Tora ouverte : quand le vice-Pharaon fait croire à ses frères que sa coupe d'argent lui donne les pouvoirs d'un magicien.

16

Comme chaque matin, Gisèle avait nourri les poules dans la basse-cour et les lapins dans leur clapier. Elle pensait se reposer un peu avant de reprendre son service. Dimanche ou pas, il lui fallait nettoyer les deux salles, celle du culte et celle... que Mme la comtesse appelait la bibliothèque. Et puis encore, ranger la vaisselle. Il restait des tonnes de petits-fours ! Et du foie gras, aussi. Ils avaient été si peu nombreux, cette nuit ! Gisèle entra chez elle, ferma la porte, posa le fusil dans l'angle, contre le mur. Elle allait monter l'escalier quand elle eut le choc de sa vie. Victor était de retour ! Assis devant la cheminée, il fixait dans l'âtre, comme il le faisait si souvent, la tête conjuratoire qui y était taillée (et que les deux flics n'avaient même pas vue !), sans bouger, silencieux, vêtu de ses habits de cérémonie ! Rien que de dos, on voyait qu'il n'avait rien dû manger ; il était devenu tout mince, tout petit...

— Victor, mon Victor... Tu es là !

Doucement, l'homme installé devant le feu pivota sur son tabouret. Sous les larges bords du chapeau pointu, des yeux inconnus et froids la perçaient. Fix, lui aussi, dévisageait son vis-à-vis. Son regard heurtait une face ingrate qui n'exprimait qu'une inintelligence effrayée. La femme ne s'était pas peignée et ses cheveux, filandreux, de couleur indéfinie, qui tombaient de-ci de-là d'une mâchoire trop large, accentuaient l'étroitesse du front. Le corps était lourd, adipeux ; de petites plumes, claires, molles, s'étaient collées sur son tablier sale, au-dessus de la poche. Avec une souplesse étonnante, elle fit un geste en direction du fusil.

— Ne bouge pas, Gisèle, servante de Lilith !

La voix, caverneuse, avait retenti au moment même où — le hasard devait bien ça à Fix — une bûche, en éclatant, avait cassé le silence dans la pièce, unissant la voix de l'homme à celle du feu. La femme s'arrêta net.

— Qui... qui êtes-vous ? Vous avez mis l'habit de Victor !

— Je suis... Fixomos, le second d'Aglofos. Femme, à genoux ! Je suis venu sur l'ordre de mon maître libérer ton mari, servant d'Aglofos.

Gisèle ne bougeait pas. Si elle n'avait pas pris le fusil, elle n'obéissait pas pour autant. Fix la sentait qui hésitait. Il lui fallait la convaincre.

— J'ai revêtu les habits de culte de Victor, servant d'Aglofos, prononça-t-il, pour mieux sentir sa présence en moi. Pour être avec lui. Pour que son flux me traverse, que je le voie là où il se trouve et le libère de sa prison. Femme, donne-moi ce que boit Victor. De la bouteille de paille dans l'armoire...

— La bouteille de paille ?

— Le liquide de paille. Une goutte, seulement une goutte dans le creux de ma main, fille de Lilith !

Elle comprit qu'elle devait lui verser du calva dans la paume qu'il tendait.

— Comme ça ? Encore un peu ?

Il ne répondit pas, porta la main à sa bouche.

— Et maintenant, fit-il, la voix plus caverneuse que jamais, je vais me nourrir du feu d'Aglofos pour que son sang se mélange au mien et me traverse.

Il se baissa devant la cheminée et, s'étant déplacé légèrement sur la droite de manière à ce que les flammes éclairent son visage, il se releva en ébauchant une grimace qu'il voulait sardonique. Quand la femme vit le trait de sang barrer le front de Fixomos, elle se jeta à genoux, les mains jointes dans une attitude d'adoration et avec un sentiment de panique que jamais encore, soupira le rabbin, il n'avait senti chez aucun de ses fidèles. Il respira un grand coup. Il en était sûr maintenant, la femme ne ferait rien contre lui. Et Le Clec n'allait plus tarder... Mais avant qu'il ne vienne, il allait profiter de l'effroi du moment pour vérifier sur le vif ce qu'il croyait savoir... Il la laissa à genoux.

— Je vois le passé, souffla-t-il en clignant des yeux. Venise, la nuit... Victor Vabres, servant d'Aglofos ! Il est seul... dans le cimetière des juifs. Dans le vieux cimetière... douze coups sonnent au clocher de l'église. Femme, aide-moi à lire le passé pour que je voie le présent.

— C'est vrai ! — Elle le cria, relevant la tête ; sa voix ne tremblait plus. — M. le comte lui avait demandé de venir pour ça. Il devait creuser une tombe dans le cimetière.

— Oui, une tombe... je la vois... près d'un grand rocher qui parle de la peste. La peste terrible d'Aglofos. — Il se tourna vers le feu : — Aglofos, révèle à ton fidèle second les mystères de ta foi ! — Puis, à l'adresse de la gardienne : — Femme ! Je vois Alexandre de Feltes... La mort va le frapper... Il regarde Victor... Parle, femme !

Elle était toujours à genoux.

— Il est allé au rendez-vous. Je ne sais plus à quelle heure. Sur une grande place à Venise. M. le comte devait lui remettre un parchemin à lire dans la nuit, à la messe de la nouvelle lune, quand il sortirait de la tombe. Mais un homme masqué avec un chapeau à trois pointes et un long manteau noir a donné un coup de poignard à M. le comte. Il ne bougeait plus et Victor a pris peur. Il est parti tout de suite. Même que Mme la comtesse lui a donné raison.

— Maintenant, femme, sers-moi un café. Pour que dans le marc, au fond de la tasse, je puisse voir Victor dans sa prison...

Le procédé était malhonnête, Fix en avait conscience, mais Fixomos, qui sommeillait en lui — le rabbin professait que chaque homme était habité par une doublure du même type —, n'avait pas de scrupules, pour assouvir leur commune soif de café, à exploiter la crédulité de la femme. Et puis la situation était exceptionnelle. En dépit des apparences, il ne se sentait vraiment pas bien. Son sens de l'humour allié à un mépris viscéral pour toutes les formes de superstition, sa constante ardeur à s'y opposer l'avaient aidé à tenir le coup. Maintenant que la tension baissait, il avait besoin de sa thérapeutique ordinaire d'urgence. Et Le Clec qui ne venait pas ! Quand il sentit les premiers parfums de la drogue somptueuse, il se leva du tabouret, impatient, s'assit à la table.

— Vous en voulez beaucoup, demanda Gisèle, ou comme tout à l'heure, dans la main ?

— Non, non ! Dans une grande tasse que tu m'apporteras ici.

Il avait à peine bu une première gorgée du liquide brûlant que la femme l'interrogeait :

— Vous le voyez ?

— Non, ma fille, je dois arriver au marc déposé dans la tasse.

Il ne devait jamais en voir le fond. Au même moment, dans le chambranle de la porte qu'elle avait ouverte sans frapper, apparut Isabelle de Feltes. Dans sa main gantée, elle tenait, traînant sur le sol, une grosse corde de chanvre dégoulinant de pluie. Elle eut l'air stupéfaite.

— Regarde, criait-elle, ce que j'ai découvert dans le parc ! Mais — son regard s'était porté sur Fix : — Qu'est-ce que ça signifie ? Ce sont les habits de VV !

Fix comprit qu'il se trouvait dans une mauvaise passe, une très mauvaise passe. La comtesse, elle, ne croirait rien de son histoire. Elle la crut si peu, qu'elle se rapprochait du fusil. Dont elle se saisit, comme si de rien n'était. Et Le Clec qui ne venait pas !

Une phrase du Talmud lui revint en mémoire : « Le tranchant de la lame toucherait-elle ta gorge, ne perds pas espoir ! » Certes ! Et mieux encore valait-il écarter la menace. Au moins, le tenter. D'abord, se dit Fix, gagner du temps. Le Clec allait arriver, c'est sûr ! Ensuite, ne pas perdre le soutien de la seule alliée sur place, l'adipeuse servante de Lilith qui, avec un enthousiasme fervent, informait Mme la comtesse de l'heureuse venue, ici-bas (aurait-il dit « ici-haut », s'agissant d'un envoyé des tréfonds ?), du second d'Aglofos.

— Stupide créature ! Tu crois réellement qu'Aglofos a délégué ce guignol ? C'est un journaliste, et rien de plus, qui essaie de te tirer les vers du nez.

— Ce n'est pas un journaliste ! Et d'abord, il sait tout. Il sait que Victor a creusé une tombe dans le cimetière. Que M. le comte lui avait demandé de se rendre là où on l'a tué. C'est pas un journaliste, s'entêta la créature.

— Vraiment, vous savez ça ? — Isabelle de Feltes inclinait le canon du fusil en direction de Fix. — Et que savez-vous d'autre, monsieur le journaliste ?

C'est alors que Fix commit une imprudence fatale. Persuadé que Le Clec ne pouvait tarder davantage, et soucieux de ne pas provoquer la colère d'une Gisèle désappointée qui, d'un revers de battoir, l'aurait aplati contre le mur, il résolut de se maintenir dans le rôle qu'il avait choisi : il resterait le second d'Aglofos ! Bien plus : il allait provoquer la comtesse, faire de Gisèle le témoin de ses accusations et de ses réponses. Confiante dans le fusil qui la rendait invulnérable, curieuse de connaître ce qu'il savait vraiment, elle se laisserait aller. Et puis, pensait le rabbin, on ne peut impunément se prendre pour la grande prêtresse de Satan. Il lui resterait toujours un doute, peut-être très léger, mais un doute quand même, sur les rapports que le personnage en noir pouvait entretenir avec Aglofos ! Alors, plus caverneux que jamais, mais baissant le ton de manière à ce que la comtesse ne soit pas certaine d'avoir bien compris, il énonça :

— Je sais... Je sais que c'est toi.

— Quoi, c'est moi ? Que voulez-vous dire ? Parlez plus fort !

— Je sais... Sous la *bauta* aux yeux morts, c'était toi. C'est toi qui as déposé le parchemin, c'est toi qui as tenu le poignard ! C'est toi qui as tué le comte ! Ils croyaient que c'était un fantôme... Profanation ! Ah ! ah ! ah !

— Vous êtes fou, articula-t-elle. Et d'abord le fantôme, on l'avait déjà vu dans le Ghetto...

— Femme, ignores-tu mes pouvoirs ?

— Cessez de me parler de cette façon ridicule. Je suis la comtesse de...

— Tu n'es que chair. Chair à asticots. Ah ! ah ! Tu voulais être démon. Jamais ! Mais c'était bien joué ! Convaincre ton mari de se déguiser en fantôme, de boiter dans le Ghetto la nuit du chabat pour leur faire peur... et de le faire assassiner par ce même fantôme, au masque jaune, qui boitait. Il fallait y penser !

— Et pourquoi aurais-je tué mon mari ?

— Parce que tu es chair et jalousie. Parce que tu aimes l'argent ! Tu as hérité d'Alexandre et maintenant tu veux Geoffroy ! Tu le veux dans ton lit. Ah ! Ah ! tu as bien servi Aglofos.

Fixomos se tourna vers Gisèle, pour qui il jouait l'adjoint d'Aglofos ! Il la voyait qui tremblait. Mais comprenait-elle seulement ce qu'il disait ?

— Femme, ordonna-t-il, à boire ! De la paille.

Elle versa à nouveau du calvados dans sa paume tendue. Même si sa couperose devait ne pas impressionner la châtelaine, elle fortifierait la confiance que Gisèle lui portait. Il fit un pas vers la cheminée.

— Ne bougez pas !

La comtesse, ayant avancé le canon, menaçait Fix du fusil. Il eut le courage de passer outre. Pour la défier ; pour ébranler ne fût-ce qu'un peu l'emprise qu'elle exerçait sur la servante.

— Je vais, dit-il, boire le feu d'Aglofos — et devant la cheminée il mit un genou à terre.

— C'est fini, cette comédie ? Vous n'êtes qu'un vulgaire fouille-merde !

Elle avait hurlé au lieu d'ironiser comme au début, c'était bon signe. Quand Fix se releva, il constata au regard perplexe de la chasseresse au fusil que, sur elle aussi, la couperose avait quelque effet.

— Je vois... Je vois, répéta-t-il. Tu l'as suivi dans les rues de Paris. Tu le guettes. C'est le matin. Il fait noir. L'homme ouvre une porte... De l'eau... de l'eau partout. Tu lui saisis les cheveux, tu lui tiens la tête sous l'eau... Tu as tué le rabbin ! Gloire à Aglofos ! Le rabbin qui savait, lui, que la *bauta* sur la piazzetta était une femme. Alléluia ! Et aujourd'hui, parce que Victor, le servant d'Aglofos, a été mis en prison, tu veux le faire condamner à ta place. Aglofos ne le permettra pas...

Au fur et à mesure qu'il proclamait l'oracle, Fix avait élevé la voix. Surtout la dernière phrase, pour que Gisèle l'entende bien. Dans un geste accusateur, il dressait la main en direction de la châtelaine. Pourtant, au fond de lui-même, il se sentait las. Comme si dénoncer les crimes de cette femme hautaine avivait le dégoût qu'elle lui inspirait. Et il n'avait pas dormi de la nuit, une nuit qui n'avait été qu'une suite de cauchemars. Enfin le calvados distillait dans le cerveau de l'apprenti Normand, qui était à jeun, les contrecoups d'une performance au-dessus de ses forces.

Dans la pièce sombre que déchirait le reflet des

flammes, le crépitement d'une bûche qui se mourait rendait plus dense le silence de la parole arrêtée. De la parole retenue. Que Gisèle fut la première à libérer.

— C'est vrai, madame la Comtesse ? Vous avez tué M. le comte ?

Celle-ci ne prit pas la peine de lui répondre.

— Je ne sais pas qui vous êtes... Je sais seulement, lança-t-elle à Fix, que vous en savez trop. Je sais que vous êtes entré ici par effraction et que vous avez effrayé cette pauvre Gisèle. Vous l'avez menacée et elle a tiré. Voilà ce que je sais ! La police ne dira pas le contraire : il n'y a pas d'autres empreintes que les siennes sur son fusil...

Il était bien onze heures quand Plissonnier arriva à la Crim. Il n'avait pas prévu le détour. Mais il avait exactement en tête ce que Sabrina Doré venait de lui raconter et il était impatient de rédiger son rapport. Sabrina Doré, c'était le nom de l'amateur de jogging qui aimait les croissants de M. Leblanc, ses macarons et les tartelettes au citron. Il l'avait repérée tout de suite. Elle l'avait suivi sans réticence. Même avec un certain plaisir ! Sur la moto, elle s'était agrippée à lui plus fort qu'il ne fallait, feignant — il en était sûr — d'avoir peur. Il est vrai qu'il conduisait vite dans les rues désertes. Entre la place Victor-Hugo et l'Étoile, un dimanche matin à dix heures, Paris dort profondément. Ils avaient trouvé un café ouvert avenue de la Grande-Armée. Et ce qu'elle lui avait rapporté lui faisait regretter d'avoir filé sans relever le numéro de la voiture jaune.

La grande salle des officiers grouillait de monde ! Véronique, c'était normal : elle était de garde. Mais il y avait Boulay, en personne, Verbois, Pavlevski, d'autres encore... En tenue de campagne. Quelqu'un avait débouché une bouteille de champagne et tous semblaient d'excellente humeur. La question se retourna contre lui :

— Qu'est-ce que tu fiches ici ? Tu n'es pas de congé, aujourd'hui ?

— Non, j'étais chez Leblanc. Vous aussi, ça a l'air d'avoir marché...

— Au quart de tour. — C'est Pav qui répondait. — On les a tous eus. Avec les faux euros...

— Même qu'eux aussi étaient des faux ! Des faux terroristes, des faux Basques. Rien à voir avec l'ETA ! ajouta un flic que Plissonnier connaissait à peine.

— Comment vous le savez ? demanda Véro. Ils n'avaient pas leur béret ?

Ils rirent.

— Allez, à la santé des Basques ! lança Pav qui avait passé ses vacances d'été à Biarritz.

— Eh bien moi, énonça Plissonnier, j'en ai vu un vrai de béret basque. Cette nuit. Avec un nœud papillon, s'il vous plaît ! Même que j'aurais mieux fait...

Il ne dit pas qu'il aurait mieux fait de noter le numéro de la voiture parce que ça ne les regardait pas. Mais sa faute le travaillait. Inconsciemment, il avait dû sentir le besoin d'un demi-aveu...

— Tu aurais mieux fait de quoi ?

La question était posée par Boulay. Le commissaire principal avait posé, sans y goûter, son gobelet en plastique. Il ne souriait plus.

— Je disais ça comme ça. Une coïncidence. J'avais peut-être le nom d'un des invités aux bals masqués. D'ailleurs il ne s'agit pas de bals masqués ! Vous le verrez dans mon rapport, patron...

— Et il portait un béret basque ? Avec un papillon ? C'est ce que tu as dit ?

— Oui, ça m'a frappé. Je l'avais vu la veille sur la nationale 12.

— Tu viens dans mon bureau. Pav, toi aussi... Chamfort — Boulay s'adressait au policier qui avait parlé des faux Basques —, tu attends ici. J'aurai peut-être besoin de toi. Non, tu dormiras une autre fois ! Grand, petit ? Il était comment ?

Boulay questionnait, traversant la salle à grands pas. Il avait son air des mauvais jours.

— Je ne l'ai vu qu'assis dans sa voiture. Une voiture jaune. C'est pour ça que je l'ai remarquée. Alors je ne suis pas sûr... Je dirais quand même qu'il était petit.

— Et tu l'as vu où, exactement ?

— J'étais sur ma moto. Je me rendais à Monteil pour des raisons personnelles...

— Très personnelles..., commenta Pavleski qui se tut quand Boulay le foudroya du regard.

— C'était cette nuit, vers vingt-deux heures trente, juste après Verneuil. Ce qui me tracasse, continuait Plissonnier, c'est qu'une voiture jaune de même type, une Clio B, stationnait ce matin près du manoir. Je crois même qu'on avait voulu la cacher dans le bois. Or ce que j'ai appris — il se redressa, tout fier de l'effet espéré —, c'est qu'au manoir il n'y avait pas de bals masqués ! C'étaient de véritables messes noires. Et elles continuent. La comtesse a organisé une messe la nuit dernière ! Vous vous rappelez ? C'est la date qu'elle avait donnée à Leblanc. Elle a dû s'approvisionner ailleurs. Simplement elle a demandé aux gens de venir par une autre route, par la départementale 39, puis de suivre un chemin parallèle à l'ouest, et d'entrer au manoir par une porte dérobée. Le domaine est très vaste, paraît-il... Alors, la voiture jaune, je ne sais pas. Elle était peut-être là seulement par hasard. Parce qu'elle, elle stationnait près de l'entrée principale. Et la fille que j'ai rencontrée ce matin m'a dit que leurs messes noires finissaient toujours vers deux ou trois heures du matin. La Clio B, je l'ai vue aux alentours de huit heures... Remarquez que la fille, Sabrina Doré, c'est surtout les parties de galipettes qui lui plaisaient... Avec le comte. C'est pourquoi elle n'y est pas allée, cette fois.

Boulay n'écoutait plus. Il avait composé un numéro, décroché le téléphone.

— Monsieur le juge, excusez-moi de vous déranger un dimanche matin...

— Ah, Boulay, je suis bien content que vous m'appeliez. Vous qui savez tout, grâce à vos techniciens vous allez pouvoir m'aider. Fix m'avait annoncé une télécopie, il a dû l'envoyer, mais mon fils qui, hier, a changé le rouleau l'a monté à l'envers ! Si bien que j'ai devant moi trois feuilles blanches... Vous pensez qu'on peut récupérer le texte ? Ça ne répond pas chez Fix...

— Monsieur le juge, connaissez-vous la couleur de sa voiture ?

— De la voiture ? Je vous parle de mon fax ! Mon fax est gris... Je vais voir la marque, il est à côté... Remarquez que la voiture de Fix est impayable ! Un jaune criard ! Un vrai poussin. Il dit que de cette manière...

— Je crains, monsieur le juge, qu'avant de récupérer le fax il ne nous faille récupérer Fix. S'il en est encore temps. Je vous expliquerai... Pouvez-vous sauter dans un taxi ? Un dimanche à cette heure, vous arriverez plus vite que si je vous envoie une voiture. Ah ! Habillez-vous chaudement !

Ça lui arrivait de lire un roman policier. Mais là, sous la menace du fusil, Fix ne se rappelait plus rien. Rien qui aurait pu l'inspirer, lui donner une idée pour échapper au danger. S'il avait raison, si la théorie de Lévinas était applicable à Isabelle de Feltes, il devait éviter de lui tourner le dos. Elle ne tirerait pas aussi longtemps qu'il saurait la regarder bien en face. Cependant, tout cela était relatif. Elle *préférerait... ne pas,* mais en cas de besoin ! Dans l'immédiat — combien de secondes cet immédiat allait-il durer ? —, une remarque, fort pertinente, de Gisèle lui accorda un répit.

— Madame la comtesse, osa-t-elle, je n'ai pas tiré sur l'envoyé d'Aglofos !

— Non, c'est moi qui vais l'abattre. Avec ton fusil. Et tes empreintes ! Je dirai à la police que c'est toi. Tu le diras aussi ! Tu ne risques rien. Il est entré chez toi, dans ta maison, tu as eu peur et tu t'es défendue. Légitime défense. Et tu raconteras exactement ce que je te dirai. Sinon, pas d'avocat pour VV. Pas d'avocat non plus, je veux dire un bon avocat que je paierai généreusement, pour toi. De toute manière, qui penses-tu que la police écoutera ? Toi, une fille demeurée, ou moi, la comtesse Isabelle de Feltes ? Bon, assez tergiversé. Vous — d'un geste du menton elle s'adressait à Fix —, vous vous tournez et avancez vers l'armoire. Oui ! l'armoire d'où elle a sorti la bouteille de calva. Et pas un geste de travers. Sinon vous allez souffrir, en plus.

Gisèle avait baissé la tête. Pas seulement la tête. Son corps entier s'était affaissé. Fix, qui cherchait un stratagème, un plan, n'importe quoi pour s'en sortir, ne put s'empêcher de penser aux esclaves, à ceux dont les coups, la maladie ou la torture, la nature asservie, détruisent la force de résistance. La servante, subjuguée par sa maîtresse, n'existait que par elle, pour elle. Ou pour son maître et mari. La comtesse voyait juste : Gisèle serait la voix de sa maîtresse. Et Le Clec ? Bon sang, que pouvait bien trafiquer Le Clec ! Fix se leva, lentement. L'armoire, la grosse armoire, était juste derrière lui. Il ne profiterait pas même de la minute du condamné. Quant au petit verre... Lui n'aurait pas même un café, un dernier café... Il se rendit compte, à cet instant-là, qu'il réagissait lui aussi comme un esclave... qu'il obéissait à la femme devant lui et à son fusil... Eh bien, il allait le demander, son café ! Le temps que l'eau chauffe, qu'elle tiédisse un peu, ou beaucoup, il trouverait bien une idée ! Il pouvait toujours essayer...

— Je ferai ce que vous me direz, dit-il.

Il s'était rappelé Rabbi Eliézer. Le grand Rabbi Eliézer, raconte le Talmud, qui passait en justice devant un juge romain, lui déclara : « Le Juge a raison. » Le Rabbi pensait au Juge suprême ! Mais le magistrat, flatté, s'attribuant le compliment, plutôt rare venant d'un condamné à mort, le libéra sur-le-champ.

— Allez, commanda-t-elle, avançons, ne perdons pas de temps...

— Seulement un café, demanda Fix. Tous les condamnés ont droit à leur dernier verre. Vous tirerez — il veilla à bien la regarder dans les yeux, de façon qu'elle voie son visage — mais vous me laisserez d'abord boire un café.

Il la sentait qui hésitait. Gisèle, une fois de plus, modifia le cours des choses. Cette fois pourtant, elle gâcha tout.

— Oui, fit-elle, comme ça il pourra voir Victor dans la tasse. Il me donnera des nouvelles de mon mari.

À voir les yeux de la comtesse qui lançaient le feu, le condamné ne douta pas de la réponse... Quand la sonnette sonna.

Une sonnette, c'est fait pour sonner. Reste que, dans la conjoncture, rien ne parut plus incongru, davantage contraire aux usages et à la raison, que ce coup de sonnette. Elle retentit derechef. Encore. Fort ! *Dring...* Ce n'était pas un carillon mélodieux, comme on en pose dans les appartements ordinaires et qui ont de la peine à percer le bruit de la télé. C'était une cloche, fixée à l'extérieur, sur le mur en bois de la maisonnette, chargée d'alerter les concierges. *Dring...* Une sonnette qui rappelait à Fix le commencement — ou la fin ? — des récréations dans son lycée.

Sans quitter des yeux son prisonnier, la comtesse entrebâilla la porte.

— C'est pour quoi ?

— C'est Robert, madame la Comtesse. Robert du « Trou normand ».

— Revenez une autre fois. Je n'ai pas le temps...

— Je suis là avec Martine, vous savez bien, la p'tite Martine... Gisèle n'est pas là ?

Sa voix traînait et, dans les circonstances présentes, où chaque seconde était donneuse de vie, elle semblait au rabbin étrangement et divinement surréaliste.

— Je vous ai dit de ficher le camp ! Vous comprenez ?

— Vous êtes sûr, madame la Comtesse, qu'il n'y a rien qui brûle au château ? Parce qu'il y a une grosse fumée noire...

Et l'idée vint à Fix. Il devina que la comtesse allait regarder en direction de son château. À mi-voix, avec un coup d'œil perçant à Gisèle, il lâcha :

— Pense à Victor !

Et la lumière fut. Elle s'alluma quelque part en Gisèle qui, d'un bond, fut sur sa maîtresse. Le coup de feu claqua et des éclats de bois tombèrent du plafond. Fix avait couru lui aussi, mais déjà Gisèle était assise sur la comtesse, gigotant et ruant. Il se mit à la ficeler avec sa vieille, sa bonne corde de chanvre. Les nœuds, il connaissait ! Nœud plat, nœud coulant, nœud de vache... Souvenir des camps scouts. Avec la troupe Hillel, dans le Vercors.

— Madame la Comtesse, ça va ? Hé ! Gisèle, vous nous entendez ? Gisèle ! Tout va bien ?

La voix du père Robert était devenue nerveuse. Il devait secouer la grille ; on entendait les coups qu'il frappait sur le battant.

Gisèle ne disait rien, regardait sans y croire sa maîtresse à terre. Celle-là non plus ne disait rien. Seul son regard exprimait une extrême colère et, semblait-il à Fix, un extrême mépris.

Il allait enfin sortir de là. Il s'arrêta pour ôter la robe du sorcier qu'il jeta sur une chaise. Il flottait dans le grand pull qu'il avait emprunté à Victor et le pantalon en velours côtelé traînait par terre. Il se baissa pour en relever les bords. Dehors, Robert tonnait, Martine s'égosillait. Le soleil qui brillait le surprit et il cligna des yeux sous le ciel lavé, merveilleusement bleu du côté de l'ouest.

— Tout va bien, cria-t-il à l'homme et à la jeune femme agrippés aux barreaux de la grille ! Gisèle va vous ouvrir. Appelez la police, s'il vous plaît.

— Ils arrivent ! Ils arrivent, cria la fille. C'est mon ami, qui est lieutenant dans la police, qui m'a téléphoné ; il nous a demandé de venir le plus vite possible et de sonner à la grille ! Jusqu'à ce qu'on ouvre. Personne n'est blessé ?

Il allait répondre quand un vrombissement, léger, plus fort, bientôt assourdissant, traça, dans le ciel, la voie à un hélicoptère.

— C'est eux, ce sont eux ! — Martine sautait de joie. — Bertrand avait raison. Il m'a dit qu'ils seraient là tout de suite !

Robert n'avait pas bougé. Les mains dans les poches, il était redevenu l'aubergiste madré qui ne s'en laissait pas conter. Il suivait du regard l'appareil qui se posait dans le parc et dont les pales aplatissaient l'herbe et les buissons. Il bougonnait : « Toujours en retard... »

Boulay fut le premier à terre. Il tenait une arme. D'autres suivaient et dans une grosse pelisse, la tête elle aussi toquée dans un bout de fourrure, Yves Le Clec descendait avec maladresse de la drôle de machine. Sur le seuil de la porte, Gisèle regardait, ébahie. Elle reconnaissait les deux policiers qui avaient emmené son mari. Sans trop savoir pourquoi, elle se dit qu'elle ne devait pas « les tirer comme des lapins » — ce qu'elle avait espéré faire s'ils revenaient au château.

— Alors c'est vous, le lieutenant Plissonnier ? Le lieutenant Bertrand Plissonnier ? — Fix cligna de l'œil en direction de Le Clec. — Je vous dois une fière chandelle, ou plutôt, si j'ai bien compris, c'est à mademoiselle que je la dois ? — Il ébaucha un geste galant dans la direction de Martine. — Sans elle, je le crains, je vous aurais rejoints dans l'hélicoptère de mes propres ailes...

Qui aurait cru qu'une demi-heure à peine s'était écoulée depuis que la comtesse Isabelle de Feltes avait été ficelée ? Ils étaient tous assis autour de la table des Vabres : le juge Le Clec, encore tout pâle après son voyage en hélico, Boulay, Pav, et Plissonnier qui passait son bras sur l'épaule de Martine, intimidée. À côté d'elle, le père Robert avait toujours son air goguenard. La comtesse, déficelée mais dûment menottée, furieuse et silencieuse, avec un rien, ou un trop, de dédain dans les yeux, avait été amenée dans le château, sous bonne garde, en attendant d'être transférée à Paris. Gisèle avait sorti des verres. C'était Robert qui avait eu l'idée de parler d'un incendie... Il raconta. Il n'en était pas peu fier.

Fix avait forcé Gisèle à s'asseoir avec les autres. Il avait dû s'y prendre et s'y reprendre pour qu'elle consente. Quand le père Robert eut clappé de la langue, après avoir d'un trait vidé son verre, ils tentèrent de l'imiter. Le juge toussa, Pav ne fit pas mieux. Martine n'avait que trempé ses lèvres dans le verre ambré. Tous, alors, prononcèrent une formule du genre : « Ça, c'est du vrai ! » ou : « Ça, ça s'appelle du calva ! » Tous sauf Fix. Lui regardait, les yeux brillants, la tasse qui fumait.

— Je vois, dit-il, face à l'assemblée médusée, je vois Victor ! Il va bien. Il s'embête un peu. Il ne sait pas encore que ce soir, oui ce soir ! il sera libéré. Monsieur le juge que voici — il s'était tourné vers Gisèle — peut vous le confirmer, madame...

Le Clec toussa encore. Son regard allait de Fix à Boulay et retour.

— Certainement, fit-il, puisque notre ami le dit...

Martine fut la première à applaudir. La gardienne

pleurait. Alors, pour lui changer les idées, la jeune fille demanda :

— Gisèle, vous voulez bien montrer la bibliothèque à Robert ? Voilà si longtemps qu'il en parle... Il brûle de la visiter.

— Ah, fit Théodore Fix à l'adresse du taulier. Vous aussi vous aimez les livres ? Vous serez déçu. Rien que des vieilleries sans intérêt, la Bible mise à part. Et des protège-cahiers.

REMERCIEMENTS

Alberto Alhadeff, Anne Dubourg, Jacques Kohn, Boris Hoffman, Jérôme Leonnet, Léa Marcou, Marianne Picard m'ont informé, conseillé, ouvert leurs livres et leur cœur.

DU MÊME AUTEUR

Aux Éditions Albin Michel

CHALOM, JÉSUS !
ILS SONT FOUS CES JUIFS

Aux Éditions Ramsay

ORTHODOX STREET

Cet ouvrage, composé
par Nord Compo,
a été achevé d'imprimer sur Roto-Page
par l'Imprimerie Floch à Mayenne,
pour les Éditions Albin Michel
en septembre 2002.

N° d'édition : 20897.
N° d'impression : 55062.
Dépôt légal : octobre 2002.
Imprimé en France.